新诗阅读与写作

刘小芳 ◎ 著

中国出版集团　现代出版社

图书在版编目（CIP）数据

新诗阅读与写作 / 刘小芳著. —— 北京：现代出版社，2022.7
ISBN 978-7-5143-5849-0

Ⅰ.①新… Ⅱ.①刘… Ⅲ.①新诗–阅读辅导–中国②新诗–创作方法–中国 Ⅳ.①I207.25

中国版本图书馆CIP数据核字（2022）第111925号

新诗阅读与写作

著　　者　刘小芳
责任编辑　杨学庆
出版发行　现代出版社
地　　址　北京市安定门外安华里504号
邮政编码　100011
电　　话　010-64267325　64245264（传真）
网　　址　www.1980xd.com
印　　刷　成都现代印务有限公司
开　　本　710mm × 1000mm　1/16
印　　张　19
版　　次　2022年7月第1版　2022年7月第1次印刷
书　　号　ISBN 978-7-5143-5849-0
定　　价　48.00元

诗心 冷眼 热词

——破解新诗阅读与写作的密码   □ 李华平*

（一）

新诗不好读。

与其说新诗"不好读"，不如说"不想读"。作为一个文学爱好者，我其实是喜欢读诗的，常常在清晨鸟语时朗读李白苏轼，在夜深人静时默念柳永清照。但，我越来越不喜欢读新诗。准确地说，是不喜欢读现在这些诗人写的新诗——我非常喜欢徐志摩的《再别康桥》、戴望舒的《雨巷》、郑愁予的《错误》等，并且多次教过。每次教这些新诗，我都很激动——每一个意象，每一个音节都拨动我的心弦。关于这些课的教学实录大多也都发表了，也有不少读者表示喜欢。我也喜欢当代诗人的诗，比如席慕容的《一棵开花的树》、食指的《相信未来》。

但，我越来越不想读新诗。多年前，我曾经订阅《诗刊》《星星诗刊》；在忍受几年后，不得不放弃订阅，因为杂志上所发表的这些所谓"新诗"的文字调动不了我的热情。心想，这样的诗，不读也罢。无病呻吟，不读也罢；晦涩难懂，不读也罢；不讲声韵，不读也罢。而像我这样的读者，不在少数。

其实，新诗"不好读"，不仅有诗人的原因，也有读者的原因。毕竟任何

---

* 李华平，四川渠县人。四川师范大学教授，基础教育课程改革科研创新团队负责人。曾经先后教过幼儿园、小学、初中、高中，现常年行走在大学与中小学之间。系教育部国培专家，国家级教学成果评审专家，国家级教学名师评审专家，语文教师培训课程指导标准研制核心成员。担任全国语文学习科学专委会副理事长、中国语文报刊协会课堂教学分会副会长。首倡的"正道语文"活动具有全国性影响，被《语文教学通讯》等刊物作为"封面人物"，入选"新世纪语文名师教学智慧研究"（中学卷）。

专业，都有专门的通道。诗歌有"诗家语"，不懂"诗家语"，也就读不懂诗歌。对于古诗，谈论阅读（鉴赏）的文字不少，即使不懂，也可以凭借辞典求得疏通。而新诗却不然，因为新诗是随着我们的生活、工作、学习一起产生的，鉴赏辞典是跟不上趟的。

一首正常的新诗，怎样才能读懂呢？

（二）

新诗不好写。

没有结过婚的人，是体会不到婚姻的甘苦的，尽管高谈阔论时似乎比结了婚的人更懂婚姻。谈论新诗也是如此。

庆幸的是，我也写过新诗，还在学生时代（18岁）就在诗歌刊物上发表过新诗。新诗，虽然没有古诗（尤其是近体诗）那样严格的字数要求、格律要求，但新诗也讲求主题的提炼、意象的选择、句式的搭配、音韵的协调，也是有专业性的活儿，也有专门的通道。

写新诗，首先就要像新诗。常言道"诗言志，歌言情"，但是否所有"言志""言情"的就能称为诗歌呢？在日常生活中，"我想当科学家"的话语也在"言志"，"我很高兴"的话语也在"言情"，但却不是诗歌。2012年，诗人乌青的《对白云的赞美》在网络上流行："天上的白云真白啊／真的，很白很白／非常白／非常非常十分白／特别白特白／极其白／贼白／简直白死了／啊——"这篇"神作"也在抒情——赞美白云，但却激起了网民们一片怒火："这也叫诗？"可见，在人们心中装着一个关于新诗（诗歌）的标准，尽管不一定说得清楚。而这个标准绝不是只要"言志""言情"即可，正如并不能把穿着衣服的动物都看作人。

决定一个文本是否是诗歌的关键不在于是否"言志""言情"，而在于它是怎样"言志""言情"的。刘勰《文心雕龙·明诗》中说："诗者，持也。"持，就是控制、节制的意思，也就是有所控制、节制地表情达意。唐代诗僧皎然在《诗式》中说："气高而不怒，怒则失于风流；力劲而不露，露则伤于斤斧；情多而不暗，暗则蹶于拙钝；才赡而不疏，疏则损于筋脉。"这"四不"原则正是诗歌表情达意的基本要求。正如鲁迅先生所说："我以为感情正烈的时候，不宜做诗，否则锋芒太露，能将'诗美'杀掉。"法国文论家斯塔尔夫人也有类似论述："人们在诗歌中加进思想，这是诗歌之美的一个可喜的发展，然而思想并非诗歌本身。"思想不是诗歌本身，诗歌本身是什么呢？在于艺术表现。

"艺术表现"既要有所节制，又不能太晦涩——存心不让人懂。这其间的分寸感，是对诗人的挑选与考验。说简单一点就是，既要让人懂，又不能让人一下子就懂——若存心不让人懂，就没有谁愿意来读你，缺乏读者意识的诗人就没有读者；若让人不用思考就懂，甚至不读就懂，也没有谁愿意来读你。

诗歌艺术表现的基本方式有三：第一，以独具特点的"诗家语"编织文本；第二，不直接说"言志""言情"的话，而用意象说话，正如诗人欧阳江河所说："写诗其实是找一个对应物，写自己的感受"；第三，说得抑扬顿挫、音韵谐畅。比如关于"用韵的理由"，英国文论家德莱顿说的就颇合诗的本质："无韵体诗过于容易，会使诗人浮想联翩；而推敲韵脚的工作，就能限制充斥于诗人头脑中的幻想，使他把思想内容限于韵脚内，使他安排好词语……"著名诗人艾青对格律的认识也点出了"诗者，持也"的本质："格律是文字对于思想与情感的控制，是诗防止散文的芜杂与松散的一种羁勒。"

说到底，"像新诗"要求首先是诗歌。

"是诗歌"的新诗，该怎样写呢？

（三）

前述两个问题的答案，就在这本书里。或者说，问题的答案是这本书的追求。

这本书的作者刘小芳老师是一个很有追求的人。

小芳是一个很有教育追求的语文教师。因为追求，她从内江来到成都；因为追求，她从专科读到本科，再读到研究生。因为追求，她在路上能遇到我的师兄、语文研究奇才陈剑泉老师，并通过师兄与我认识，然后读我的研究生。因为追求，她的课冲出学校，获得成都市一等奖；因为追求，她在首届全国正道语文学术研讨会上执教示范课——一堂好课像春风一样飘向全国。

更要紧的是，有追求的语文教师才会走上"探寻规律"之路。探寻阅读与写作的规律，本是语文教师的职责；但在现实背景下，只有有追求的语文教师才会去做这费力活，只有有强烈追求的语文教师才会做好这费力活——规律不是谁都可以轻易找寻得到的。前年某个时候，小芳老师告诉我，她将向新诗阅读与写作的规律迈进，我兴奋了许久。

小芳是一个很有文学追求的新诗诗人。她拥有一颗热腾腾的诗心，又沉淀着一份学理的冷静；她的诗有思想，更有生活基础。小芳是一个热爱生活的人，无论遇到什么困难，她的眼睛都是清澈的、明亮的；即使生活把她拖进泥泞里，她也顺着文字从泥泞里爬出来。她不是"为赋新词强说愁"，她不是那种写首诗、喝点酒，然后昏昏倒倒的所谓诗人；更不会为了"面朝大海，春暖花开"而作别这个世界，包括翘首期盼的贫穷的父母。小芳不是诗歌的浪漫主义，她是诗歌的理想主义——写诗，首先是写人生。罗曼·罗兰说："世界上只有一种真正的英雄主义，就是认清了生活的真相后还依然热爱它。"诗歌可以发牢骚，但诗人有更重要的事情需要去做。小芳的事情多着呢；即使没事，也可以让自己乐开花，甚至不惜向脸上的一颗痣索要诗意："这一颗痣/是一座停止生长的旧城/寻遍我脸上的山山水水/终于决定在嘴角落户。"（《脸上这座城》）

　　她的诗有技巧，更有规律基础。小芳对"诗家语"有敏锐而独到的感悟和把握，一句随意的话，经她的口一转化，就有了诗意。她对词类活用和通感的创作技巧运用得十分娴熟。比如"失眠是狡猾的泥鳅，从这头按进午夜，/几分钟又从那头钻了出来。"（《夜色浓》）更要紧的是，她的娴熟技巧，是建立在对诗歌用语规律的基础上的。换句话说，她的诗艺不是练出来的，而是悟出来的。悟出来的规律，具有创新的灵性。朱光潜先生说："语言跟着思想情感走，你不肯用俗滥的语言，自然也就不肯用俗滥的思想情感。"

　　小芳悟性很高，她创造性地将古诗鉴赏、新诗创作结合起来，让新诗与古诗"对饮"。比如，读了曹操《短歌行》，她写了《停下来》："时间在这个季节/长出了岔道/我决定停下来/不再跟着逻辑走/很多忧愁/也停下来/不再跟着杜康走/只有一群乌鹊/还在犹豫/跟着哪一棵树走。"这既是创意阅读，也是创意写作，同时体现了素材捡拾的智慧——天天呆在学校的语文教师生活也很丰富，语文教师的工作就是生活，就是与语言文字纠缠的语文生活，随时都可以创造出一个与物质世界截然不同的意象世界。

　　本书就集纳了小芳老师这些年关于新诗阅读写作技巧规律的把握和阐释，比较成功地回答了新诗怎么读、怎么写的问题，以及表层问题背后的深层问题。

（四）

　　读这本书，欲浅者浅知，欲深者深知。

各得其所。

你若是诗歌爱好者，读本书会得到才华与眼光的确认；

你若是语文教师，读本书会得到教学业绩与专业成长的馈赠；

你若是写诗的语文教师，读本书会得到一生充实与生命质量的跃升。

我会得到一枚标签："小芳的师父"。

一切都像今天这个日子——元宵节，圆圆满满，快快乐乐！

谨为序。

2022年2月15日

成都·狮山水云间

序 二

□ 易逐非* # 诗歌，一个女人关于灵魂的隐喻

写这样的文字，终是要蘸一点阳光的。内心向暖，也一直在文字里逐暖的人，对于阳光含义的理解远远大于阳光本身。一如在文字里钻木取火，萃取属于自己独特精神和气质符号的人，内心的安然与豁朗，足以支撑我们从容淡宁的面世、行走乃至与生死狭路相逢，不期而遇。

作为人，我们从呱呱坠地，不过是一路重装甲胄，再到一路丢盔卸甲，直至最后把肉体归还留证于大地。而属于灵魂的那21克，有人希冀科学实验的铁证如山；有人寄望轮回转世的虚无缥缈；当然也有人，毕其一生如日地寻找自己情之所钟，性之所近的修持方式抑或精神载体，如涅槃淬火，提炼灵魂的纯度和净度。这样的过程，是孤独寂寞的，甚至是隐忍痛苦的，但提纯后的灵魂自然是有香气的。而这样的香气便是我眼中可以穿越精神和地理时空的。

我想，诗人小芳应该是这样一个人。

与小芳结缘，自然也源于诗歌。

自画像

这一颗痣
是一座停止生长的旧城
寻遍我脸上的山山水水

---

* 易逐非，男，七十年代生人。当代作家、诗人、书法家、文艺评论家。笔名风尘布衣，号瞿上公子。著有《穿越沧桑》《天堂倒影》《瞿上人间》《且问风语》。诗观：诗歌是诗人内心不断生长的骨刺，有血的温度骨的质地。

终于决定在嘴角落户

地段肥沃　风水也不错
主人还是个怀旧的人
没有被拆迁的危险

这样　安心地研夜为墨
书写内心唯一的比喻
做一朵永不凋零的夜色
与所有白天和平相处

　　好一幅精彩的自画像。在我有限的认知里，除了在某个神奇美好的时刻点上朱砂，爱美的女人们是绝不允许在光滑如镜的脸上主动附着任何一点赘物的。所以生活中为了美，刻意花钱祛痣的人和事自然也屡见不鲜。不仅承认一颗痣在自己脸上的主权和历史，还要去美化和诗意化这颗痣的存在，这就只有女诗人了。我们不禁好奇，这是长在女诗人脸上何其幸运的一颗痣，这又是怎样一个神经无比强健而又特立独行的女诗人。

　　略带几分揶揄的自嘲，反而让我们窥见女诗人豁达的性情和融通的审美智慧。这一颗耐人寻味的痣，其实是历史绵远，故事悠长，脉息生动，汲汲待考，一座旧城的承载与诉说。从一颗痣的微观到一座旧城的宏观，这其间的逻辑冲突和内在关联，就这样云淡风轻被女诗人化解圆转了，痣美了，城也活了。受命轮回作为生命的胎记也好；印证生存过往留存的印痕也罢，一颗痣的故事，也是一颗痣的命运，由此展开。这样的一颗痣，在主人被命运和生存刻画的脸上，寻遍山山水水，最终安家落户在嘴角这一风水宝地，既无限靠近人间烟火的喂养，又可吐故纳新，健康生长，多么狡黠、智慧而又幸运的一颗痣。

　　要命的是，主人还是个既能纳新又善怀旧的人，因此这座看似微小实则内涵宽广深邃的旧城也便没了被拆迁的危险。幽默是这人世最质感也最烟火的智慧，由此可见一斑。而实际上，一直在文字里不断塑造又不断打碎重构自己的女诗人，对一颗痣的善待，其实是对自己内心的善待和坚守，更是对诗歌的坚守。

　　澄澈的诗心创造澄澈的诗意。由此，永不凋零的夜色与所有充满未知和悬念的白天和平相处，其实也是女诗人与自己的和解，与命运的和解，与这个世界的和解。诗歌作为诗人内心和精神世界的物化呈现，可以是一场无利无争，无微不至，无所不达，泽被无声的水润；也可以是一场彻底烧透自己和一切的火焰，而诗人正好可在灰烬的酣畅淋漓与青烟的傲睨自若中，给自己的人生一次至真至性的盛装。

也由此，我们对女诗人脸上这颗，既属精神内心又属气质外化的痣印象深刻，由痣寻人，当不会迷路。

一直以来，我固执地认为，诗歌是不需要刻意苦心经营的。对真正的诗人而言，诗歌是行走尘世的感触，是阳光沐浴的惬意，是雨中冥想的空灵，是煮酒阔论的豪迈，甚至是一朵花的笑脸，一滴露珠的深邃……我们用诗歌叙事，亦叙世，所用的一切写作技巧和表达方式，都应当遵循现实语境和自身的人文态度与情怀。一个好的诗人，更是应该沉淀深邃，积累丰厚，能敏锐地捕捉和反馈外在世界纷繁的美学元素并加以提炼，取舍有度、个性鲜明地以文字呈现给读者综合、精炼、独特、内涵的美学画面。

如是，我们不妨沿着小芳自画的指引，来一探幽微、敏锐、多情、丰厚，构筑在诗人内心和精神世界里的这座诗歌之城。这探索之旅便自《关于诗　关于你》这样的灵魂告白和宣言开始，如果你也是多情之人，这也便是一次痛快淋漓的寻情释情之旅。

　　　　是玫瑰　狗尾草
　　　　或者不是　一个人的某个晚上
　　　　被一片月光深入　再深入
　　　　敞开身体　一如敞开土地
　　　　任你洞穿我一生的蒙昧
　　　　时间的虚无被一束麦穗饱满
　　　　你是我今生的王子　邂逅你
　　　　是一场烟花的宿命

　　　　独处　群居
　　　　我说我想你　或者没有
　　　　你在我心中　我就在
　　　　你生命的场里
　　　　我沾满露珠的手指

轻轻翻过郁金香紫色的花瓣
就像翻过我们的前生或来世

为读懂你分行的思想
我的目光在石头上
已摩擦了千年　避开预设
避开修辞的陷阱
解开你精心扣上的词语
一些句子落下来
压弯了我的矜持

为你　我愿意
低矮到尘埃
在一滴水中读懂大海
吻遍你身上的山山水水
风暴来过　日子果然明媚
我长满一身意象
朝着你　穿越所有的
白天和黑夜

　　一首好诗歌，诗人通过意象和物象娴熟和巧妙转换，营造出的语言空间，呈现给读者解读和二度创造的多维度和无限可能性，既是诗者最大的真诚，亦是对读者最大的尊重。我想，这也是小芳在诗歌创作道路上一直以来的思考和探索。

　　我们不妨先来做一个有趣的对比。让成年人和小孩儿一起来描述听到的一种让人身心不愉悦的声音。按照成年人的思维逻辑和习惯，再加上我们词汇量的优势，我们不外乎在声音前面加上各形各色，雍容华丽的形容修饰，诸如可怕、恐怖、惊骇、毛骨悚然等等，诸如此般，不过尔尔。那么我们来看看，一个懵懂天真的小孩儿又会如何表达呢？

　　妈妈，这声音好黑啊！

　　一个"黑"字，立马让表达活了起来，充满诗意且给人无穷想象。在我的理解，这个黑字，至少有以下神奇的妙处：

从小就沉浸在咱们传统民间鬼怪文化的熏陶下，潜藏于黑暗之中的未知、狰狞以及各种难以预料凶险和不确定，对我们造成的心理冲击和压迫，一个黑字，瞬间激活我们共同的心理体验和情感认知，这是一妙；儿童的世界，是多彩的世界，因此，在孩童的眼中，黑色无疑是沉闷凝重，不招待见，不受欢迎的。而用这样一种颜色来完成对一种声音的描述，既契合了孩童的认知和心理特征，又实现了语言空间的生动转换，还提升了诗作的画面感，这是二妙；从诗歌的角度，再多的形容词堆砌也不过是主观情绪色彩的过度渲染和叠加，并没有太多诗意的拓展和延伸。但黑色声音这样的表达，却无限激活了我们对听到声音的无限想象和共鸣空间，同时也提升诗歌语言的张力，这是三妙。

带着这样的诗歌体验，我们不妨一起去邂逅压弯女诗人的矜持，洞穿女诗人一生蒙昧，并让女诗人无论白天黑夜都魂牵梦萦、身心俱属的情人——神秘王子。一起来看看这是怎样一位丰神俊逸，卓尔不凡的王子，他的神秘之所在。

玫瑰/狗尾草/或者不是/一个人的某个晚上。一连串不确定的意象，不确定的时间，让我们心生忐忑彷徨。什么样的至爱面前，我们才如此心神犹疑，踌躇无定呢？保持悬念的同时，我们便有了寻找答案的动念。

被一片月光深入 再深入/敞开身体 一如敞开土地/任你洞穿我一生的蒙昧/时间的虚无被一束麦穗饱满/你是我今生的王子 邂逅你/是一场烟花的宿命

相较而言，玫瑰无疑是高贵高雅的，而狗尾草则满是烟火气息。这样两个反差巨大的意象组合，形成的落差，让执此一念，关心则乱的诗人在某个不确定，也无需确定的晚上，被一片月光一再深入。这样的一片月光与其说来自高高在上的天幕，不如说她一直缱绻流连在女诗人的灵魂深处，只在心意纯净的时刻，受邀而来，飘降而至，像深入一片多情的土地一样深入、填满诗人的内心。所有的期待，所有的等候，所有的执迷和坚持，都在被深入的这一刻，得到了答案，等到了结局，像一束麦穗饱满了所有隐忍的时间，苦候而至的甜蜜和幸福，像极一场烟花的宿命。写尽女诗人对于心中王子爱恋和追逐的至真至纯。虽美轮美奂，却转瞬归于虚无，仍让女诗人无怨无悔，一生追随，也便是"天地合，乃敢与君绝"的痴缠。

独处 群居/我说我想你 或者没有/你在我心中 我就在/你生命的场里/我沾满露珠的手指/轻轻翻过郁金香紫色的花瓣/就像翻过我们的前生或来世。

所有的大痴大爱，如果没有生动饱满的细节支撑，终也不过是如梦似幻的过眼云烟。这一节，女诗人回到内心体悟，回到相顾成双、彼此相守的细节，让爱恋充满了质感和生动意趣。无论女诗人处于怎样的生活场景，都时刻不忘彼此，想或不想，都你中有我，我中有你，在彼此眼里、心里、动念里以及生命的场里，如影随形，无时不在，无处不在。而只在手指凝露时，诗人自内心捧出大净的诗句，翻过郁金香紫色的花瓣，就像翻过彼此共同的前生或来世，这份爱恋才因此唯美且深沉。

为读懂你分行的思想/我的目光在石头上/已摩擦了千年？避开预设/避开修辞的陷阱/解开你精心扣上的词语/一些句子落下来/压弯了我的矜持。

终于点破王子的身份，原来心心念念，痴痴缠缠的王子，便是女人痴绝一生的诗歌。从一个字到另一个字的地老天荒；从一个词根到另一个词根的浩渺无垠；从上一句诗到下一句诗的涅槃重生，诗人唯以朝觐般的虔诚，才能邂逅与诗歌缠绵，并在诗歌里修行，每一步每一次都是艰苦卓绝的跋涉和苦行。

渴求的目光、倏然而至又倏然而逝的灵觉，在现实生存境语里，不断的锤炼，反复的推敲，只为避开种种没有诚意的预设，避开华丽虚浮修辞的陷阱，直抵一枚词语深刻的真谛，最终让一些从高处落下的句子，压弯了所有矜持。一个女人的矜持，一个女诗人的矜持，就是这般，在诗歌面前，诗人是卑微的，是虔敬的，是颤栗的，甚至是裸露的。

这样的表达，足见对于诗歌，爱之至深，心之至诚，乃至成为关于灵魂一生的隐喻。至此，已然让人动容，但诗人却不甘就此打住。

为你 我愿意？/低矮到尘埃/在一滴水中读懂大海/吻遍你身上的山山水水/风暴来过 日子果然明媚/我长满一身意象/朝着你 穿越所有的/白天和黑夜。

情感的再一次升华。甘愿低到尘埃，并以一粒尘埃的姿态，仰望和膜拜心中的王子，一生挚爱的诗歌。在露珠里读出天堂的倒影，在水滴中读懂大海的浩瀚，在诗歌里走遍千山万水，在风暴里寻找生活的明媚，最终成为诗歌里的一枚意象，与诗歌共赴余生。

一生携藏，彼此眷顾。如此成全的又将是怎样一种诗意人生呢？小芳把厚厚一摞待出的书稿发给我时，近日因各种生活况味的羁绊袭扰，我多少有些倦怠麻木的心里竟然波澜起伏。作为同道中人，我知道，这分量不轻的书稿里，是诗人无数次苦寻灵感，把自己逼上绝路而又义无反顾的疼痛和惨烈；是无数次自我解构重组、破茧成蝶、涅槃重生的决心和勇气；是无数次在内心的风暴与蒙难文字间的挣扎和突围。最为难得的是，这并不只是诗人单纯的个人作品专辑，而是小芳将自己多年来在诗歌创作道路上积淀的心得、经验、智慧和体悟，如数家珍的集成分享。这是一个诗人的真诚，更是一个诗人在现实社会语境下，对诗歌精神的责任与担当，值得我们点赞喝彩！

如青主所言，音乐是上界的语言，在我看来，诗歌是除了音乐之外，最接近上界的语言。诗歌的音律和节奏，也是一首好诗歌的构成要件，诗歌语言里的节奏美，意境呈现的音律美，诵读时的旋律美，无一不关乎音乐。小芳的诗歌，语言内蕴而不失灵秀、清新而不失跳跃，精当而不失张力，其创造的语境和意境，便时常带给我们音乐的美感享受。

谨以此拙文，致敬纯粹的诗人。

在诗歌这条美妙的道路上，愿小芳走出属于自己更加美丽的风景，也期待书作的惊艳面世，早日激荡出诗歌江湖闪烁的浪花。

2022年3月4日

瞿上·风语斋

目录 CONTENTS ▶▶▶ 01

第一辑　**手法篇**

目录 CONTENTS ▶▶▶ *02*

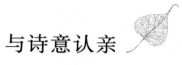

前言 ·············· **与诗意认亲**

中国是诗歌的国度，我们是诗意的民族，古韵新调，是华夏儿女共同的精神基因。几千年的古韵，滋养含蕴，上百年的新诗，沉淀发展，诗脉从没有断过。"不薄今人爱古人，清词丽句必为邻"，这是杜甫的眼界，更是诗学的境界，通古而晓今，诗歌皆亲人。我们阅读与写作诗歌，便是一场精神的认亲。

我国诗歌一出场就气宇非凡，以《诗经》为代表的现实主义与以《楚辞》为代表的浪漫主义，在源头立成两座文化高峰，奠定了诗歌国度的坚实基础。其峰峦叠翠，浩荡古韵，是我们的瑰宝；到唐诗宋词，名家辈出，恣意汪洋，是我们的自豪。

几千年来，国人对古诗词的研究甚多，本书脉承古诗词，侧重对百年新诗探幽寻芳。漫步诗家语，探索通幽之路；品当今好诗，芬芳有缘心灵。作为语文教师里的诗者，作为诗者里的语文教师，一颗诗心十年酿造独家风景，两栖身份一生融通读写秘径，进行一场浩大的诗意认亲。

诗与新诗

"诗"，是一枚闪闪发光的词语，几千年来烛照心灵，度一代又一代华夏儿女成为精神明亮的人，我们有必要去认识她最初的模样。

在我国古代，合乐为歌，不合乐为诗，后来两者融通，统称为诗歌。历代诗人文客和各种辞典，对诗或诗歌的定义有不同的表述。郭沫若认为"诗=Inhalt（直觉+情调+想象）+Form（适当的文字）"，魏怡认为"诗歌是具有节奏的律、可以歌唱吟诵的最高的抒情艺术"。《词源》称"诗"是"有韵律可歌咏者的一种文体"。总的来说，诗作为一种文学体裁，是按照一定的音节、声调和韵律要求，用凝练的语言、充沛的情感以及丰富的意象，高度集中地表现社会生活和人的精神世界。

"新诗"，是就新时代、新语言而言的，指现代汉语诗歌，即以现代汉语为创作媒介的诗歌。从诗歌文学史看，以五四新文化运动为界，以前的为"古诗"，以后的为"新诗"。用魏怡的话说，"新诗"是泛指19世纪末20世纪初白话文运动开始到现在所有以现代汉语进行写作的诗歌。

相对几千年的古诗而言，百年新诗自然算是新事物，在学界的命名也不统一，白话诗、自由诗、现代诗歌、先锋诗、现代汉诗……不一而足。为了避免概念的混淆，本书统称为新诗，是与"古代汉语诗歌"相对的"现代汉语诗歌"。

新诗发展及流派

厘清新诗的历史渊源，便明白新诗的起点。19世纪末，黄遵宪、梁启超、谭嗣同、夏曾佑等人积极倡导"诗界革命"运动，他们主张"我手写我口"，提出革新诗歌语言和内容的主张。他们的实践因当时的社会、政治、文化乃至诗歌环境的种种因素最终失败。

五四运动前夕，以胡适为代表的一大批新文化及新文学运动闯将再次高举诗歌革命的大旗。胡适于1916年率先以"尝试者"的姿态写了《蝴蝶》等八首努力革新旧诗语汇的"白话诗"，并在1917年2月的《新青年》杂志上集中发表，揭开了新诗革命的最初一页。在胡适的大力倡导下，沈尹默、刘半农、刘大白、周作人、鲁迅、陈独秀等新文学运动的闯将纷纷加入"白话诗"创作行列，汇成了一股不可阻挡的声势。

1920年，胡适的白话诗集《尝试集》正式出版，很快销售一空，在社会上引起强烈反响。《尝试集》的成功，标志着中国新诗时代的来临。

到21世纪，新诗百年来发展的流派众多，各有特点。根据《维基百科》、中国诗歌库网站及中国诗歌史网站资料，参照谭五昌的《百年新诗的光荣与梦想》（《当代文坛》2017年第3期）的观点，按照不同年代，大致整理成以下几个阶段。

20世纪初至20年代，主要是以徐志摩、闻一多、李金发、冯至等为代表的湖畔诗人、新月派、早期象征主义，他们采用白话文写作，诗歌具有象征性。尤其是李金发、穆木天、王独清等为代表的一批深受西方文艺熏陶的青年诗人，勇敢地将国外象征主义诗学观念引入国内诗坛。他们不仅倡导运用象征、暗示、通感等表现手法来改进、丰富新诗的表现手段，更强调诗人要善于在日常生活境遇中捕捉与升华具有普遍的形而上意味的生命体验。

20世纪30年代，主要是以戴望舒、艾青、卞之琳、何其芳等为代表的现代派、七月派，他们采用大众语言，继承新月派和象征派，同时又在诗学理论上做了局部的修正与补充。最明显的一点是，"现代派"放弃了"象征派"强调音乐性（外在节奏）的诗学主张，而是强调用视觉意象的组接来含蓄地传达诗人纷繁复杂、幽微精妙的内心感受和体验，以此扩大诗的想象（联想）与思考空间。

20世纪40年代，主要是以王佐良、陈敬容、穆旦、郑敏、牛汉等人为代表的九叶诗派，他们将现实主义与现代派结合，注重用新颖奇特的意象营造境界。

20世纪50年代，以纪弦为代表的"现代派"，以覃子豪等为代表的"蓝星"诗社，以痖弦等为代表的"创世纪"诗社相继成立，共同发起了一场声势浩大的新诗现代化运动。

20世纪60年代，主要是以郑愁予、杨牧、叶维廉、食指等为代表的现代诗社，他们强调知性，追求诗的纯粹性。

20世纪70年代，主要是以北岛、芒克、多多、舒婷、杨炼、顾城、梁小斌等"今天派"与"朦胧诗"的代表性诗人发起和倡导的"新诗潮"运动，他们把诗歌作为探求人生意义的重要方式，促使诗歌发生重大转折。

20世纪80年代，主要是以于坚、翟永明、王小妮、欧阳江河、陆一敏、张枣、海子、西川、昌耀、李亚伟、周伦佑等为代表的后新诗潮，包括新边塞诗派、莽汉主义、非非主义等，他们追求生命的原生态，语言有很强的知性张力，形成宏大的诗歌个性。

进入20世纪90年代，由于社会文化的深刻转型，"后新诗潮"作为一场诗歌运动，其群体性质日益模糊与淡化，诗学观念与创作实践更呈多元化格局，从总体而观呈现为一种无序的混乱。

西川、欧阳江河、王家新、臧棣、孙文波、张曙光、西渡、姜涛、冷霜等诗人先后倡导过"知识分子写作"与"个人化写作"等诗学主张。"知识分子写作"强调诗人应该在作品中表现人文关怀与知识分子精神立场，"个人化写作"强调诗人独特的个体经验以及语言修辞技巧对于文本构筑的重要意义。于坚、严力、伊沙、韩东、杨克、侯马、徐江、中岛、沈浩波等诗人则大力提倡"口语化写作"与"民间写作"，主张用"原生态"的口语来直接表现现代人凡俗本真的生存状态与精神风貌，在美学趣味上体现出平民主义，在诗学理论上明显接近后现代主义。

20世纪90年代，主要是以李元胜、马永波、蓝蓝、桑克、伊沙等为代表兴起的网络诗歌、民间写作等，他们呈现的风格各异。

21世纪初，主要以南人、沈浩波、飞沙、远村、牧野、张小云、海梦等为代表兴起下半身写作、荒诞主义、灵性诗歌等，他们反传统文化，刻意违反约定俗成的创作原则及欣赏习惯，其思想意识引起极大争议。

正如王光明所说，现代汉语诗发展百年，从模仿到独立，经历了曲折艰难、漂泊不定的演变过程。

新诗的音乐性

无论是创作中还是鉴赏中，新诗的音乐性提得比较少，原因是多方面的。一方面，新诗最初是作为白话文的一种载体，是白话文对抗文言文的一种武器。为求得语言上的彻底解放，新诗创作有意打破古诗在音韵、节奏等方面的范式要求，以获得完全的自由。比如创作《尝试集》的胡适，就主张"诗体大解放""把从前一切束缚自由的枷锁镣铐，一切打破"，这"一切"里自然包括了对音乐美的打破。另一方面，新诗写作追求自由性，这就难以像古诗那样鲜明地体现音乐美。而正因为自由，又失去了在新诗中体现音乐美的明确方法，且音乐的流动性与意义的不确定，对诗人的音乐修养及写作技法都提出了更高的要求。正如朱光潜所说，诗歌的音乐成分只会垂青于那些对诗歌艺术有深厚修养的人，只有他们才能深入欣赏、创造诗歌的音乐性。

那我们还看不看重新诗的音乐性呢？答案是肯定的。虽然新诗产生在一定程度上否定旧诗，但新诗、旧诗，作为诗的本质是相通的。胡适主张打破一切束缚自由的枷锁镣铐，张扬自然的音节，追求"白话的自然音节"，这白话的自然音节，又何尝不体现音乐性呢？康白情、宗白华明确地将诗歌的音乐作用写入诗歌的定义中，说诗是"把情绪的想象的意境，音乐的刻画出来"，要从诗的文字中"听出音乐式的节奏与协和"。闻一多在新诗"三美"原则中首先强调的便是"音乐美"，徐志摩、戴望舒等新月派诗人的作品《再别康桥》《雨巷》更是突出体现了音乐美。看重新诗的音乐性几乎是大家的共识，谢冕在《诗歌三题》中写道："我确认诗是有属于它自己的文体特征的。在我的概念中，诗区别于小说、散文和戏剧文学的基本点，要而言之，有如下两点：

一、它是从情感出发的文体；二、它是与音乐性有关的文体。"他将情感性与音乐性视为诗歌区分其他文体的标志。而吕进在《中国现代诗学》也认为"音乐性，是诗歌语言与非语言的主要分界"。由此可见，音乐性是新诗重要的生命体征，我们有必要深入认识。

诗歌音乐性包含节奏、旋律和韵式三要素，与音乐三要素（节奏、旋律和调式）高度契合。韵式是指词的平仄押韵情况，整体上具有不规则性，用韵没有固定的位置。旋律在诗歌中是指经过艺术构思而形成的若干诗节有组织、有节奏的和谐运动，更多是诗人内在情感的起伏。节奏本来是指自然、社会和人的活动中一种与韵律结伴而行的有规律的突变，在音乐或诗歌中是指交替出现的有规律的强弱、长短的现象。节奏是诗歌音乐性的主要体现，因其不仅限于声音层面，景物的运动和情感的运动也会形成，诗歌音乐性一般分为两种情况。一是由诗歌内容所体会到的"内在音乐性"，这是描述诗的内在节奏感与旋律美，是侧重于情感而言，即郭沫若认为的"情绪的自然消长"，情感的流动与起伏；一是诗歌语言听觉上感受到的"外在音乐性"，主要是指诗歌的句型、声调、语调及韵式表达出来的听觉上的节奏感与旋律美。

怎样实现新诗的音乐性呢？诗歌音乐性的三要素可以为我们提供一定的思考。

一是采用灵活的押韵。新诗不必像绝句律诗那样偶句必须押尾韵，这样太僵化；也不必押通韵或句句押韵，像打油诗。而是随着诗节的推进，有意识地进行自由押韵，或押尾韵或押中间韵，这样朗诵或吟唱起来朗朗上口，自有音乐美感。我们来看舒婷《祖国啊，我亲爱的祖国》的第一节诗。

> 我是你河边上破旧的老水车，
> 数百年来纺着疲惫的歌；
> 我是你额上熏黑的矿灯，
> 照你在历史的隧洞里蜗行摸索
> 我是干瘪的稻穗，是失修的路基；
> 是淤滩上的驳船
> 把纤绳深深
> 勒进你的肩膊，
> ——祖国啊！

一二行的"车""歌"押尾韵，倒数第二行"勒进你的肩膊"，为什么不写成"勒进你的肩"？一是与本节诗第三行的"索"押近音韵，同时也与第二节中"花朵"的"朵"，第三节中"挣脱"的"脱"，"笑涡"的"涡"，"喷薄"的"薄"，第四节中"总和"的"和"，和"我"，押同音韵或近音韵。也与每一节中"祖国"的"国"呼应（"国"并非都是句尾字）。这样整首诗一脉贯通、一气呵成，舒婷将对祖国炽热而深沉的情感，喷薄为血脉里的歌，以音乐美的魅力深深震撼着我们。

二是运用富有音韵的词语。叠词和双声、叠韵的连绵词，本身就具有音乐美，运用在新诗创作中自然增添美感。比如戴望舒的《雨巷》中"彷徨""惆怅"等叠韵词和"彳亍""凄清"等双声词的运用，徐志摩《再别康桥》中"轻轻""油油""悄悄"的叠词运用等。

月夜

沈尹默

霜风呼呼的吹着，
月光明明的照着。
我和一株顶高的树并排立着，
却没有靠着。

沈尹默这首诗短短四行，一二行在用词上，"呼呼""明明"叠词成韵，"呼呼"突出风大风猛风肆意，"明明"突出月光明亮，更与上一句的"霜"照应，不说"寒风"说"霜风"，风因月光也有了颜色，将视觉与触觉融合在一起，突出天地间寒气逼人。一二句的句式相似，更暗示其表意的整体性。每一句最后一词结构相同，"吹着""照着""立着""靠着"，读来朗朗上口，一行一个画面，且具有蒙太奇的手法。既然"我和一株顶高的树并排立着"，自然是没有靠着，最后还说"却没有靠着"，在这貌似赘述的表达中，诗人要强调的是就算可以靠也绝不靠，纵然身处奇寒岁月，也坚强独立不倚，可以说月夜展现的是诗人的精神图式。回到诗歌创作的20世纪20年代，展现、唤醒的是一代人的觉醒与追求。

三是运用多样化句式。长短句参差错落，既有形式上的视觉美，也有音顿节奏美；疑问句、感叹句、祈使句、倒装句等句式，与情感律动相呼应，是诗歌内外音乐性的融合。艾青对句式的运用比较有代表性，无论是短的抒情诗《我爱这土地》，"为什么我的眼里常含泪水？因为我对这土地爱得深沉"，还是长的叙事诗《大堰河，我的保姆》，"啊，大堰河，你为什么要哭？我做了生我的父母家里的新客了！"都善于运用设问句和感叹句等，还有叙事诗里大量的排比句式，将内在喷涌的情感，运用多种句式来运载。外国诗也是讲究音乐性的，华兹华斯《致云雀》用"带我上，云雀！带我上云霄！""快乐的生灵啊，快乐的生灵！""你因它充满忧愁而鄙弃人间？""地上露巢仍牵系你的心和眼？"等多种句式与情感呼应，流淌成一首炽热的歌。

四是运用修辞手法。顶针手法的运用使气韵贯通、衔接自然。比如戴望舒《雨巷》中"在雨中哀怨/哀怨又彷徨""她静默地走近/走近，又投出"等顶针的运用，使情感更具有黏合性，情绪一波未落，一波又起，密密织织，如一张细密的网一样将人笼罩其间。对偶或对比手法的运用形成前后照应、浑然一体，比如前面分析过的沈尹默的《月夜》，前两行属于对偶，明明的照着的月光应与上一句结合起来理解，体现月光如霜，突出寒意，而非月光皎皎就带给人喜悦。反复手法的运用构成一唱三叹、回环复沓，这有利于诗歌音乐性的呈现。徐志摩《沙扬娜拉》中"道一声珍重，道一声珍重"反复手法的运用，不舍与依恋之情回旋其中，海子《面朝大海》中对"从明天起"的反复憧憬，引人深思；舒婷《祖国啊，我亲爱的祖国》，每一节结束都落在主旋律最强音"祖国啊"身上，非常具有感染性。

五是变化式表达情感。诗是抒情的艺术，情感是诗的灵魂，可以说无情不诗。但情感的表达不应是一个点，也不应是一条平直的线，而应有起伏变化，甚至在主调基础上形成情感的交响。

萧红墓畔口占
戴望舒

走六小时寂寞的长途，
到你头边放一束红山茶，
我等待着，长夜漫漫，
你却卧听着海涛闲话。

从诗题"口占"可见，这首诗属于即兴创作，采用口语，质朴明快，叙述也十分简洁，似乎没有多少深味。现在我们沿着情感的律动来感受，首句"寂寞"一词，定调很低很沉。然而，走六个小时的长途，也愿意走，哪怕寂寞，可见心中是有着一股热切，一种愿景。这份跋涉只为到你头边放一束红山茶，重重的情，轻轻地放，构成情感一个浪峰，同时留给人悬念和思考。"我等待着，长夜漫漫"，我的等待，与长夜漫漫相连，当然不止在头边等，长夜也有了当时社会的暗示意义。这一句实中有虚，虚实相融，曾经漫长的等待与眼前的伫立合二为一，自我遭遇与萧红的遭遇合二为一，又一份沉沉的情感卷来。"你却卧听着海涛闲话"，听不到我的心声，我炽热的等待与沉甸甸的期盼永远得不到回应。重重的情，落入永恒的虚无，再次构成一个情感浪峰。由重而轻，再由重而轻，重是实重，轻非真轻，在这轻重、强弱的情感旋律中，回荡着永远的沉痛、惦念、遗憾……

新诗音乐性的实现，自然不止以上几种，比如内容的跳跃性表达算不算呢？能不能说顶针、对偶与反复，强调的是语言上弦乐般的丝丝入扣，体现音乐的连续性？跳跃则是指诗句与诗句之间，诗节与诗节之间，有意断裂、荡开，一如打击乐一样声断音连，来实现字断意连或节隔情合，体现音乐的爆发性？这值得进一步探索。

其实，一首诗是一个生命的整体，内外音乐相统一，声韵情感流动相呼应。只是为了便于表达，才从技法上逐条阐释。

新诗语言特点

作为现代汉语的新诗，脱胎于文言文，又根植于生活，还有外来词汇的入驻，其语言具有继承性与包容性。

新诗语言主要有四个来源：一是古典诗歌词曲的构词方式、语法、形式、节奏，二是外文诗歌的外来语言和修辞手段，三是公文术语的政治语言、宗教语言等，四是民间语言的口语、方言、俚语、网络语言等。

首先，从来源的多样性看，新诗语言具有极强的包容性和内化力。既有对不同地域或不同文体语言的接纳，又有对不同国别语言的接纳、消化。尤其是第一种来源，对新诗的影响巨大，也体现了新诗语言具有极强的继承性。正如从事新诗研究的陈本益教授所说，尽管现代诗歌是对古典诗歌形式的背叛，但是其实质仍然是对古代诗歌形式的一种继承和革新，而不可能是完全的决裂。

其次，从体式看，具有多样性与不稳定性。

新诗有意突破格律诗的束缚，向西方诗歌学习分行排列，真正体现自由性。谢冕说各式各样的诗人，写各式各样的诗歌，是现今中国诗歌的规律，他认为白话文诗歌"形态多元并存，此消彼长"，对新诗体式还在曲折迂回的探索中。张卫中认为白话文运动与欧化思潮的兴起密切相关，"欧化"改变了作家的思维方式和价值观，改变了文学隐喻和象征系统，对新文学的发生和发展产生了决定性的作用。叶琼琼说新诗语言的发展是一个由最初欧而不化、笨拙模仿到化得不露痕迹、生动流畅，与汉语的特质水乳交融的过程。

除了韵律和形式之外，"欧化"特征还体现在语汇和句法上，如大量中西杂糅的语汇或三音节、多音节外来音译词裹挟在诗句中，或将带有修饰语的动词、形容词用作名词，或长句的大量使用、连接词的频繁使用等。"欧化"对现代汉语诗歌面貌产生了一定的影响，诗行松散，长短不拘，具有多样性与不稳定性。

第三，从诗性看，具有隐喻性与变异性。

任何语言的艺术，都是建立在该语言本身特点的基础上的，而任何语言本身先验地决定了其文学运用语言的基本形式，因此，现代汉语诗歌语现代汉语是共生的关系。但是，作为文学最高形式的诗歌，是有别于一般日常的"说话"或"写文章"。优秀诗歌的语言，包括常态的音乐性与意象性之外，其"凝练含蓄"与"新异陌生"导致其隐喻性和变异性的突出。

隐喻性是与工具性相较而言的，"工具性"的语言的特点是能指与所指一致，实现信息的传递即可。隐喻则是能指与所指之间有了一定的距离与阻碍，语言的诗性由此产生。

变异性是韵文区别与其他文体的重要特征，也是避免"诗文不分"的必要手段。变异就是突破常规，为了表达的效果，经常打乱句子的固有结构和词语的常规次序与搭配，产生"陌生感"或"距离感"。这是新诗语言的重点，也是本书的重点。

各行各业，都有行语，有独自的言语体系，诗歌亦如此。王安石在《诗人玉屑》卷六里提出"诗家语"的概念，就是指诗的言说方式。诗家语来自一般语言，但又有自己独特的词汇、语法、逻辑、修辞，是对一般语言最高程度的提炼与强化。诗是语言的艺术，艾青认为诗是"最高的语言，最纯粹的语言"，卜迦丘说诗是"精致的讲话"，弗罗斯特说诗是"词语的表演"，柯勒律治说"诗是以最佳的语词作最佳的安排"。

从杜甫"为人性僻耽佳句，语不惊人死不休"对诗歌语言的无限追求，到什克洛夫斯基指出"诗就是受阻的、扭曲的语言",可以说,古今中外的诗人都行走在创新诗歌语言的路上。

与"诗家语"求新相对应的概念,便是俄国形式主义评论家什克洛夫斯基提出的一个著名的文学审美理论——"陌生化"。

"陌生化"是文学语言的本质属性,只有通过"陌生化","文学性"才能够得以充分体现。同时,"陌生化"是审美表达的需要,审美是对现实世界的一种超越。文学创作要使自动感知变为审美感知,就需要采用陌生化手段。

作为语言最纯粹的诗歌,更是要按照"艺术原则"和"美学标准"来摆脱常规,进行陌生化加工。可以说,诗的艺术就是陌生化的艺术。只有打破常态,挣断日常用语的逻辑思维,违反常规、常情、常理,以新奇与独特的语言姿态,才能惊醒内心,惊艳认知,让读者拥有全新的生命体验。

我们平时所见的什么反常、超常、变异等术语,都是这个意思,就是追求陌生化。"陌生化"是在"创造性地变形"中得以实现的,新诗变形体现在不同的层面,如视角、构思、选材、立意、意象、情节、细节、语言等,这是诗歌生命力的体现。诗歌是语言的艺术,本书侧重于回到语言根脉上探索其陌生化。

总的来说,百年新诗风起云涌,新诗语言牵引着思维飓风,我国中学校园却还处在静悄悄中,新诗创作与鉴赏方法几乎是一片空白,甚至,对新诗的了解也微乎其微。诗歌是文学里的轻骑兵,是治疗语言陈腐的一味良药,是培养深度思维与创新思维以及提升审美、创造美的能力的有效路径。

笔者笃守一颗诗心,在诗海里写作浸润了二十多年,沉淀一份冷静,力求以学理的眼光解密诗家语规律,以敏锐的诗觉与沸腾的育人热忱,进行打通读与写、融通古与今的诗学实践研究。

本书主体分为三个部分,第一部分是手法篇,探索如何实现新诗语言的陌生化,或者说探索新诗语言陌生化的路径;第二部分是结构篇,探索新诗的几种主要结构形式,明确新诗创作的思维流向;第三部分是作品篇,探索如何化古诗词为养料来创作新诗,破解微型诗、截句的创作,采撷行走在日常生活、自然山水中的诗情,力求在诗歌的传承中与发展中谱新篇!

手 法 篇

◎ 新 诗 阅 读 与 写 作 ◎

陌生化手法助诗歌语言飞翔

　　诗歌是语言的艺术，语言是渐次生长而成的，首先是字词的种子，生长成短语或句子的枝干，再由句子生长成篇章的树木、树林。作为语言的艺术，诗歌的陌生化，主要是语言的陌生化。我们回到语言的本身，以词语、句子、篇章为经，以方法、思维为纬，来编织一张灵思的网，打捞诗歌的精彩。品其味、析其法、会其意、得其妙，在诗歌阅读与创作中，邂逅更美好的自己！

一、 -- 词法

词语是种子，唤醒种子的灵性，便是唤醒诗歌的心跳，唤醒诗歌的翅膀。这样，诗语会主动飞向我们，我们只负责分行行走。

从千万词汇中邂逅，玩魔方一样进行变形，找亲人一样进行搭配。我们将从词汇的选择、变形、搭配等角度来实现诗歌语言的陌生化。

（一）语码混合法

综合与嫁接，是一条创新的捷径。我们在主叙述语言中，植入少量的其他语码（即词语），叫作语码混合法。一如曾莹所说，通过对语言风格突然"施暴"，使读者在新奇中获得新的审美享受。

这异质的介入，会让人眼前一亮。具体是指，在白话语中植入文言词，在书面语中植入口语词，在日常用语中植入宗教词，在汉语中植入外来词（即汉语及其方言之外的语言，如英语、日语、韩语），在书面语中植入口语词或其他符号等，这种语码的嫁接，会盛开出别样的审美之花。

其一，在白话文中植入文言词语，诗歌更有古韵与厚重感。

文言词语深奥、典雅、深刻，具有丰富的文化内涵，是词语基本义的基础，因平时我们对一个词义的引申义习以为常，便常常忘却其原初形象，再见便如新人。这样，文言词语的运用能唤起我们的新鲜感，又能增加作品的韵味与厚重感。

> 太阳啊，六龙骖驾的太阳！
> 省得我受这一天天的缓刑，就把五年当一天跑完那又何妨？
> 太阳啊——神速的金乌——太阳！
> 让我骑着你每日绕行地球一周，也便能天天望见一次家乡！
> ——闻一多《太阳吟》

诗中"六龙骖驾"取典于李白《蜀道难》中"上有六龙回日之高标"，太阳神出行是六龙驾车。"骖"，是驾驭之意，"金乌"，是太阳之意，都是文言词。诗句在叙述中植入这些文言词语，让诗意跨越久远，具有历史感，增添一种文化的厚重感。

错误

郑愁予

我打江南走过
那等在季节里的容颜如莲花的开落
东风不来，三月的柳絮不飞
你底心如小小的寂寞的城
恰若青石的街道向晚

跫音不响，三月的春帷不揭
你底心是小小的窗扉紧掩
我达达的马蹄是美丽的错误
我不是归人，是个过客……

这首诗总体上以"我与你"的对话形式来写，便有口语化基调，像"我打江南走过"的"打"等，很有生活气息。但诗中又有书面化的词语，"东风""春帷""归人"等，给人庄重感。同时植入文言词"跫音与向晚"，"跫音"在范成大的《留游子明》中有"得得跫音喜，匆匆笑口开"，足音之意；"向晚"在李商隐的《登乐游原》中有"向晚意不适"，傍晚之意。连同诗中的"莲花""青石"等传统意象，一起增加了这首诗的古典之美。这样，巧妙地用语码混合，丰富了整首诗的意蕴。

看了长安的李花
——金铃子《落花诗》

"长安"是"西安"的古地名，诗人不说"西安的李花"，而说"长安的李花"，仿佛看到的是历史岸畔的花不是眼前的花。这是植入了古地名的文言语码，使诗行意境更深，更有历史感。

从以上诗例可以看出，在新诗中运用文言古词语有两种情况，一是典故和专用名称，如上例中的名词，往往使作品带有古典文学的庄雅气息；二是一些或艳丽高雅、或凝练生动的古词语，形容词、动词、拟声词等皆可。这些词语往往携带着某些当今词语已经消失的特征与联想，具有"距离感"和"陌生感"。

从时间上看，近代诗人对文言词语的运用，更多是因白话文脱胎于文言文的残留，是不自觉的运用，比如闻一多、郭沫若、王统照等。随着新诗的发育成长，当代诗人更多是有意识的技巧运用。总之，对古词渗透吸收，是传承；对外来词的吸收，体现包容性与内化力，我们在写作时，可以有意识地进行修炼。

其二，在平常用语中植入宗教词语，诗歌具有虔诚感或超凡绝尘之意。

在平常用语中植入宗教词语，以佛教词语居多，如修行、度化、皈依、轮回、虚幻等。比如"圆妙"，圆满融通的意思，古《楞严经》里有"云何汝等，遗失本妙，圆妙明心，宝明妙性，认悟中速"，这是一个典型的佛教词语。陈梦家在新诗《当初》里写到"是这白雪一片的雾气，在天地间升起，弥满，它没有方向的圆妙"，将这个佛教用语植入诗中，突出雾气弥漫的天地间，超凡与空灵，拓宽诗歌意境。

> 如何让你遇见我
> 在我最美丽的时刻
> 为这
> 我已在佛前求了五百年
> 求佛让我们结一段尘缘
> 佛于是把我化做一棵树
> 长在你必经的路旁
> ——席慕蓉《一棵开花的树》

席慕蓉的这节诗，有很强的佛教意境。诗人为在最美丽的时刻与对方相遇，"在佛前求了五百年/求佛让我们结一段尘缘"，突出对爱情热切的向往与深沉的虔诚，让人感动。

尤其是"轮回"这个佛教词语，有跨越两界的时空感，让语言富有张力，又有深刻的表意，备受诗人们青睐。陈先发、李元胜、雷平阳、汤养宗、黄亚洲等这些鲁奖获得者，都青睐过"轮回"一词，我们看下面这些诗节。

> 踏入轮回。
> 我依然渴望像松柏一样常青。
> ——陈先发《逍遥津公园纪事》

> 它们如此之美，经得起奇迹般的相逢
> 经得起轮回般的生死
> ——李元胜《落日赋》

> 我祈盼这是一次轮回，让我也能用一生的
> 爱和苦，把你养大成人
> ——雷平阳《母亲》

胡弦的《龙门石窟》，可以说是植入佛家语的典型。

龙门石窟
胡弦

> 顽石成佛，需刀砍斧研。
> 而佛活在世间，刀斧也没打算放过他们。
> 伊水汤汤，洞窟幽深。慈眉
> 善目的佛要面对的，除了香火、膜拜、喃喃低语，
> 还有咬牙切齿。
> "一样的刀斧，一直分属于不同的种族……"
> 佛在佛界，人在隔岸，中间是倒影
> 和石头的碎裂声。那些
> 手持利刃者，在断手、缺腿、
> 无头的佛前下跪的人，
> 都曾是走投无路的人。

诗人直接从佛界与人世、此岸与彼岸进行考量，通过从石窟的石像到佛像再到佛，进行独特的精神构建，来揭示人生、人世的本质。

自然之"石"雕刻成"佛像"，需要刀砍斧斫，这是表层意义；诗人却把"石"视为"顽石"，把"佛像"视为"佛"，"需要刀砍斧斫"便是"需要苦难磨砺"，便抵达了有意味的深层层面。

继而从佛既要面对香火、膜拜的顺与善，也要面对"咬牙切齿"的难与恨，体现生命境况的多样性与复杂性。注意是佛要"面对"，不是"看到"，就是说，佛在其中经历，并非超越。佛既如此，人何以堪？这暗示着的便是人，是诗人，也是你我，具有普世意义。最后又从"手持利刃者"的角度进行深思，他们貌似掌握了生命的主动性，或者是施暴的主体，他们下跪，便是放下屠刀。成不成得了佛诗人没有说，重要的是认识到他们都曾走投无路。

因为懂得，所以原谅，便具有悲悯性与深刻性。这些佛界景，都是人世倒影，或者互为倒影，整首诗从佛教视觉切入，诗意深刻，有感慨、有悲悯、有了悟。

其三，在汉语中植入外来词语，诗歌内容得以拓展，又具有异域风采。

一些出国留洋或接受了西洋文化影响的诗人，会自觉或不自觉拥有了比较思维，在诗中植入外来词，使作品具有新颖的视角或别样风采。

徐志摩的这首《沙扬娜拉》很具有代表性。

沙扬娜拉
徐志摩

最是那一低头的温柔，
像一朵水莲花不胜凉风的娇羞，
道一声珍重，道一声珍重，
那一声珍重里有蜜甜的忧愁——
沙扬娜拉！

这是徐志摩长诗《沙扬娜拉十八首》中的最后一首，《志摩的诗》再版时仅保留短短五句的这一首，可见其精彩。日本女郎"低头"的温柔动作，"娇羞"的动人神态，诗人以一朵水莲来描写，贴切传神，又抓住道别时的语言精彩，说日语"沙扬娜拉"（日语里的"再见"），而不说汉语里的"再见"，诗人仿佛回到了当时的场景，具有画面感，表达无限的离绪和柔情，同时又显得飘逸轻盈，亲切中不失庄重，简洁里充满异国情调。

乞丐
流沙河

门外谁呼唤？
河南父老，逃荒来讨饭。
"俺们不是坏人！"
怀中掏出证件。

东家端来剩菜汤，
西家端来陈饭。
儿学英文识beggar，
这回亲眼看见。

愧我书生无能，
敢怒不敢言。
呼儿送去冷红薯，
羞见父老，掩门一声叹。

流沙河这首诗的语码可谓大混杂，在汉语中渗入英文词语 "beggar"（乞丐）；在书面语中渗入口语方言词 "俺们"；在白话语中渗入文言词 "愧我" "羞见"。方言体现河南父老作为底层人淳朴；英文词语体现小儿学习书本却脱离现实，不知人间疾苦；文言词体现 "我" 虽有文化，却因无能帮助河南父老的愧疚与尴尬。诗人正是用语码混合的方法，巧妙地体现底层人们、学生、知识分子等各种群体的特点，深刻呈现当时社会的现状。

其四，在书面语中植入口语词或其他符号，诗歌具有生活气息与时代感。

随着时代的发展，语言也在发展，一些新兴的词语与新兴的表达习惯也在涌现。这为诗歌语言灌注了新的活力，一些诗人有意识进行吸纳，这体现新诗的包容性与内化力，同时丰富诗歌的生活气息与时代感。

有一年，明月光临台阶
神仙自天庭传来福音
我站在门口喊"大"，心里藏着桐花
　　——杜涯《椿树》

诗人在较为书面的叙述中，将方言词语"大"（"父亲"的意思）直接植入，体现我和父亲之间的温情，亲切而富有生活气息。

杜鹃花旁，两头驴子
头挨头聊私房话：
"姐，你真的喜欢那位马叔？"
"D然！驴马混搭的生活
仰天能咴咴，低头可戚戚"
　　——张新泉《草甸》

现在网络上，一些年轻人习惯运用符号交流，在诗歌语言中有意植入符号是时代的反应，也让诗歌语言具有强有力的生长性。张新泉这两首诗中，都用字母"D"来替代"当"，给人耳目一新之感，可以说是一种引领性的实践。

此刻，你解出了第一个未知数：$x=1$
$x+y=0$，而你不肯说出第二个值了
爱情，人生，你始终不能二选一

后来，我们都会知道，我不过是一道附加题
解不解开只与心情有关
　　——余秀华《附加题》

将代数公式植入诗歌，想象大胆、构思独特。看似突兀，但与诗题"附加题"一呼应，又很自然。在此，科学与人文联姻，谐趣与情趣交融，新颖而别致。

当它开口，背后的山林

就升起了一种叫"……"的事物

　　　　——张二棍《无题》

将符号或标点嵌入诗中，表达形象意义，真是大脑洞开，增加诗歌的新奇感和表现力。

1982—

王单单

生于1982年，破折号指向未知

按照先后顺序，我走过A社、B镇、C县、D市

E省。壮志未酬，只能回到F村、G镇、H县等地

安身立命。其间，爱过I、J、K、L、M等女人

恨过N、O、P等男人，做过Q、R、S等工作

写出T、U、V等诗歌，流过W次泪，喝过X斤酒

Y年以后，时光擦去这些字母，毫无痕迹

一个名叫Z的年轻人在纸上写下：

王单单，1982—？（卒年不详），生平事迹无详细记载

悲欢与爱恨，押解他奔向一个问号。仅此而已。

一眼便可发现，这首诗最突出的特点是用26个字母嵌入句中，从A到Z，串起自己生命历程。这样在凝练中传递了丰富的信息，可谓以简驭繁，给我们带来全新的感受，充满诗趣。

语码混合法，重在找到恰当的语码，进行嫁接。这样在常态语中植入异质词汇，通过异质的能量让语言发生化学变化，实现陌生化效果。

（二）词语修辞法

词语修辞法，是指通过对词语的加工，使词语具有拟人、比喻等某种修辞功能。已有的规约性词语往往不足或不够新颖来表达复杂的思想情感，我们便需要对已有的词汇进行加工，创造新词，实现语言的陌生化。

在加工创造新词时，要考虑在语境中临时运用的合理性，同时具有积极的修辞功能，这样才能让生造词在句中新而不乱、奇而不怪。

首先，采用添加词缀来实现修辞功能。

汉语词缀极少，前缀有"老、小、第、初、阿"，后缀有"子、头、儿、家、们"等，一般词缀有标示词性的功能，对所黏附的词根有词类的规定和限制，我们可以突破其规定与限制，扩大词缀的缀连范围，来达到修辞的效果。

词缀本身无意义，但一旦与词根搭配，就有其独特的意味了，比如词缀"儿"，与词根搭配，就有"小化、亲密、轻松、可爱"等人与人之间的意味。后缀"们"一般用在人称代词和指人的名词之后表复数（即用后缀"们"便意味着前面是指人）。这样，我们就可以通过在表示动物或无生命的事物的词语之后添加词缀"儿、们"，来实现拟人等修辞效果。

李金发的《时之表现》中有"我等梦儿醒来，我等觉儿安睡"，词缀"儿"的添加，使"梦""觉"具有人格化特点，且化抽象为具体，鲜活生动，充满情味。郑愁予的《天窗》中有"每夜，星子们都来我的屋瓦汲水"，在"星子"后加上"们"，便赋予了星子人格特点。朱自清在《北河沿的路灯》里写到"祝福你灯光们，愿你们永久而无限"，用上后缀"们"，直接把灯光当作人来对话。张枣的《十月之水》中"对面的圆圈们只死于白天""就这样珍珠们成群结队"，都是用后缀"们"将"圆圈"和"珍珠"拟人化。张新泉《老人与蚂蚁》中的"蚁们亲他的鞋子"和《风起邛海》中"那些红虾白鱼们/眼看已做不成晚饭"，都用后缀"们"将"蚂蚁""红虾白鱼"拟人化。王小妮的《四月的榕树们》，这题目中"们"就赋予了榕树人格特点，自然也饱含诗人情感。

当然，现代汉语以双音节为主，词缀的添加，也有韵律的功能。北岛的《小木房的歌》中有"潮儿涌，波儿碎，拍打着河边的小木房"，这里词缀"儿"的添加，便具有衬音的作用，同时流露出喜爱之情，若删去，便干瘪瘪的完全没有诗意了。

其次，通过词的复合法实现修辞功能。

现代汉语是以双音节为主的语言，两个音节的组合，我们可以利用这个特点来构成新词。根据结构关系，复合词的两个音节之间的关系可以分为六大类：联合式、偏正式、动补式、主谓式、动宾式、名量式。其中，联合式与偏正式是生造词的主要结构，在词性上又以名词、动词、形容词为主，在意义上是相同、相类或相反的关系。新诗词汇便可最大程度从这几个维度来生造。

郭沫若在《晨安》中写道："情热一样的燃着的海山啊"，"海山"是名词性联合结构，表同类，大海和高山之意。他在《凤凰涅槃》里写道："我们年轻时候的欢哀哪儿去了"，"欢哀"是形容词联合结构，表相反，欢乐与哀伤。冰心在《春水》里写道："春水温静地答谢我"，"温静"是形容词联合结构，表相近，温和与文静。这些临时生造的词语更凝练，表意更丰富。

胡弦在《老街》中写道："苦柳无言/花朵半明半暗/星光是病人的秘密"，"苦柳"是名词性的偏正结构，用"苦"将"柳"拟人化，渗透着人的丰富情感。

在偏正结构中，通过生造复合词来抵达丰富的修辞功能的情况很多，比如"悲雾"用"悲"将雾拟人化，"谗眼"用"谗"将眼拟人化，"瞎鸟"用"瞎"将鸟拟人化，这些都运用了拟人手法；"苦泪"用"苦"的味觉来呈现视觉的"泪"，运用通感手法；"浓林"将表达液体特点的"浓"用在树林身上，采用了移就的修辞手法；"丝雨"，是指雨如丝，采用了比喻手法。

第三，采用删减方法实现修辞功能。

这是指词汇层面的删减，即对词的构成要素进行删减，新诗中的词汇删减主要是对双音节词删为单音节词，对惯用语进行删减。删减后其表意仍然是完整的，如"环境保护"删减为"环保"，并不影响其完整意义；"四川"删减为"川"，我们都知道是四川。

陈梦家《雁子》中"黑的天，轻的翅膀"，"黑"是"黑黑、黑色"的删减，"轻"是"轻盈、轻轻"的删减；李金发《琴的哀》中"琴的哀"，"哀"是"哀伤、哀痛"的删减；林徽因《你是人间四月天》中"你是爱，是暖，是希望"，"暖"是"温暖"的删减；冰心《圣诗》中"枝受伤了，只剩几声呻吟"，"枝"是"枝条"的删减；戴望舒《狱中题壁》中"曝着太阳，沐着飘风"，"曝"是"曝晒"的删减，"沐"是"沐浴"的删减……

郑愁予《霸上印象》中"我们鱼贯在一线天廊下，不能再西，西侧是极乐"，"鱼贯"是惯用语"鱼贯而行"的删减，"极乐"是惯用语"极乐世界"的删减；辛迪《夜别》中"再不须什么支离的耳语吧，门外已是遥遥的夜了"，"支离"是惯用语"支离破碎"的删减。

这些词汇在删减后，没有影响诗句的表意，用词更凝结，更具有古典意蕴。

第四，采用拆分方法实现修辞功能。

这是从词语层面来说的，把结构上比较稳固的复合词，拆成两个或多个词来运用，往往带给人耳目一新之感。

老巢《情字孤孤单单》中"热情的热过去了，情字孤零零的，和户外的水一起接近固体"，把"热情"拆成"热""情"单独用；余光中《月光光》中"月是冰过的砒霜，月如砒，月如霜，落在谁的伤口上"，把"砒霜"拆成"砒""霜"单独用；痖弦《瓶》中"把涩的痛苦和酸的泪水，一滴滴的装入我心里"，把"酸涩"拆开独用；徐志摩《残诗》中"不浮着死，也就让冰分儿压了一个扁"，把"压扁"拆开独用……

以此类推，散一个步，微一个笑，甜一次蜜，等等，这些词语的拆分运用让人眼前一亮，带来别样情趣，实现陌生化效果。

大卫《沸腾或者美食的一种温度》中"从一种口味开始/青菜之青，白菜之白"便是运用拆分法，用颜色来表达口味，将味觉用视觉形象呈现出来，具有通感的效果。欧阳江河《手枪》中"手枪可以拆开/拆作两件不相关的东西/一件是手，一件是枪/枪变长可以成为一个党/手涂黑可以成为另外一个党"，诗人将"手枪"拆分为"手"与"枪"，赋予了全新的意义，深刻地揭示了现实。汤养宗《总有一天》中"比如还要活下去的'活'/那边的水早已蒸发，剩下的舌头，自己说给自己听/又比如我妻子的姓，林子变成了单只木头"，将"活"拆成"水"与"舌"，水没了只有舌，自己说给自己听，将"林"拆成单只"木"，暗示生活、生命的变化，具有深意。

第五，采用替换法实现修辞功能。

在此说的替换，是指对约定俗成的复合词，采用"仿词"的手法，进行模仿。即抽取原词中的一部分进行替换，新产生的词与原词结构相同，部分语素相同，字数也相同，表意上有一定关联，往往是相反或相类。

闻一多《太阳吟》里"烘干了小草尖头底露珠，可烘得干游子底冷泪盈眶"，"冷泪"仿的是"热泪"，语意相反；郑愁予《水巷》里"如一描蓝的窗"，"描蓝"仿的是"描红"，语意相类；诗阳《人类的宣言》里"桃花汛如何在桥下失约而至"，"失约而至"仿的是"相约而至"，语意相反。

杨克《风中的北京》中的诗句"风吹人低见车辆"，仿的就是"吹风草地见牛羊"；大卫的《题睢宁儿童画：密林深处是我家》这题目就是仿的杜牧《山行》中的"白云生处有人家"这种对古诗词的仿拟，增加诗歌意韵，更厚重，更引发想象，拓宽了意境。

汤养宗《光阴谣》中"从打水/到欣然领命地打上空气"，"打上空气"便是仿"打水"，给人耳目一新之感。汤养宗《十八相送》里还有"光阴在你我看到看不到的地方/大做手脚，小做手脚/一一的，都做下手脚"，"小做手脚"仿的是"大做手脚"，相反意义组合在一起，突出光阴的力量以及光阴对人全面的影响。

"仿词"本身就是一种修辞手法，它其实就是采用替换手法来实现的。将熟语或成语中的某些字换成音同或音近的字，可以收到耳熟能详而又字新义新、风趣幽默、出人意表的艺术效果。

"生造词"的修辞功能，是通过生造词来实现拟人、通感等修辞手法，呈现出词语鲜活的生命力。

（三）数量词妙用法

每一种词语，都有特定或约定俗成的亲缘关系。数量词的直接亲缘是名词，即与名词搭配，进而修饰名词。比如"书"，一般匹配的量词是"本""卷""册""套"等，不会是"条""丈"。既然是数量词，就意味着可数可量化的对象才能运用。准确地说，具体名词是有界的，可以受数量词的修饰量化；抽象名词是无界的，不能受数量词的修饰与量化。可数名词，可以受数量词的修饰量化；不可数的名词，不能受数量词的修饰与量化。

但是在诗歌中，往往突破这些规定，使其超常搭配，让诗语具有修辞功能，从而抵达语言陌生化的效果，提高审美品质。

我们首先要明白数量词的这种精妙运用，在古诗词中，早已频频惊艳。我们要做的，是继承与发扬，把这种创新精髓运用到新诗中。

其一，运用数量词实现比喻的修辞功能。

这是指数量词与所修饰的对象之间，形成比喻关系。古诗词，尤其是词中，运用得比较多，张昇《离亭燕》中"一带江山如画，风物向秋潇洒"，"带"是江山的量词，也是其喻体，江山如带，如画，让江山有了画面感。白居易《别草堂三首》其三中"山间茅舍向山开，一带山泉绕舍回"。"带"是"泉"的量词，也是"泉"的喻体，是说清澈的山泉像一条带子一样环绕茅舍流过。秦观《南歌子》中的"水边灯火渐人行，天外一钩残月带三星"，"钩"是残月的量词，也是其喻体，形象地将残月比喻成钩，写出别离人眼中所见的早起情景，既有残月营造的伤感氛围，又有钩子一样牵挂着的难舍之情与锥心之痛，表达深刻新颖，冲击灵魂。

王沂新《眉妩·新月》中的"最堪受，一曲银钩小，宝帘挂秋冷"，"曲"是银钩月亮的量词，也是其喻体。词人在此用了双重喻，一是用小巧玲珑的银钩来喻指新月，二是用"曲"喻指小小银钩似的新月妩媚别致，富有诗意，仿佛是一曲词。杜甫在《江村》中也用了"曲"作量词，"清江一曲抱江流，长夏江村事事幽"，将清江蜿蜒流淌的美丽情景生动地展现在我们面前。

柳永《夜半乐》中的"扁舟一叶，乘兴离江渚"，"叶"是"扁舟"的量词，也是其喻体，突出扁舟如叶一般轻盈，远去得迅速。将"叶"用作量词在古诗词中较常见，如"一棹春风一叶舟，一纶茧缕一轻钩"（李煜《渔歌子》）、"一叶扁舟深处横，垂杨鸥不惊"（王质《长相思》）、"镜湖俯仰两青天，万顷玻璃一叶船"（陆游《渔父》）、"身如一叶舟，万事潮头起"（陈瓘《卜算子》）等。

在新诗中的这种运用，也大有其人。张新泉《邛海的早晨》中"一束朝晖踱过来/但帮不上忙"，"一束"一般是修饰有形可感的对象，这里用来修饰"朝阳"，便是把朝阳暗地喻为了一种有形之物，同时兼用了化虚为实的手法。

> 我是个写诗的，是一群零零散散的带光泽的词汇
> 一群被椰子树剪得很碎的波光粼粼
> ——黄亚洲《万泉河》

我是"一群词汇""一群波光粼粼"，这是一层新颖的比喻，用数量词"一群"修饰"词汇"与"波光粼粼"，是第二层比喻。"一群"往往是修饰有生命的对象，这里修饰"词汇"与"波光粼粼"，便是暗地里把这二者喻为另一种有生命的物象。同时，也融合了拟物的手法，属于修饰的兼用。

> 我的手迎着风，试探风和我自己
> 却接住一只盲目的鞭炮
> 在我渴欲的手中爆炸
> ——西川《我的手迎着风》

修饰"鞭炮"的数量词一般是"一个""一串"，这里却用"一只"，便是把鞭炮暗喻为另一种物象。同时还有"盲目"一词，也兼用了拟人的手法。

> 一帧生命
> 碎成了雪
> 一朵一朵地飘着
> ——朱成玉《圆寂》

"一帧"一般是修饰画作等，这里用来修饰"生命"，是将抽象的生命比喻为具体可感的艺术作品。诗人接着说碎成了雪，一朵一朵地飘着，这就是说生

命的离去也是一种美，回应着前面的艺术之喻。比如"一朵孩子跑过来""一朵思念凋零了"，也有这种效果，把孩子和思念比喻为花朵。

运用量词来实现比喻的修辞功能，一方面是借助名词来活用为量词，像以上的"叶""曲""钩"。另一方面是把用在一种物象上的量词，迁移运用到另一种物象上。比如"一阕"一般是用来修饰词曲的，迁移运用到其他对象，来实现比喻，"一阕白雪落在地笺上""一阕想法流淌了出来""一阕想象走在半路上"。把"一个人"说成"一枝人""一朵人""一粒人"；把"一阵风"说成"一匹风""一群风"；把"一种想法，再次降临"说成"一树想法，越来越青葱"；把"一条信息在手机出现"说成"一匹信息从手机里跑出来"……让语言富有画面感和表现力，激发丰富的想象，鲜活当时的场景，给人很强的代入感。

其二，运用数量词实现夸张的修辞功能。

这是指数量词的运用，夸张了所修饰的对象，以突出其特点。我们来看古诗词中，柳宗元《登柳州城楼寄漳、汀、封、连四州》中的"岭树重遮千里目，江流曲似九回肠"，这里的"千里""九回"都不是确数，而是一种夸张的说法。"千里目"极言远望的视线，九是十里最大的数字，古人常用它表示极限，如"九天""九泉"等。"九回肠"是形容愁肠百结，痛苦到了极点。

而文及翁《贺新郎》中的"一勺西湖水，渡江来、百年歌舞，百年酣醉"，用一勺来修饰西湖水，让人心头一震。"勺"表意少，作为西湖水的量词，似乎很不恰当，且后文还有"百年歌舞，百年酣醉"。词人正是用夸小的夸张手法，让一少一多形成鲜明对比，来突出南宋统治者沉醉于美如"西子"的西湖这块"小天地"，忘记沦陷敌手的"大片锦绣河山"，将其只贪眼前欢乐的丑态逼真地表现出来了，抒发了对偏安江左的统治者极大的不满及深刻的批判之情。

另外，像"白帆点点""寒鸦数点"等，都是用量词"点点""数点"将"白帆""寒鸦"进行了缩小夸张。

在新诗中，数量词的夸张体现，更多在数词上，多用"百""千""万"等来夸张对象特点，体现诗人恣意的想象。汤养宗在这方面比较突出：

只有弓，没有箭。只有
千斤力，没有射出。
——汤养宗《弓箭手》

千斤力，采用夸张，极言力大，在内心绷紧了，却没有射出，内敛的表达新潮的翻滚，让诗语形成了张力。

> 这里有三千花酒
> 任由你我二人对酌，桃花开，闲情落
> ——汤养宗《幻听症》

三千花酒，"三"者，多也，"三千"更多，采用夸张，体现醉饮其中，豪放与旷达的恣意。从题目看，这一切却是一种幻听症，表意深刻。

> 春风依然是昨天的春风
> 花朵却有万世艳骨
> ——汤养宗《留园惊梦》

"万世艳骨"，采用夸张，"昨天"的短暂与"万世"的长久，形成对比，突出花朵艳骨的本质，万世不变。

当然，也有很多其他诗人运用此法，沈伟《阳台上的女人》中的"然而她的孤寂是一座坚不可摧的城堡/她的身体密闭着万种柔情"，"万种柔情"是夸张，他《喀拉峻歌谣》中"一百座毡房半空入定/一千只山鸦整日聒噪"，"一百""一千"也是夸张；郁葱《震之痕》中的"千年止水啊/万世流云啊"，"千年""万世"都运用了数词来实现夸张的功能。

那么，量词可不可以来实现夸张呢？当然也可以，且更体现想象力的创新。把"一片海"说成"一滴海"突出其小，是缩小夸张；把"在门口，有一块石头"说成"在门口，有一座石头"突出其大，是扩大夸张。这都是用量词来实现夸张，使诗句更加新奇。

也有在一首诗里，运用数量词来实现多种修辞功能，鹰之《理性的爱》就是突出的代表。

> 在苍茫宇宙间
> 我像一粒灰尘样蠕动着
> 但妻像一枚挑骨头的绣花针

从地球黑漆漆的大蛋壳里找到我

儿子像一条蚯蚓

从地球那一边一点点拱出来

找到我

女儿像一枚小雨点

从云层一厘米一厘米地滑落下来

找到我

这是件多么幸运的事呀

我要把1200吨爱

均匀分成120份、1200份、12000份……

然后，一小点一小点地

给他们

——鹰之《理性的爱》

这首诗里运用大量的数量词，将我说成是"一粒"灰尘，是将"我"比喻为灰尘，言及我的平凡渺小；将儿子说成是"一条"蚯蚓，将儿子比喻为蚯蚓，言及儿子的灵动聪明；将女儿说成是"一枚"小雨点，是将女儿比喻为小雨点，浸入一份喜欢之情。"1200吨爱"，是夸张，突出我的爱之多。均分成"120份、1200份、12000份……"，采用夸张，是要把爱体现在极细微极细微之中，来凸显爱之丰富与深沉。

一粒灰尘的我，妻用挑骨头的绣花针穿越地球找到我，多神奇！儿子蚯蚓般穿越地球一点点拱出来找到我，多不易！云层那么高，一厘米这么短，女儿要滑落多久，要多么小心，多么耐心、多么执着……才能找到我啊！今生的缘聚，有着前世的努力，诗人要把1200吨爱，均匀分成120份、1200份、12000份……一小点一小点地给他们，这要给多久？要给到天长地久，天老地荒！多么美丽的爱与誓言！这节诗行主要通过数量词的运用来夸张突出此生缘分的不易，要好好珍惜，可以说，数词的作用在这一场亘古之爱中，发挥得淋漓尽致。

其三，运用数量词实现化抽象为具体的功能。

是指把数量词运用到抽象事物上，将抽象化为具体，让抽象事物具有可数可感的特点。李商隐在《无题》中的"一寸相思一寸灰"，便是用"一寸"来具化"相思"，使无形的相思可知可感。陆凯在《赠范晔》写的"江南无所有，聊赠一枝春"，用"一枝"将抽象无界的"春"具化摇曳成含苞欲放的梅花，带来极强的画面感。

王沂孙《齐天乐》中的"一襟余恨宫魂断，年年翠阴庭树"，"一襟余恨"；淮上女《减字木兰花》中的"淮水悠悠，万顷烟波万顷愁"，"万顷愁"；李清照《凤凰台上忆吹箫》中的"凝眸处，从今又添一段新愁"，都是将看不见摸不到的愁、恨化为具体，有着异曲同工之妙。

这种情况在古诗中很多，比如"一缕柔情、一腔哀怨、一丝希望、一缕清香、一缕新凉"等，对抽象无法量化的对象，进行量化，达到意想不到的效果。

在新诗中也很多，李元胜《怀疑》中的"急匆匆跑完全程/却不知不觉/仅仅载着一车夜色回家"，用数量词"一车"将夜色具体成可装载之物；张新泉《峨眉月》中"一串鸟鸣/白净/椭圆"，"鸟鸣"是抽象的，用"一串"来修饰，仿佛鸟鸣是一颗颗串起来的，可知可感，诗人还进一步将它鲜活成白净、椭圆的特点，带给我们别样的审美感受。大卫《琼台仙谷》中的"一粒鸟鸣洗不亮树叶/寂静到来之前/我该如何安排身子先撤"，用数量词"一粒"修饰，也将声音具体化，还暗用了比喻手法。

大卫在《想让玉兰在这首诗里慢点出现》中写道：

> 没有美好，只有美好时刻
> 哪来的万家？你我只隔一纸，一窗
> 筷子三副，椅子五把
> 既有一厘米的忧伤，也有
> 十二厘米的辽阔

"忧伤"是抽象情感，用"一厘米"这个表示长度的数量词来超常修饰，成功的化虚为实，带给人全新的审美感知。雷平阳《雷声》中的"几公里的寂静浓缩在一起"，也用表长度的数量词"几公里"将抽象的"寂静"具体化为空间上的辽阔，具有画面感。大解《大海航行》中的"神啊，我有一尺之忧，你有万世的虚空"，三者都有异曲同工之妙。

> 你现在的身体里
> 就住着720个魂灵
> 每一座山，每一条河，每一只蚂蚁

　　都是一座城

　　你打开一座

　　都需要一个魂灵去占领

　　　——鹰之《命中无江山，就做项羽》

　　"魂灵"是抽象概念，用数量词"720个"进行修饰，就将其具体化了，还去占领每一座城，让后面的情节顺利展开，有了故事性。

　　我歌颂一面正在半降的旗

　　歌颂他缓缓走下来的样子

　　一厘米一厘米地歌颂还不够

　　我要把单位换成伟大的毫米

　　也就是说，这面正在半降的旗

　　每降下一厘米就被我歌颂了十次

　　　——大卫《我歌颂一面旗》

　　"歌颂"是一个抽象概念，用厘米甚至毫米作为单位，将抽象的歌颂具体化，突出诗人对那面旗子情感的深沉与炽热。

　　其实，平时体验经历最多的情感、心理，都是抽象概念，在诗歌中借助数量词的超常运用，来实现具体化；或者将想象的内容，通过数量词的精确表达，实现一种虚假的真实。这种语言陌生化，是一种常用方法。比如"我的爱刚刚520万吨/足够用来撬起你精彩的一生"，比如"她长久地看着那一树繁花/终于提炼出两克快乐/一厘幸福/小心地放进脸上的酒窝"，这里的"两克""一厘"，从重量和长度两个角度将"快乐""幸福"具体化，新颖而别致。"你就是我心中的一颗星/距离月亮两公里处"，把想象的对象通过数量词精确表达一种真，带来一种惊艳感觉。

　　其四，运用数量词实现化静为动的功能。

　　这是指运用数量词，去实现将静态的对象化为动态来呈现。王安石《初晴》中"一抹明霞黯淡红，瓦沟已见雪花融"，"抹"本来是动词，活用为"明霞"的量词，就仿佛那明霞是抹在天空一般，具有动态感。清代刘嗣绾的《自钱塘至桐庐扁舟中杂诗》也有"一折青山一扇屏，一湾碧水一条琴"，"折"本来是动词，在这里活用为"青山"的量词，写出在船上前行中，迎面而来的山仿佛是事前被折叠起来的，在眼前一一打开，动态感极强。

由此可见，化静为动这种情况，一般是将动词活用为量词来实现，如"一抹斜阳""一抹春山""一扇蝴蝶""一犁雨"等。新诗中也如此，徐志摩在《黄鹂》中写道："一掠颜色飞上了树。/'看，一只黄鹂！'有人说"，将动词"掠"活用为量词，修饰"颜色"，给人以色彩流动与黄鹂飞舞的双重视觉冲击，化静为动，滋彩流光，传神至极。

这种用法在闻一多在《收回》中也有：

> 只记住了我今天的话，留心那
> 一掬温存，几朵吻，留心那几灶笑，
> 都给拾起来，没有差——记住我的话，
> 拾起来，还有珊瑚色的一串心跳。

用"一掬"修饰静态概念"温存"，化为动态，感受到温存是似水的柔情。同时还用"几朵""几灶"修饰"吻""笑"，实现比喻功能。这是一首描写爱情的诗，数量词的超常运用，让对方珍视今日，突出"我"的体贴、珍爱与呵护，以及我们在一起的美好。

新诗还运用名量词去修饰动作，一起来实现化静为动的效果。俞平伯在《小劫》中这样运用"罡风落我帽/冰雹打散我衣裳/似花花的蝴蝶/一片儿飘扬"，这里数量词"一片儿"本该修饰名词，这里却打破常规，用来修饰动词"飘扬"，就使静态的衣裳像蝴蝶一样飘扬，具有画面感，新颖别致。

我们可以以此类推，找到一股鲜活的语言泉源。"一片儿想念落在枝头/桃花就开了"，"一片儿"让动词想念有了具体形象，且将"想念"喻为有形花瓣，落在枝头，有了动作行为；"你那一瓣牵挂/芬芳了我整个青春"，用"一瓣"将动词牵挂画面化，且喻为花瓣，与后面的"芬芳"一起构成动态，呈现美好的意境。

数量词实现的修辞功能，在比拟上也比较突出。于坚的《阳光破坏了我对一群树叶的观看》，这题目中"一群树叶"就用数量词实现了比拟的修辞功能。大卫在《我来杞桥上，怀古钦英风——李白》中"新世纪篱笆上蹲着一匹汉朝的月"，就是用数量词"一匹"修饰月，暗地里将月拟为某种动物，可谓想象奇特，用语新颖。陈先发在这方面运用得比较多，他的《甲壳虫》中"瓢虫的一族/他们家境良好"，用"一族"来修饰瓢虫，具有拟人效果；他的《卷柏颂》中"当一群古柏蜷曲/摹写我们的终老",用"一群"将"古柏"拟人化;他的《苹果》中"今夜,大地的万有引力欢聚在/这一只孤单的苹果上",将苹果拟人化。

数量词体现拟人手法,把用在人身上的词移用到其他物上便可以实现,比如把用在人身上的"一位",用到其他对象上去,"一位皂荚树站在庭院里""一位巨石站在他身后""一位白猫躺在黄昏的怀里",把"一片水"说成"一派水",像人一样分流派,"一派风""一派雨""一派山"等同理。

除了体现修辞功能外,数量词的运用还可以表达强烈的褒贬情感,我们看郭小川在《青松歌》的这一小节诗:

　　而青松啊,
　　决不与野草闲花为伍!
　　一派正气,
　　一副洁骨,
　　一片忠贞,
　　一身英武。

正气、洁骨、忠贞、英武,诗人用名词、形容词等不同词性的词语来表现出青松一样的人的高贵气质和高格品质。且除"洁骨"外,都是抽象词语,用"一派""一副""一片""一身"就具体形象了起来,仿佛伟人就站在眼前,让我们肃然起敬,赞美之情溢于言表。

同时,数量词的运用,可以使虚拟的想象让人感觉得真实可信,带来一种全新的审美体验。

　　而此刻,我身体的雷达
　　正在俘获一串滴答声——
　　一只输液瓶
　　就悬挂在月亮旁边第三颗星星上
　　　——鹰之《诗是一种远处的响动》

输液瓶要挂在月亮旁边是不可能的,当诗人偏偏还说在第三颗星星上,用具体的数量词来认证一种真。这正体现了诗人在病中的情景,也成功地让我们感受到一种远处的响动，感受到诗。诗人说"诗是一种远处的响动"，这"远处"不是指空间维度，而是心灵和思维的维度。

总之，无论是古诗还是新诗，借助数量词的超常运用来实现语言的陌生化，可谓常用常新。

（四）词性活用法

在现代汉语中，表示事物名称的词叫名词，表示动作行为的词叫动词，形容对象性质特点的词叫形容词，每一类词性都有一定的稳定性，其接受搭配的亲缘词及在句中充当的角色，也有一定的规律。但因其在句中的位置影响，会出现词性临时改变的情况，我们称这种现象叫词类活用。这在古诗词中大量存在，在新诗中，更成为一种创新句子的方法。

其一，名词活用的情况，名词一般会客串动词、形容词和量词。

我们知道，名词一般接受形容词、数量词的修饰，不接受副词的修饰；在句中充当主语、宾语、定语，一般不充当谓语、状语，也不能带宾语和补语。如果名词偏偏受了副词或能愿动词修饰，或偏偏出现在谓语位置上，便临时充当谓语的角色，词性也随之变为动词或形容词；名词如果带了宾语或补语，也临时活用为动词；名词处在状语的位置上，便临时活用为状语。

古诗词中名词的活用情况比比皆是。

> 小楼昨夜又东风，故国不堪回首月明中。
> ——李煜《虞美人》

句中名词"东风"，受副词"又"修饰，临时活用为动词，意思是"刮起东风""吹来东风"。

> 云青青兮欲雨，水澹澹兮生烟。
> ——李白《梦游天姥吟留别》

句中名词"雨"，受能愿动词"欲"修饰，临时活用为动词，意思是"下雨"。

"沉舟侧畔千帆过，病树前头万木春。"
　　——刘禹锡《酬乐天扬州初逢席上见赠》

句中名词"春"，处在谓语位置，临时活用为形容词，意思是"茂盛"。

谈笑间，樯橹灰飞烟灭。
　　——苏轼《念奴娇·赤壁怀古》

句中名词"灰"与"烟"，处在状语位置上，修饰动词"飞""灭"，临时活用为状语，表示比喻，意思是"像灰一样""像烟一样"。
新诗中，这种用法在继承中发展，出现大量鲜活新颖的诗句。采用否定副词"非""不"修饰名词的情况。

它们轻呼："向这边，向这边，不左
不右，非前非后，而是这边，怕不?"
　　——张枣《卡夫卡致菲丽丝》

方位名词"左右""前后"，受否定副词"非"的修饰，临时活用为动词，意思是不在左边也不在右边，不在前面也不在后面。以此强调是在"这边"，既然左右前面都不在，那么这个"这边"就不是简单表方位，诗句就具有了深意。

我的颜色很亮
背景浪漫
但不真情
　　——老巢《人间爱情》

当名词接受否定副词"不""非"修饰时，临时活用为动词。诗句中名词"真情"，受"不"修饰，活用为动词，意思是"没有真情"。按照这种思维可以生长出很多灵动的诗句，"为对得起这么美好的春光，大家都不烟不酒""天地静下来，河流也不歌不诗了""他一向是非周末"。
采用程度副词"再""更""很"等修饰名词的情况。

如果碧潭再玻璃些

就可以照我扶伤的侧影

——余光中《碧潭》

名词"玻璃",受副词"再"的修饰,临时活用为动词,意思是具有玻璃一样的特性。结合前面的"碧潭"理解,便是说碧潭再像玻璃那样平静透明一些(就会像镜子一样,照出我扶伤的侧影)。

有的时候情境感染人,

让人忘记世俗,

忘情呀,思念呀,

有时那样的感受也很中秋。

——郁葱《再望明月》

名词"中秋",受程度副词"很"的修饰,临时活用为动词,意思是(感受很)像中秋一样圆满、温馨、幸福。

此刻,每一朵花都很淑女,

每一只蚂蚁都很绅士

——大卫《此刻……》

名词"淑女""绅士",接受程度副词"很"的修饰,临时活用为动词,将花与蚂蚁拟人化,意思是花开得像淑女一样含蓄、娇羞,蚂蚁也有绅士一样的礼貌、气质。

名词后面也可以采用连接动词后缀"着、了、过"的方式,进行临时改变词性,比如"妈妈宝贝着孩子""爸爸心肝着我""我们都曾孩子过""这样就很童年了"……表达往往鲜活而灵动。

总之,名词临时活用为动词,意思是对象具有名词那样的特性。运用这种思维,可以创造出无限的鲜活诗句,比如"她长期生活在海边,真是太鱼了""仰望天空,他多想狠狠地鸟一回啊""这样做,确实很人类""这里真是更加春天啊""这夜,更加夜了""这风格,很女人""再石头一些,更可靠"……

其二，动词活用的情况，动词一般会客串名词或动词的使动用法。

动词在句子担任谓语的责任，及物动词带宾语，不及物动词不能带宾语。能够接受"不"的修饰，一般不能接受程度副词"很"和数量词的修饰。当用数量短语、领属短语修饰动词或动词短语时，就需要临时活用为名词。

不及物动词带宾语，临时活用为及物动词，主语在客观上有使宾语怎么样，便构成使动用法。古诗中这种用法比较多。

> 熊咆龙吟殷岩泉，栗深林兮惊层巅。
> ——李白《梦游天姥吟留别》

"栗""惊"是不及物动词，意思是"害怕得发抖"和"惊动、震动"，诗句中带上宾语"深林"和"层巅"，构成使动用法，译成"使深林发抖""使层巅震动"。

> 明月别枝惊鹊，清风半夜鸣蝉。
> ——辛弃疾《西江月·夜行黄沙道中》

"惊""鸣"是不及物动词，意思是"受惊""鸣叫"，诗句中带上宾语"鹊"和"蝉"，构成了使动用法，译成"使鹊受惊""使蝉发出鸣叫"。

> 笔落惊风雨，诗成泣鬼神。
> ——杜甫《寄李白二十韵》

"惊"和"泣"是不及物动词，带了支配的宾语"风雨""鬼神"，变成了及物动词，构成了使动用法，意思是"使风雨惊骇、震惊"和"使鬼神哭泣"。

新诗中，一些诗人有意识地运用动词活用来创新诗句，使诗句灵动有活力。

郑愁予《梵音》中的"反正已还山门/且迟些个进去/且念一些渡　一些饮一些啄"，动词"渡""饮""啄"受数量词"一些"的修饰，便临时活用为名词。林徽因灵动的诗句在这方法体现比较突出，她《深夜里听到乐声》中的"一声听从我心底穿过，忒凄凉　我懂得，但我怎能应和?"，让动词"听"，接受数量词"一声"修饰,临时名词化;她《你是人间四月天》中的"你是一树一树的花开,是燕在梁间呢喃",让动词"花开",接受数量词"一树一树"的修饰,临时名词化,诗句新颖而别致。

昨夜付一片轻嘬,今朝收两朵微笑
——卞之琳《隔江泪》

动词"轻嘬",接受数量词"一片"的修饰,活用为名词,有了视觉效果;动词"微笑",接受数量词"两朵"修饰,活用为名词,暗含着比喻的效果。

看那小的飞虫,在它的飞翔内,时时都是永生。
——冯至《十四行诗》

动词"飞翔",接受领属短语"它的"修饰,临时活用为名词,让飞翔具有了空间感,想象新奇。

嫉妒死永霸了她姣美的呼吸,
——张枣《罗密欧与朱丽叶》

动词"呼吸",接受领属短语"她姣美的"修饰,临时活用为名词。连呼吸都是娇美的,突出朱丽叶的美丽,动词后连接状态词"着",表示这动作在持续的进行中,是不能表达瞬间的动词,如"死""牺牲""到达""结束"等,或表静态的心理动词,如"知道""认识""意识"等。在诗歌中,往往突破这些规定,让诗句更新锐。

同和相同溶为惫倦,在差别间又凝固着陌生。
——穆旦《诗八首》

"凝固"是表结果的动词,跟了"着",仿佛凝固一直在进行中,且后面带了宾语"陌生",临时活用为及物动词,似乎一直消融着陌生。

我这样死着，——在空虚里，在死寂里，在漆黑里死着。

　　——韦丛芜《绿绿的灼火》

　　表结束的动词"死"，跟了"着"，表示死一直在持续中，这其实表达的是活着的一种状态，富有深意。

　　用这种思维方法，可以衍生出很多富有表现力的句子，"这些桃花努力盛开/只为到达着你的三月""终于，他结束着今生的结束""还是那只旧鸟/意识着整个春天"。

　　动词活用作量词，也很精彩，在前面量词部分已有，不赘述。

　　其三，形容词活用的情况，形容词一般会客串动词或名词。

　　形容词主要用来修饰名词，在句中做定语，也可以充当谓语，不能带宾语、补语。如果形容词处在谓语中心语的位置上，带上了宾语，与宾语构成了动宾关系；或者后有补语，并与补语构成了动补关系；或者与前面的主语构成了主谓关系，就会临时活用为一般动词。

人有悲欢离合，月有阴晴圆缺，此事古难全。

　　——苏轼《水调歌头·明月几时有》

　　句中形容词"全"与前面的"此事"，构成了主谓关系，形容词"完备、齐全"便临时活用为动词"保全"。

"贫贱有此女，始适还家门。"

　　——《孔雀东南飞》

　　句中形容词"贫贱"，处在主语位置上，便临时活用为名词，意思是"贫贱之家"。

不忍登高临远，望故乡渺邈，归思难收。

　　——柳永《八声甘州》

　　句中的形容词"高""远"，作了"登"和"临"的宾语，便由形容词临时活用为名词，意思是"高处""远处"。

形容词是不能带宾语的，但它如果处在谓语中心语的位置上，带上了宾语，且主语客观上有使宾语怎么样的意思，那么这个形容词便活用为动词，构成了使动用法。

> 人烟寒橘柚，秋色老梧桐。
> ——李白《秋登宣城谢朓北楼》

"寒"和"老"都是形容词，在此分别带上宾语"橘柚"和"梧桐"，而且主语"人烟""秋色"都含有使"橘柚""梧桐"怎么样的性质，因此"寒"和"老"便含有"使……显得寒冷""使……变老"的意思，构成了使动用法。

把不能带宾语的形容词放在谓语中心语的位置上，让它带上宾语，且主语主观上有认为宾语怎么样的意思，则此形容词即活用为动词，构成了意动用法。

> 商人重利轻别离，前月浮梁买茶去。
> ——白居易《琵琶行》

形容词"重""轻"带上了宾语"利"和"别离"，构成了意动用法，译成"以……为重""以……为轻"。

在新诗中，诗人们这样创新运用形容词的情况很多。使形容词与表示时态的"着、了、过"连用，来让形容词临时活用为动词，体现新颖性。

> 整个夜晚
> 黑暗灿烂着
> 被撞响着
> ——贝岭《整个夜晚》

> 啊，你已陌生了的人，
> 今夜你同风雨来
> ——郑愁予《度牒》

以上两则，"灿烂"后连接"着"，"陌生"后连接"了"，都属于这种情况。有时后面还可以接宾语，"暗淡了我的童年""明媚了整首诗""辽阔着我的回忆""浩荡着激情"。

让形容词处在主语位置上，充当主语时，来让形容词临时活用为名词，体现新颖性。

　　如同美好布满我们的周身。
　　　　——郁葱 《石家庄的早春》

形容词"美好"在主语位置上，临时活用作名词，将美好这抽象概念，表达为具体可感的事物。

　　虚空留给了我们
　　此时，那哑默的太阳
　　是愉快的
　　　　——张枣《镜中》

形容词"虚空"在主语位置上，临时活用作名词。虚空既然是虚给，却像实物一般留给了我们，给人新奇感。

用数量词修饰或领属短语限定，来让形容词临时活用为名词，体现新颖性。

　　决不叫她偷听我心的饥饿
　　　　——张枣《楚王梦雨》

　　我的好，我的洁净是天生的，
　　　　——郁葱《再望明月》

以上诗句中，"饥饿"受"我心的"修饰，"好""洁净"受"我的"限制，就是这种情况，同理的如"一卷悲伤""一抹红""春天的灿烂""香烟里的寂寞"等。

让形容词处在宾语位置，来实现形容词临时活用为名词，体现新颖性。

也许人需要荒诞
　　——郁葱《安然的尘世》

倦了，累了，也攒够了凄凉，
　　——郁葱《再望明月》

以上诗句中"荒诞"作"需要"的宾语，"凄凉"作"攒够"的宾语，都临时活用作名词，将抽象的"荒诞""凄凉"化为具体的事物。

让能愿动词修饰形容词，来使形容词临时活用为动词，体现新颖性。

世事不能圆。
情愫不能圆。
惦记不能圆。
　　——郁葱《再望明月》

形容词"圆"受能愿动词"不能"修饰，临时活用为动词，意思是"圆满""圆顺"。

在形容词后搭配表处所或表趋向的补语，实现表达的新颖性。（一般只能搭配表程度的补语，比如"饿得厉害""红得透"）

你明彻的笑来往在微风里，并灿烂在园里的花枝上。
　　——李金发《温柔》

"在花枝上"表处所，作形容词"灿烂"的补语，暗地运用比喻，具体生动了笑的神态，如一朵一朵花。

路树驼著路树直高到远方去。
　　——郑愁予《垂直的泥土上》

"到远方去"表趋向，作形容词"高"的补语，让诗句拥有了延伸力量。

运用这种思维，让诗句进行主动生长，"羞涩成一朵花""悲伤在整个冬季""安静在一幅画中""思念，明亮在一片月色中""窗外那棵树，青葱在我的青春里"。

还有将一般用在名词后的"上、下、里、外、内、左、右"这些方位词，迁移运用到形容词后，使形容词临时活用为名词，且获得空间特征，实现抽象状态具体化。比如 "我就呆在这荒凉下/等待春天发现" "住在幸福内/聆听一季花开" "就这样/住在悲的左边/喜的右边"。

（五）动词多样搭配法

托尔斯泰说过："在艺术语言中最重要的是动词，因为全部生活都是运动。要是你找到了准确的动词，你就可以安心地写你的句子。"钱钟书先生曾说："诗人对事物往往突破一般经验的感受，有更深细的体会，因此，也需要推敲出一些新奇的字法。"

可以说，古诗词在字词的锤炼、诗眼的体现上，对动词往往情有独钟，有很多传为美谈的经典例子。贾岛《题李凝幽居》中"鸟宿池边树，僧敲月下门"的"敲"字；王安石《泊船瓜洲》中"春风又绿江南岸，明月何时照我还？"的"绿"字；宋祁《玉楼春·春景》中"绿杨烟外晓寒轻，红杏枝头春意闹"的"闹"字等，都脍炙人口。

前面主要从动词活用角度进行了探索，这个专题主要从动词搭配角度，来品味其创新的精妙，从而掌握其方法。

其一，动词与抽象对象搭配，实现化虚为实的效果。

很多动作行为，承受的或指向的对象应是具体可感的，在诗歌中，往往突破这种限制。将用在具体事物身上的表动作、行为、变化的动词，移用到抽象无形的事物身上，便让抽象的事物有了具体事物的特点，达到化虚为实，化抽象为具体的奇妙效果。

李白《寄动鲁二稚子》中"南风吹归心，飞堕酒楼前"，动词"吹""堕"指向的应是具象的动作，却作用在"心"这抽象对象上，便将心（诗人内在情感）化为了具体可触可感的事物，形象而又深沉地表达出诗人对寄居山东的儿女的思念之炽和希望尽快回到他们身边的盼归之切。

新诗中，这是一种比较突出的方法，被诗人们大量运用。

　　　　鸟在叫，在树丛中。
　　　　北风的喘息，已有人把它

从玻璃上擦去。

　　——胡弦《鸟在叫》

　　"擦去"的是北风的喘息，就将诉诸听觉的"喘息"化为了具体可见的视觉形象，是粘在玻璃上的某种东西了。

我站在忧愁的山顶

正为应景而错

　　——陆忆敏《年终》

　　"忧愁"是抽象的情感概念，动词"站"的自然是具体的地方，这样搭配运用，将忧愁具体化，并明确具体化为山顶，即是将"忧愁"比喻为"山顶"。

走过拇指大小的画题

走进瘦骨嶙峋的画心

　　——翟永明《随黄公望游富春山》

　　动词"走进"的往往是具体某处所，这里却是"画心"这抽象之地，仿佛画心成为了具体的一处空间，富有场景感。
　　不仅国内诗人青睐这种方法，国外也有大量诗人青睐这种方法。

它的目光被那走不完的铁栏

缠得这般疲倦，什么也不能收留。

　　——里尔克《豹》（冯至 译）

　　被"缠"住的，往往是具体物体，这里缠住的却是"目光"，将目光化为具体对象了。

我看见寂寞和绝望的形体生长，

直达我的眼前。

　　——阿莱杭德拉·皮萨尔尼克《又见黎明》（董继平 译）

"寂寞和绝望"都是抽象名词，用动词"生长"，就具化为了有生命的具体对象了。

> 医院的气味
> 梳着我的鼻孔，
> 它们煽动着
> ——麦凯格《探视时间》（傅浩译）

"气味"是无形的，用动词"梳着""煽动着"来陈述，便化为了具体的对象。

其二，表达人与物的动词互通搭配，实现比拟的修辞功能。

用来表达人身上的动作、行为、变化的动词，有其特定性；用来表达其他事物动作、行为、变化的动词，也有其特点性。在诗歌中，就突破这种经验俗成，相互通用，或者说相互移用到对方身上，实现比拟的修辞功能（拟人或者拟物）。让无生命的对象有人味、情味；让人具有无生命对象物性。

古诗人中，有很多诗人运用这种方法，李白在这方面就是高手。他的《宣州谢朓楼饯别校书叔云》里"长风万里送秋雁，对此可以酣高楼"，动词"送"赋予了"长风"人格化特点，凸显出无限的情意。诗人通过动词来实现了拟人手法，体现的是自己内心的思绪。他的《陪族叔刑部侍郎晔及中书贾舍人至游洞庭》里"且就洞庭赊月色，将船买酒白云边"，动词"赊"是"借取"之意，是人的动作，便将"洞庭"拟人。这两句意思是说，借着月色划向那白云映水的天边买酒去。一如神来之笔，是全诗的"诗眼"，突出诗人对自然美景的痴爱和浪漫主义情怀。

新诗中，很多诗人对此法是信手拈来。

> 水浅鱼读月，
> 雨低燕衔云。
> ——郁葱《再望明月》

动词"读"，一般是由人发出的动作，这里用在鱼身上，便是将鱼拟人化，将月倒映在水中，鱼儿游逐月影的情景生动呈现了出来。

蜘蛛嗅嗅月亮的腥味。

文字醒来，拎着裙裾，朝向彼此，

——张枣《卡夫卡致菲丽丝》

"醒来""拎裙裾"，这些都是指向人的动作，这里用来陈述文字，便是将文字拟人化，将抽象的"文字"具化为美女，微妙地体现了文字的魅力。他在《楚王梦雨》中"西边的飞蛾探听夕照的虚实/它们刚刚辞别幽居"，将"探听""辞别"这些描绘人的动词，用来陈述飞蛾，将飞蛾拟人化，充满了意趣。

落花与流水互相学习，

一个怀揣小忧愁，一个独擒大自在。

——大卫《怀乡……》

"学习"一般发生在人身上，这里却说是落叶与流水互相学习，便是将它们拟人化，具有人学习的特点。他在《致敬：向一个肃立默哀的人》中说"香樟与松树都很团结"，便是将形容人的"团结"用在"香樟与松树"身上，采用拟人的手法，让它们具有了人的品行。他在《希拉穆仁草原》中说"夕阳蹲在草尖上"，将用在有生命对象身上的"蹲"用在了"夕阳"身上，巧妙地将夕阳比拟成有生命的物体。

其三，动词与静态对象搭配，将其静态特点化为动态呈现。

这是指对一些静态事物，选用表动态的动词与其搭配，让静态特点化为动态呈现，实现新颖的审美情趣。

我们先来看古诗中的运用，曹植《七哀诗》中"明月照高楼，流光正徘徊"，"流光"是静态名词，用动词"徘徊"赋予流光人格化的动态特点，巧妙地借助流光的徘徊，委婉地表达自己内心的孤独、寂寞与惆怅。王禹偁《村行·马穿山径菊初黄》中"万壑有声含晚籁，数峰无语立斜阳"，"数峰"本是静态事物，动词"无语"将其拟人化，同时一个"立"字，将其动态化，仿佛那数座山峰是默默地站在那里。李白《访戴天山道士不遇》中"野竹分青霭，飞泉挂碧峰"，山间薄雾笼罩下的竹林，是处于相对静止状态的景物，诗人却用动词"分"，让整句诗动了起来。野竹参天，与青气融为一体，突出野竹的青翠葱郁，透射出春意盎然、生机勃勃的春天气息。

新诗运用这种方法，产生了大量精彩的诗句。

　　嫩芽在响，噼噼啪啪一片
　　　　——黄亚洲《失恋》

　　"嫩芽"本是静态的，用动词"在响"，还噼噼啪啪一片，化为了动态，突出嫩芽生长的蓬勃。黄亚洲在《失恋》中写道："你希望有春天爬动，给自己一个痒痒的感觉，但是/它却/咬你一口"，"春天"本是一个静态的抽象词语，用动词"爬动"，将春天拟物化，具体化，同时动态化。
　　诗人陆忆敏很善于运用这种创新手法，我们来看以下例子。

　　所有的智慧都悬挂在朝阳的那面
　　所有的心情也邻近阳光
　　　　——陆忆敏《街道朝阳的那面》

　　"智慧""心情"这些都是抽象而静态的概念，诗人用动词"悬挂""邻近"来表达出动态感来，新颖别致。

　　我掌心的饰文
　　有歌谣像河水那样流淌
　　　　——陆忆敏《手掌》

　　"饰文"自然是静态的，诗人却用动词"有"来表达饰文像歌谣，并又将歌谣喻为河水那样流淌。

　　又一个悲剧
　　脱离你的身体沉入记忆之河
　　　　——陆忆敏《婚约》

　　"悲剧"是一个静态概念，用动词"脱离"来陈述，仿佛能行动似的，使它动态化。
　　国外一些诗歌也善于运用这种方法。

仿佛

你透过染血的树枝

迎着光攀爬

　　——艾基《寂静》（汪剑钊 译）

这也是用动词"攀爬"，将静态的寂静动态起来，与上例有着异曲同工之妙。

感伤会悄悄地爬进来。我要将它赶出去，

　　——伊丽莎白·詹宁斯《纪念那些我不认识的人》（舒丹丹 译）

"感伤"是一个静态的抽象概念，用动词"爬"将其具体且动态化。

其四，动词与跨领域对象进行搭配，实现比喻的修辞功能。

把常规用在一种事物身上的动词，移用到另一事物身上，让另一事物具有常规搭配对象的特点，以此实现比喻的修辞效果。李白《北风行》中"黄河捧土尚可塞，北风雨雪恨难裁"，动词"裁"一般指向的是具体衣物布料，这里"裁"的是"恨"，便暗地将抽象的"恨"比喻为具体的衣物布料。"裁"是指"将其剪断"，断衣断布料，用这种生活之物表现断的决绝，凸显主人公因丈夫"战死不复回"而产生的"恨"，之深之切。

新诗中一些诗人也大脑洞开，运用这种方法，写了很多精彩的诗句。

月亮这个橡皮擦子

会把夜空擦得越来越蓝

　　——大卫《明年五月……》

动词"擦"一般用在生活中的实物对象上，这里用在"月亮"身上，让月亮实现"橡皮擦"的功能，跨度可谓大。这是把月亮比喻为橡皮擦，月光照亮夜空，一如橡皮擦擦干净了天空，想象新奇。

你一条微信

鲸鱼一般游过太平洋

　　——杨克《地球苹果的两半》

　　"微信"是网络领域里的概念，说"微信""游过太平洋"，便是将用在鱼身上的动词"游"跨域用在"微信"身上，实则是将"微信"比喻为"鲸鱼"，突出二者相距遥远，对方的信息的到达带来了喜悦。

　　动词的跨领域搭配，还可以实现拟人的效果，张二棍《黄石匠》中"把一尊佛/从石头中救出来"，一般是说把石像（佛）雕刻而成，诗人却说"救"出来，采用拟人手法，新颖而有温度。

　　有时动词的超常搭配，可能没有体现修辞手法，但超出常态思维，陌生化效果显著。黄亚洲的《崇明岛，三十六行展示馆》，是一首将动词运用得十分经典的诗歌，以第一节来品析。

> 长江堆积起了崇明岛我是知道的
> 但是长江把中国江南腹地几千年的生活艺术
> 也堆积到了这里
> 这是我今天才看见的

　　两个"堆积"，成功地高出了我们的常规经验，带给我们全新的审美体验。长江"堆积"起了崇明岛，长江是动态的，水流不停，怎么能堆积成固态的崇明岛呢？乍一看，就违背了常理，比较文学的表达一般会说长江"哺育"了崇明岛，取其水的多义性，这似乎够文艺了吧？但黄亚洲显然觉得这个还不够，他看到了"堆积"，看到了一般人没有看到的长江之泥沙，这是有形物的堆积，更看到了百沙淘金而成的生活艺术！流水带不走的他看到了，岁月带不走的，他也看到了，可谓既有科学的真又有艺术的美，妙绝矣！

　　动词的创新妙用告诉我们，有双艺术之眼，才能发现常人所不能发现的风景；有颗艺术之心，才能感知到常人所不能感知的意境！

二、 ······ 句法

枝繁叶茂的句子，是一道整体风景，摇曳的每一个角度，都掩隐着灵与思的玄妙。但语言背后走动着思维，无论"诗家语"的组成形式多丰富与复杂，总会有一定的路径。诗家语讲究断裂留白、矛盾内冲、违常突兀，让语言富有张力与弹性。我们主要从以下四个维度来探索，体会其常理之外、情理之中的精妙。

（一）删减省略法

这里的删枝剪叶，是从句子层面而言的，就是指省略。吕叔湘先生认为省略是汉语句法灵活性的表现之一，广义的省略是"意思里有，但话语里不出现"。一方面是为避免重复、舍弃旧信息、突出关键词语；另一方面，诗歌语言要求简洁凝练，用最少的文字表示最丰富的内容，往往省略很多成分。

当然，省略的成分不会影响意义的表达，反而可以激发读者的想象力，拓宽语义联想空间，是一种积极省略。和日常汉语相比，新诗中省略使用的频度更高，可以被省略的成分也更多，基本成分的主语、谓语和宾语可以省略，附加成分的定语、状语、补语也可以省略；辅助成分的连词、助词等有更多省略。

首先，主语省略的情况，是新诗中常见现象。

就是说，诗里的主语一般情况都不用写或者少写，从上下文中能理解出来。很多时候，主语就是抒情主人公诗人自己。

起风了
娜夜

起风了　我爱你　芦苇
野茫茫的一片
顺着风

在这遥远的地方　不需要
思想
只需要芦苇
顺着风

野茫茫的一片
像我们的爱　没有内容
　　1998.3

　　这首诗，主语省略比较突出。第一节中，结合第一行诗看，"野茫茫的一片"与"顺着风"的主语自然是芦苇，也可以表述为"你"。最后一节诗，"野茫茫的一片"前也省略了主语，联系前两节诗以及其描绘特征，可以推出主语也是"芦苇"。整首诗，省略主语后更简洁、更空灵。

在墓地打盹
张新泉

在墓地打盹
约等于
为长眠热身

　　"谁在墓地打盹"，省略了主语，"你、我、他、它"都可以作主语，这样省略之后，表意更丰富，也更具有深刻的普世意义。
　　其次，介词、关联词等虚词的省略，也是新诗常见情况。
　　这是指在新诗中，介词、关联词等虚词一般少用或不用，不把句意写得太满太露，要留白给读者思考，召唤读者参与的积极性。

我说时光的潭里，
下沉的途中我们应该有
一些恐惧
　　——余秀华《我们在这样的夜色里去向不明》

第一行诗"我说时光的潭里",就是"我说在时光的潭里",省略介词"在",表意不受影响,且更简洁。娜夜《一件事》里的"盲聋哑学校的秋风中/我站了很久",就是"在……中",李少君《异乡人》里的"上海深冬的旅馆外/街头零星响起的鞭炮声",就是"在……外",都省略了介词"在",表意依然清晰。

寒风跑步
总是要在乌江明珠酒店往左转
——张远伦《寒风向左转》

第一行诗的句首,把介词"在……中"都省略了,仿佛是寒风在跑步,或者是和寒风一起跑步,带给人新颖感。其实是"在寒风中"跑步,但这样写就没有一点新意了。掌握诗家语的这个特点,就会领略其中的妙趣。

张新泉《朋友》里的这几行诗这样写道:

我们其实是想说
今晚不走了,陪你
抵足而眠
外面下着小雨
我们慢慢地
穿着风衣
如果穿得快了
便觉得,更对不住你
——张新泉《朋友》

这些诗行的背后,省略了一些关联词和句子,我们添加上便是:

我们其实是想说
今晚不走了,(就)陪你
抵足而眠
(既然)外面下着小雨

（那么我们可以不用回去）
（可是我们还是要回去）
（所以）我们（就）慢慢地
穿着风衣
（因为）如果穿得快了
便觉得，更对不住你

　　加上这些关联词和句子，在语法上自然是没有错，表意似乎还更加清晰。可就是这种清晰，这种表意的满，会破坏诗意，失去诗歌的含蓄、简洁与空灵，无法引发读者的思考与想象，也失去诗味。省略这些，更含蓄地表达出朋友的纠结、微妙的心理，使语言内部充满张力。

　　第三，宾语省略的情况。
　　是指有的诗句有意将宾语省去，留给读者想象补充，或结合上下文理解。

街
被折磨得
软弱无力地躺着。
　　　　——芒克《城市》

　　诗句的第二行"被"之后省略了宾语，街被什么折磨，诗人没有说，留下空白，激发我们想象，意味深长。

但是我不相信他们就是诗人
而你是。
冷冷地看着一条狗死去的你是
从容地面对落日西下的你是
当你长歌当哭，为一个无法回来的灵魂。你是
　　　　——余秀华《致雷平阳》

　　四个"你是"的后面，都省略了宾语"诗人"。第一处，"你是。"以句号结束，是以陈述句照应前面一句"但是我不相信他们就是诗人"，情感平静；第二、第三处的"你是"后面没用标点符号，两行诗是一气呵成，短促而有

力，强化"你是诗人"，情感增强；最后一处在句号之后说"你是"，没有任何标点符号，貌似病句，实在言有尽而意无穷，激发我们无限的想象。

定中结构中，省略中心语，有时会造成奇特的效果。比如"整个下午，我们都在钓一条河流"，其实是钓河里的鱼；"依在怀里，孩子用力吸着母亲"，其实是吮吸着母亲的奶；"小心地舀起一勺大海"，其实是舀起一勺大海的水。

还有省略谓语的情况，雷平阳《存文学讲的故事》中的第一行诗"张天寿，一个乡下放映员"，便省略了谓语"是"，即"张天寿是一个乡下放映员"。有的还可以省略句子，我们来看以下这节诗：

> 咪、咪、咪……
> 请你不要把我打搅。
> 你是人吗？
> 也许你比人还可靠。
> ——芒克《路上的月亮》

"咪、咪、咪……"，从模拟的声音自然知道是猫，这句诗后省略了句子"猫在叫"，但这并不影响表意，反而更能引发我们的想象。

删减与省略，追求简洁与诗意，不仅是对词句，也是对整首诗而言的。卞之琳的经典作品《断章》"你站在桥上看风景/看风景的人在楼上看你/明月装饰了你的窗子/你装饰了别人的梦"，就是从一首长诗中提取的一个段落，对原来的长诗倒是不清楚了。而张新泉的《吱嘎的门》，是从以前的八十多行，一减再减，几乎达到苛刻的地步，减到最后只剩六行，"灯下，捧书的儿问我/那种很斯文的/'吱呀'一声开合的门/现在还有吗？/我说，南山陶潜那一扇/还在"这样他才满意。诗歌是语言的艺术，可以说，对语言的打磨是无止境的。

（二）语序错位法

组成一个句子的基本成员是明确的，其地位身份、站位前后、彼此辅助都有一定的规律，我们先来认识这个庞大的句族体系。

语句子成分包括基本成分、附加成分和辅助成分。基本成分是句子主干，即主语、谓语、宾语，它们是直接按照主谓宾先后顺序排列的。附加成分是句子枝干，即定语、状语、补语，定语修饰主语与宾语，状语修饰谓语，分别置于宾语与谓语之前；补语，补充说明谓语的情况，就置于谓语后；补充说明宾语情况，就置于宾语后。辅助成分包括助词、连词、语气词等，表示语气、时态或结构上的关系。

句法，是指句子这些成分的使用和组合的规律，一般包括语序与搭配。语序是指以上句子成分的位置顺序，搭配是指一些词类限制，如形容词一般不带宾语、不受副词修饰，不及物动词不带宾语等。日常规范语言受这些规律的制约，但语言的具体运用是灵活的，尤其是新诗语言，是创造性地运用语言，往往弹性很大。

这一节主要从语序上来看新诗语言怎样实现陌生化的，首先我们要明白，在文言文中，已有这种语序错位的现象，我们称为倒装句。新诗语言追求陌生化，往往为强化某种情感，或由于押韵、节奏和换行的需要，也用倒装。可以说与文言句式是一脉相承，还展现出语言崭新的活力。以下从文言文和新诗中相应性倒装情况来谈。

第一种，宾语前置，即宾语本在谓语之后，却置于之前。主要有以下几种情况。

一是在否定句中，代词作宾语，宾语就会前置。比如，"古之人不余欺也"，正常语序是"古之人不欺余也"，翻译为"古时候的人没有欺骗我啊"，即结构为"不、未、弗、无、莫等+代词宾语+动词"时，宾语就会前置。

二是在疑问句中，疑问代词作动词或介词的宾语，宾语前置。比如"沛公安在？"正常语序是"沛公在安？"翻译为"沛公在哪里？"即结构为"疑问代词宾语+动词或介词"时，宾语会前置。

三是在陈述句中，代词"自"作宾语，常常前置。比如，"举贤以自佐"正常语序是"举贤以佐自"，翻译为"选举贤能的人来辅佐自己"，即结构为"反身代词'自'+动词)"时，宾语会前置。

另外还有，"以"的宾语，有时前置（宾语+介词"以"），方位名词作宾语前置（方位名词+介词），为强调宾语而无条件前置，或用"之""是"（助词）将宾语前置。

我们来看新诗中宾语前置的情况。郑愁予《右边的人》中"尔春天的画廊她正走过"，常规语序是"她正走过你春天的画廊"，倒装后突出你春天的画廊。郑愁予《佛外缘》中"而我的心魔日归夜遁你如何知道"，常规语序是"而你如何知道我的心魔日归夜遁"。林徽因《你是人间的四月天》中"那轻，那娉婷/你是"，常规语序为"你是那（么）轻，那（么）娉婷"，突出了轻与娉婷。

第二种，定语后置，定语本在修饰的中心语之前，却置于了之后。主要有几下几种情况。

我们先看文言文中主要的几种定语后置情况。

一是用"之……者"或"者"表示，即结构为"中心词+定语+者"，或"中心词+之、而+定语+者"时，定语会后置。比如"求人可使报秦者"，正常语序是"求可使报秦者人"，翻译为"寻求可以出使回复秦国的人"。

二是用"之"把形容词定语后置，即结构为"中心词+之+定语"时，定语会后置。比如"蚓无爪牙之利，筋骨之强"，正常语序是"蚓无利之爪牙，强之筋骨"，翻译为"蚯蚓没有锋利的爪牙，强健的筋骨"。

三是数量词作定语时常后置，比如"我持白璧一双，欲献项王"，正常语序是"我持一双白璧，欲献项王"，翻译为"我拿着一对白璧，想献给项王"。

现在我们来看新诗中，徐志摩《我等候你》中"户外的昏黄已然/凝聚成夜的乌黑"，常规语序是"户外的昏黄已然/凝聚成乌黑的夜"，落笔在"乌黑"上，强化了夜的特点。林徽因《深笑》中"一串一串明珠/大小闪着光亮/迸出天真"，常规语序是"一串一串大小明珠/闪着光亮/迸出天真"，让"大小"与"闪着光直接搭配"，新颖而灵动。陈先发《怎样把一首短诗写完》中"如今我身边布满了/不可思议的陷阱和/那些没来由的泪水/生活上的，或是语言上的"，常规语序是"如今我身边布满了/生活上的，或是语言上的/不可思议的陷阱和/那些没来由的泪水"，像这种定语比较长时，倒装后表意更清晰，语句更灵动。

第三种，介宾短语后置，介宾短语在句中是状语成分，本在谓语动词之前，却置于之后，成为了补语。

比如"以勇气闻于诸侯"，正常语序是"以勇气于诸侯闻"，翻译为"凭借勇气在诸侯间闻名"。

新诗中，席慕蓉《一棵开花的树》中"如何让你遇见我，/在我最美丽的时刻"常规语序是"如何让你在我最美丽的时刻/遇见我"，突出了"如何让你遇见我"的迫切心情。李金发《弃妇》中"狂呼在我清白之耳后/如荒野狂风怒号"，常规语序是"如荒野狂风怒号/在我清白之耳后狂呼"；"靠一根草儿，与上帝之灵往返在空谷里"这句，常规语序是"在空谷里靠一根草儿，与上帝之灵往返"。

第四种，主谓倒置，主语本在谓语之前，为了强调谓语，主语就置于其后。

这种情况比较少。比如"甚矣，汝之不惠"，正常语序是"汝之不惠甚矣"，翻译为"你不聪明太严重了"。

在新诗中，主谓倒装的情况倒是很常见。李金发《有感》中这样写道："如残叶溅/血在我们/脚上"，常规语序是"血，如残叶/溅在我们/脚上"，突出了残叶的这个意象，具有画面感。林徽因《黄昏过泰山》中"却听脚下风起/来了夜"，常规语序是"却听脚下风起/夜来了"。徐志摩《情死》中"尽胶结在一起/一片狼藉的猩红/两手模糊的鲜血"，"一片狼藉的猩红，两手模糊的鲜血"是两个并列定中短语，作句子主语，后置在谓语之后。杜运燮《秋》中"连鸽哨也发出成熟的音调，/过去了，那阵雨喧闹的夏季。"常规语序是"那阵雨喧闹的夏季过去了"，这样写，突出了夏季过去的时间意识。

语序错位，或者说语序倒装，把应该出在什么位置的内容前置或者后置，在表意上是为了突出这部分内容的特定，在效果上打破常规，带来新颖的审美感觉。

（三）语意违常法

诗家语，常常不跟常规思维走，讲究断裂、矛盾、突破，让语言形成张力，语意往往是违常的。即违常识、违常情、违常态、违常思、违常理、违常事等，当然，表面上看是违背了逻辑，深层里却有着更高的逻辑，是一种超常，一种突破与创新。

一是超常识，即超越一般的认知常识，或突破长期固化的常识。

这是指对某一个词语或事物现象，常识的认知会固化、狭窄其内涵，诗人们有意进行突破拓展，带来更丰富更辽阔的认识。

> 不用出门去看，我们就知道
> 芦苇延伸着，像白色的火焰
> ——杜涯《十二月重唱》

在常识的认知中，火焰是红色的，是热的；这里却说是白色的，与常识不一样。原来，火焰特点不仅是红色，不仅是热的，更有旺盛的生命力、活力的意思。芦苇花是白色的，诗人便将它比喻为白色火焰，用来突出芦苇之多之茂盛之富有生命力。这样，就超越了常识，拓展了我们对火焰内涵认知。

> 阳光照亮那张最南非的面孔
> 瞬间他通体透明
> 我看见他的灵魂
> 像一朵黑色的火焰
> ——昌耀《纳尔逊·曼德拉》

昌耀把灵魂比喻为黑色火焰，也突破了颜色上的常识禁锢，将抽象的灵魂具体化，取其活力与希望，带给我们别样的审美感受。

> 雪花，正发出燃烧的声音
> 春天到来之前，它是唯一
> 绽放在我眼前的花朵
> ——马启代《那个童话般的雪人》

在常识中，"雪花"是冷的，根本不可能燃烧。这里突破常识，暗用了比喻，将雪花飘落的状态喻为火焰燃烧的情景，形象地突出了雪花之多之大，带给人一种生命力。风尘布衣在《泰安古镇》里写到"只有山里人知道/每一片树叶其实是绿色的雪花"，也是突破了雪作为白色的常规认识，将树叶比喻为绿色的雪花，以诗性的目光看到树叶与雪花的深层关系，新颖别致。

> 我料想这老去的声音
> 应有所松懈，像心有余而力不足
> 长舒一口气：唱完这支歌，我就要飞走了
> 但你听！一只蝉叫了
> 沉寂片刻，另一只也叫了
> 从各自的隐蔽处，像某种友谊
> 所有的蝉都开始回应，声嘶力竭，如夏日幸存的火焰
> ——李不嫁《寒蝉》

既然已是老去的声音，应该有所松懈，应该心有余而力不足。然而，沉寂

片刻之后，又是一只呼应着一只，声嘶力竭，呼啸成夏日幸存的火焰！多么激动人心，火焰即是火种，在隐秘中进行着接力。诗人将寒蝉的声音比喻为幸存的火焰，表意深刻。

> 枯树枝把自己埋在天空里，拒不降落
> 多年风雪后，它坚持成为微凸的节疤
> 树下的我，爬上塔楼顶层
> 倚在危殆的天台栏杆边
> 奋力把自己的半个身子埋在天空里
> ——张远伦《鹅岭公园即景》

"埋"在我们常识中，是往下，用土或用不透明的东西进行掩盖、遮蔽，诗人突破方位性与不透明，凸显深入其中这个特点，说"枯树枝把自己埋在天空里"，我也"奋力把自己的半个身子埋在天空里"，带来了全新的认识。

二是违常情，或超越一般人的常态感情。

这是指人们对某种事物或现象，有着常态的褒贬之情，诗歌往往契合语境，违背这种固化的常态之情，给人带来崭新、鲜活的体验。

> 请你咬紧牙关，拔光我的头发，戴在你头上
> 让我的苦恨永久在你头上飘
> 让你直到七老八十也享受不到白头发的荣耀
> ——余秀华《手（致父亲）》

白头发自然不是什么荣耀，这是一层超出了常情，其实是表达到老的一种安然顺意状态；"让你直到七老八十也享受不到白头发的荣耀"，从题目看这"你"是父亲，言下之意是让父亲到老都不得安心，这违背作为女儿对父亲的一般情感。诗人正是以此强烈的冲击，来表达对自己残疾一生的命运的反抗。

> 我在一堆乱石上走着，他们乱得
> 非常正确。
> ——大卫《新的长城》

对乱石之乱，一般是讨论，诗人却说成是正确，还非常正确，予以肯定与赞美。这便不是常情。诗人打破常规价值观，乱，是石头作为其本身的一种自然，自然的，便是正确美好的，便是可贵的，值得赞美。

　　给我们光明，给我们羞愧
　　　　——多多《致太阳》

给我们光明，给我们羞愧，从题目看，应是太阳在给。前者是常情能理解的，后者却带给我们困惑，太阳怎么会给我们羞愧呢？诗人以此引领我们深层思考，太阳给我们光明，让我们看到了光亮，同时也会看到黑暗部分，这个黑暗部分既是外界的，也是我们内心的，引发我们反思，让我们感到羞愧。

　　一只苍蝇在玻璃上碰撞
　　如一颗活动宝石
　　碧绿，晶亮，楚楚动人
　　一只苍蝇足以穿透一块生铁
　　　　——叶世斌《美丽的苍蝇》

苍蝇在我们文化基因里，一般蕴含的是贬义的情感，诗人却说它"碧绿，晶亮，楚楚动人"，用这样美妙的词语去修饰，这是超乎常情的，也是一种打破与创新。这与闻一多的《死水》有异曲同工之妙。

　　也许铜的要绿成翡翠，
　　铁罐上锈出几瓣桃花；
　　再让油腻织一层罗绮，
　　霉菌给他蒸出些云霞。

　　让死水酵成一沟绿酒，
　　飘满了珍珠似的白沫；
　　小珠笑一声变成大珠，
　　又被偷酒的花蚊咬破。

"破铜烂铁"变成了翡翠和桃花，"剩菜残羹"泛出了罗绮和云霞。一沟绝望的死水，变成了一沟绿酒：绿酒在冒泡，那泡沫便是珍珠！

珍贵美丽的事物一般是用来比喻证明美好的对象，闻一多却违背这种常情，用来比喻这绝顶的肮脏对象，形成强烈的反差，让人更加感到恶心，以此来突出"尖锐的讽刺"本意。

三是违常态，或超出事物的平常状态。

这是指一些事物往往有自身比较固定的状态或形态，诗歌往往打破这种稳固，让其发生变化，带给人全新的认知。

池凌云《被迫的沉默有一道圆形的伤口》，这题目里用"圆形"修容伤口（伤口一般是条形），就违了常态。沿着形状上的违常，可以练习出一系列句子，比如"三角形的痛苦/稳定架在我心灵上""长方形的太阳/闪亮在窗户上""那尖形的目光刺痛了她"。

当然，也可以在颜色上进行违常，"呈给你黄土下紫色的灵魂"（艾青《大堰河——我的保姆》）。我们可以进行练习，"想法很白""青春很绿""黑色的痛苦"等，还有化抽象为具体的效果。

违常态的写法有很多新颖的案例。

　　　我处于静态的喧嚣之中
　　　任黑夜落幕而
　　　无法变换铁一样的表情
　　　　　——陆忆敏《此夜》

喧嚣，一般都是动态的，关乎声音，关乎杂乱的场景。既然处于"静态"，却又是喧嚣，这自然是矛盾的，诗人恰是用这看似矛盾的表达，来突出其深刻性。诗人认识到喧嚣的多样性，有外显的、表面的、动态的，也是有内在的、隐形的。黑夜落幕中，诗人超越了常人的幽思与体悟。

　　　那时候我想
　　　阳光已被挤死，最起码
　　　只能生活在我们的反面
　　　　　——西川《她跟着我无意识的脚步低语》

阳光本不存在死与活，却说阳光被挤死，这是超越了常态。诗人正是使这种不可能发生的状态发生，引起我们的思考。

> 在一群青草，燕子和母鹿之间
> 你以胆怯的温柔围歼我
> 绒绒的气息弥漫
> ——叶世斌《刺槐树》

既然是"温柔"，还是"胆怯的温柔"，那便是无害的，怎么会发生围歼的事呢？这就违背事情的常态。诗人其实是赋予了"围歼"以新意，也揭示了深意，在人与自然之间的敌对关系中，"胆怯的温柔"是一种武器，是唤醒我们人性的武器。

永顺城

刘年

> 几十年来，这里就只有我一个人
> 一个人买卖，一个人劝酒，一个人摇头，一个人看戏
> 一个人冷笑，一个人叹息，一个人挤公交，一个人排队挂号
> 一个人在人潮人海中找人

这首诗，诗人为我们呈现一种怪诞的现象，一座城，几十年来，怎么会是一个人？这是不可能的事。既然买卖，必然有买有卖；既然劝酒，必然一劝一喝；既然看戏，必然一演一看；既然挤公交，必然有群体；既然排队，必然有很多病人……可是刘年偏偏说一个人！所有人都汇聚在一个人的身体里，汇聚成一个人的命运；或者说，一个人的命运，便是所有人的命运。

这就违背了平常状态，在事情的悖谬中凸显其深层的思考，从热闹、拥挤的城市生活现象中，洞悉到更深层的心灵与命运图景：人是孤独的，人类也是孤独的；生命复制生命，生活复制生活，生生世世，永不止息，一座城这么过来，历史这么过来，人类也这么过来。

四是超常思，即前诗句的前后连接中，超越一般思维。

是指超越常态思维，即第二句诗，不沿着上一句诗的逻辑行走，让其偏向，或者挣断，在诗句之间形成陡峭悬崖，形成巨大的断裂空间，增强诗歌表达的张力性。

> 植物的喷泉向树顶涌起
> 然后喷散下来。
> ——叶世斌《倒槐》

我们一般想到喷泉，便想到是水质的，诗人的超常思维，把倒槐顶形成的树冠比喻为喷泉，从形状上进行思考，将枝叶下垂比喻为喷泉喷散，实在是妙。叶世斌《凉亭》中"藤蔓，这缓慢的喷泉"，与此构思是异曲同工。

> 只要想起一生中后悔的事
> 梅花便落了下来
> ——张枣《镜中》

"想起一生中后悔的事"，按照常规思维，便会想到相关的人或具体的事，诗人却说"梅花便落了下来"。二者在思维上没有直接的连接点，形成一种断裂带，背后隐藏的语意丰富，语言具有了张力。

> 你要一退再退，退往人间低处。
> ——胡弦《燕子》

"一退再退"，无论往哪里退，按照常态思维，也是考虑退往具体的地方。诗人荡开一笔，说"退往人间低处"，这就超越平常思维，中间形成一个断裂带，拓展了意境。陈先发《前世》中"要逃，就干脆逃到蝴蝶的体内去"，也是这种超常思维。

> 一想到空气中还有许多我看不见的邻居
> 麒麟，九尾狐，英招，飞廉，当康
> ——汤养宗《一想到那些邻居》

"一想到邻居",按照常规思维,想到的应该是人,自然看得见,诗人却说看不见,这是一层违常。原来是"麒麟,九尾狐,英招,飞廉,当康",是我国古代神话传说中用以象征祥瑞的一些神兽,常态思维别说想到,很多连知道都不可能,这就给人带来了冲击感。

> 桃花才骨朵
> 人心已乱开
> ——张新泉《想龙泉》

桃花"才"骨朵,顺着逻辑,自然应写花未开,或与花有关的果啊树啊。但诗人没有,他荡开一笔,转而写人,写"人心"开,且"乱开"。一个"乱",可以表达人心开得盛开得欢开得恣意盎然,只因龙泉山上骨朵桃花带来了无限美好的期待。同时,因桃花往往暗示着爱情,故也可以表达人心没有像桃花一样按花期时令开,太急太浮太没道德感,是诗人对现实的一份洞悉,很有深度。

这首诗就这么两句,诗人从"花才骨朵",花未开,逆向思考,写"人心乱开",在句与句之间形成辽阔空间,表达出丰富的内涵,令人拍案叫绝。

五是违常理,或超越常态道理。

这是指一些事物,按照事理逻辑,会有比较固定的认识,诗歌往往打破这种固化逻辑,在与经验的冲突中形成语言的张力。

> 它跌跌撞撞,要把
> 整个庞大黑夜,
> 拖入它的一小点光亮里。
> ——胡弦《萤火虫》

一只萤火虫,要把整个庞大黑夜,拖入它的一小点光亮里,按道理,这是不可能发生的。明知不可为而偏为,诗人以此体现一种先驱者的精神,带给我们敬意与震撼。

> 我喜欢闭上眼睛
> 却并非厌倦霓虹灯影

我只是轻守着内心的烛焰

不让一丝风

从我眼角漏过去

　　——朱成玉《我埋头看着从前的信》

"漏"一般是指从里面往外面渗透，诗人却违背常理，说喜欢闭上眼睛，不让一丝风，从我眼角漏过去，即漏进去。这就为我们唤醒了对漏更丰富的理解。

石头是黑色的

在河流中它一点点地融化着

　　——陈先发《扬之水》

按照常理，石头是黑色，这有可能，但坚硬的石头，怎么会在河流中一点点融化呢？诗人在违背常理中，表达石头仿佛在河流中被岁月之火烧黑了，烧得融化了。石头在时间岁月面前，是熬不住的，会融化的，表意可谓深刻。

某人的墓志铭
张新泉

给蚯蚓量体长

给风办理暂住证

兢兢业业一生

蚯蚓的体长在不断变化，风是不可能停留下来的，一停留风就不会存在了。诗人违反常理，说给蚯蚓量体长，给风办理暂住证，这显然是在做毫无意义的事。还作为墓志铭，兢兢业业一生。这墓志铭若是写给自己，便是一种自嘲，毫无意义地过了一生；若用在别人身上，便是对对方的一种讽刺。

汤养宗《光阴谣》中"一直在做一件事，用竹篮打水/并做得心安理得与煞有其事"，"竹篮打水"是一场空，是无价值的，却做得心安理得与煞有其事，与上例同理同法，异曲同工。

日月之久，勉强够我泡好一壶茶

勉强够我攀登一本陡峭的书

有时负薪而行，有时采药忘归

勉强够我忘记一个人

因为爱她，我对世界持有偏见

而要纠正这偏见，十年好像远远不够

　　　—— 李元胜《十年间》

十年的日月，自然算得上长久了；用来泡一壶茶，用来攀登一本书，还是"勉强"够，这就背离了经验逻辑。这份背离，拉开巨大的空间，供我们想象，是一壶什么茶，是一本什么样的书，要用这么长的时间？这显然是超越了经验里的对象，从下文看，结合物象与物象之间的关系思考，自然是暗示后面的人物——她！那么，这便是一壶爱的茶，一本情的书。爱太浓、情路太陡峭，用十年，终还是没能饮下醇香，没有攀登成功，只能遗忘。遗忘，用十年又远远不够，这个人、这份情，刻进生命该是多么深！

六是打通界限，跨领域组合。

是指将一个领域的特质与另一个领域相融合，或通过想象，让一个本属于某个领域的物象，同时抵达另一个领域，以此增强诗歌语言的陌生性和感染力。

鸟有倍数与单数，在树枝上的那一只转眼间又飞没了

无缘无故我想到了谁。

　　　——汤养宗《漫不经心的倍数与单数》

"倍数与单数"是数学领域的概念，诗人用来表达鸟的状态，倍数时是比较多的鸟在一起，单数时是一只鸟独自在。并由此表达自己的生命的状态，想到分分合合的一些人。这"无缘无故"用得最是妙，睹鸟思人，思人生，二者之间是相似联系。

枝头翻滚的鸟儿终将飞入

白纸上已画成的鸟之体内

永息于沉静的墨水

　　　——陈先发《终归平面之诗》

枝头翻滚的鸟儿，是在自然界中；白纸上已画成的鸟，是在画里。二者是两个不同的领域，诗人说枝头鸟儿终将飞入纸上鸟之体内，采用跨领域融合的方法来委婉表达死亡。一如我们每个人，终将走进墙上相框里的人。这种跨界表达，大解在《老照片》中也有，"把燕山放在相册里　实在是不妥/那么多山峰压缩在一个平面上　有些残忍"，意在突出燕山的辽阔雄浑，什么样的照片也呈现不了。

好的友谊须有基本的距离
好的爱情，须有适当的缺陷
我喜欢你，缘于你微笑时
那细微的不对称
　　——李元胜《墓志铭》

作为经验，我们一看到"对称"这个词，自然联想到的是它作为几何概念，是指物体相同部分有规律的重复。或者想到它的哲学概念，是指宇宙的根本规律对立统一律。显然，这微笑的不对称，既不是从几何学也不是从哲学说的，而是从艺术美学角度来说的，是指平衡、和谐、庄重等。

"细微的不对称"，即细微的不平衡、不和谐，即细微的缺陷。即诗人爱的，是"你"不完美中完美，生活不完美，才是一种完美。

诗人有意用"对称"这个词语，打通不同的经验领域，用读者丰富的想象和新奇的体验，来丰富诗意，深刻主题。

亲人

汤养宗

亲人是一个增数，也是减数。
二十岁以前，这数字
一直在扩大，我由一个小弟
被叫成了小叔，小舅，小老头
一位读初三的女孩对我说：这就是逻辑
可时间的斑点不同意这种加法

一项简单的运算开始变黑，变扑朔迷离

使我的一些亲人，被无端删减

变成比零更小，更痛心的东西

在欢聚的日子里，在融融的桌面上

我依然会与亲人们谈笑风生

却又忽地点了点

桌面上那些永远缺席的人

在心里说一声

——"请大家看管好这个数！"

亲人是一个增数，也是减数，这是从客观角度来说的。诗人以一个初三女孩的视觉，来揭示"数字"作为自然科学领域的内涵。但时间、岁月，或者生命学领域，数字不是简单的增减，而是命运的无常，是诉诸情感的温度词语，是会变成比零更小、更痛心的东西。

在欢聚的日子里，在融融的桌面上，诗人也会清点那些永远缺席的人，他看到聚后的散，看到生背后永恒的死。诗人活在多维的世界里，他内心发出的声音"请大家看管好这个数"，是警醒，是珍惜。

数字，是数学领域的概念，诗人跨界用来表达生命，且整首诗以数字作为主骨来立意，耳目一新。

当然，从构句抵达陌生化的途径千万条，梳理的这几条路径，仅仅是抛砖引玉。方法在路上，风景在路上，惊喜也在路上。

（四）语意含蓄法

含蓄，是指诗人要表达的情感、思想、哲理（即诗歌主旨）不直接说出，而是用委婉曲折的方式来呈现。司空图在《二十四诗品》所言"不着一字，尽得风流"，严羽在《沧浪诗话》中所言"言有尽而意无穷"，叶燮在《原诗》中所言"言在此而意在彼"，以及梅尧臣说的"状难写之景如在目前，含不尽之意见于言外"，皆为此意。苏轼认为"言有尽而音意无穷者，天下之至言也"。

由此可见，含蓄在历代诗人词客心中的分量极重。古诗词如此，含蓄在新诗中亦然。诗歌主旨不直接说出，而是间接表达。要实现含蓄，就需要一座桥梁来连接，那有哪些桥梁呢？

一是意象。"意"者，心上音也，即诗人的心音；"象"者，物也。意象作为文艺概念，就是客观物象经过创作主体独特的情感活动而创造出来的一种艺术形象。意象，是寓"意"之"象"，即用来寄托主观情思的客观物象。

意象与主旨之间，本质在于相似性。在新诗中，意象的组合形式有以下几种。第一种是单意象，整首诗只有一个意象，用来象征或抒情，即写物诗。第二种是对照意象，意象分为对照的两组，两组之间的关系可能是对立关系，也可能是主次关系。第三种是群意象，用众多意象来共同表达主旨。如舒婷的《思念》一诗，就是用"挂图""代数""念珠"等众多意象来表达思念的特点。

二是典故。对于典故，新版《辞海》《辞源》均释为"诗文中引用的古代故事和有来历出处的词语"。一般有直接引用和化用两种，在新诗中，化用的方式居多。如郭沫若的《天狗》中，"我把月来吞了，我把日来吞了，我把一切的星球来吞了，我把全宇宙来吞了"便是化用"天狗食月"的传说故事。

三是凝练的词语。凝练者，言简意赅也。即语言简洁，表意丰富。丰富的含义隐藏在简洁的词语中，就是含蓄。

以下用舒婷的《思念》来品味新诗群意象表意的含蓄性。

　　思念
　　舒婷

一幅色彩缤纷但缺乏线条的挂图
一题清纯然而无解的代数
一具独弦琴，拨动檐雨的念珠
一双达不到彼岸的桨橹
蓓蕾一般默默地等待
夕阳一般遥遥地注目
也许藏有一个重洋
但流出来，只是两颗泪珠
呵，在心的远景里
在灵魂的深处

《思念》这首诗，在诗中没有出现一个"思念"之词，却句句写思念，行行溢出思念。真是新诗中"不着一字，尽得风流"的典范。

不着一字，不是说没有写一个字，而是说没有直接写那个字，而是采用间接的方式来表达。这首诗采用群意象来间接表达思念，解读的关键便是找到意象与思念之间的相似点。在这里，意象与思念之间是比喻关系，理解出意象的特点，便能明确思念的特点。

第一个意象是挂图，其特点是"色彩缤纷""缺乏线条"。前者写挂图美丽、绚烂，表达思念的美好；后者写挂图没有线条，即使空白的或杂乱的，表达出思念的无形，不可捉摸，或是"剪不断，理还乱"的无奈。

第二个意象是代数，其特点是"清纯""无解"。用"清纯"来修饰"代数"，用语可谓新奇。思念是一道题，这道题是"清纯"的，即思念是"清纯"的，一种什么样的思念能称得上清纯呢？自然是指少男少女之思，是初恋的纯净与香甜。"无解"，隐含着过程上无法解，也隐含着最终解不出答案。越难越想解，越解不出越想解，越解越发现解不出，陷入循环纠结中，体现思念饱含痛苦与无奈。

第三个意象是独弦琴，本应是"琴瑟相和，笙箫永伴"，却是独弦，自然是难相和了。不能相和，有两解，一是对方不在身边，无法相和，表达出分离的孤独；二是对方不懂我心，不知我在思，不会与我相和，深含着永远的绝望。

第四个意象是念珠，"檐雨的念珠"，是把檐雨比喻为念珠。檐雨本是从屋檐上自然流淌下来，诗人却说在"拨动"，即外界之雨珠，已成心上之念珠。檐雨在此既营造氛围，又深刻表意，雨不断，拨不断，思亦不断。"拨珠"这动作很容易联想到拨动佛珠，更是把思念当作一种信仰，突出对思念的执着。

第五个意象是桨橹，说其"达不到彼岸"，表意与"代数无解"相同，突出思念的绝望、无奈。

整合挂图、代数、独弦琴、念珠、桨橹这几个意象的内涵，便明确这份思念有情窦初开的甜美，有不可捉摸、难有结果、深陷纠结的痛苦与无奈，有独自相思永远得不到回应的绝望，也有信念般的执着。

第六个意象是蓓蕾，蓓蕾是指花骨朵儿，即还没开的花。"骨朵儿"可有两解，一指思念的主体是骨朵儿，是花一样的年龄；一指思念的人心怀骨朵一样的期待。既然是骨朵，自然是期待绽放，即期待思念绽放，期待思念能开花结果，能有解，能抵达思念的彼岸，应是充满激情与热烈。"默默"，指不出声，暗含一份隐藏，这隐藏可能是因为羞涩，可能因为不打扰对方，也可能是因为对方并不知道，只是独自满怀期待。无论哪种情形，都体现出思念的内敛与深沉。

第六个意象是夕阳，夕阳也有两解，一指思念的主体已到夕阳时，已年老；一指思念的人心怀夕阳态度，即"遥遥地注目"。夕阳特点是快落山了，是温暖的，对大地是依恋的，以此体现思念充满温暖、眷恋与不舍。"遥遥地"，指距离远，但距离再远，也要"注目"，即相隔再远，也要默默的守望，永远相思。不是一般的"远望"，是"注目"，体现思念的专注与深情。

夕阳落幕的，或许是对这份思念的落幕，也或许是生命落幕依然在思念。无论哪种，结合"蓓蕾"这个意象看，都体现距离跨度之大，这距离，指空间，更指时间。可谓一生相思，一生牵念。其思之深，其念之重！

第七个意象是重洋，重洋藏在内心，以重洋之深表达思念之深，以重洋的辽阔表达思念的辽阔，以重洋水之涩表达思念之苦……

最后一个意象是两颗泪，它们终于"流出来"了。这份思念，那么切、那么烈、那么深、那么重、那么久……却一直是一个人的心灵舞蹈，一个人欢喜同时悲伤，一个人期望同时绝望……

隐藏、内敛了一生，最终化为两颗泪，可谓四两拨千斤，我们听到诗人灵魂深处响惊雷！无论是用群意象来间接体现思念，还是在用词凝练、词意丰富上，含蓄表达，在这首诗里体现得淋漓尽致。

我们再用黎二愣的这首《蒙顶老茶树》，来品味新诗单意象表意的含蓄性。

蒙顶老茶树
黎二愣

一直想，1200年的老茶树
应是高耸天际，遮云蔽日
而老树却低伏在丛林中
似一扇光阴的窗口
过滤人世间的明枪暗箭

唐时的飞花
宋时的烟云
明清的晓风残月
都成窗口的过客
老茶树的四根枝杈

　　　　谦卑的蛰伏在那里
　　　　捡拾争名夺利间
　　　　遗漏的金玉满堂

　　　　昨夜的露
　　　　一直挂在老树顶尖
　　　　等待泡开一颗人心

　　这首诗是写蒙顶的老茶树，是单意象写作，应该是托物言志或借物抒情。那么，诗人究竟想通过写这棵老茶树来表达什么呢？我们需要沿着诗节将语言层层拨开，才能洞察其深意。

　　从题目看，蒙顶这个地名，让茶树有了着力点，让这首写物诗有了牢固的生命根系。这株茶树，从大地出发，在时间里行走1200年，第一行与题目从时空维度构建了辽阔的诗意天空。

　　1200年的茶树，在人的经验中生长得高耸天际、遮云蔽日，但这只是普通人一厢情愿又肤浅的经验，真实的老茶树只"低伏在丛林中"。老茶树这个表象姿态，自然有更深更含蓄的内涵。诗人用窗口这个比喻，形象地表达了他从老茶树的低伏的姿态中看到一种生命态度、一种生存智慧：过滤人世间的明枪暗箭。

　　第二节诗中的"飞花""烟云""晓风残月"代表唐宋明清，也代表时代。时代成为老茶树生命里的过客，便含蓄地表达了老茶树超越了时代，更深的内涵便是自然超越了历史。这是承接第一节诗意，继续揭示老茶树形象的内涵：它在时间里长出了智慧，不外显张扬、逞强逞能，不争名夺利，懂得内敛、谦卑与蛰伏，成为岁月里的赢家，不，是赢了岁月！

　　最后这一节诗说"昨夜的露/一直挂在老树顶尖/等待泡开一颗人心"，这是以自然之露浸开茶叶来含蓄表达人喝了沸水泡开的茶后内心也应展开、通达。老茶树等待泡开一颗人心，等待便是饮者知音。诗人自然是其知音，他深谙蒙顶山茶的内涵：一层沸水浸泡茶的肉体凡身，一层时间滋养茶的精神气韵。饮茶，要饮出茶中深意、茶中禅意。

　　或许诗人不仅揭示茶中深韵，更是想让我们明白：蒙顶老茶树，是时间老人，也是自然道象，在人间给我们上课！

三、・・・・・・・・・・・・・・・・・・・・・・・・・・・・・・・・・ 修辞篇

拥有一枚诗心，便是拥有生命不熄的火种，可以沸腾一生的岁月，可以灵动万物风情。诗意的真正栖居地，在心的原野；一切诗家语的培育室，也在心的驰骋中。万物有灵有情有人的一切特质，这是诗心的底色；万物平等、相融相通，这是诗心的通道。修炼一生的诗心，便是修炼成一株有情的植物心，一颗有温度的石子心。内修为道，外化为技，这技是我们常说的修辞（狭义上的修辞）。在诗家语中比较有代表性的，一是拟人，视万物为人，物我合一。二是拟物，物物相通，相互模仿。三是比喻，物物相似，互为镜像。四是虚实，表层与深层相通，现象与本质同居。五是对写，彼此相通，角色互移。而通感、移就等手法则自由的渗透其间，感官相通、情景相融，相互呼应。与其说这些是修辞技法，毋宁说是道行修炼。

（一）拟人

拟人修辞手法，是把物当作人来写。从技术层面看似乎很简单，但要写出新意，写出精彩，需要修炼诗心，探索方法。修炼诗心，在于开启心界，能用一双有情的眼睛看待万物；探索方法，在于发散思维，能从不同维度梳理方法。接下来，我们试着回答这几个问题：可以作为拟人本体的事物大概有哪些类型？人的哪些方面可以用来表述拟人的本体？拟人的呈现有哪些方式？

1.可以作为拟人本体的事物，一般有三种类型。

一是将除人以外的有生命的事物作为拟人的本体，比如植物、动物等。 陈先发《甲壳虫》中"他们是褐色的甲虫，在棘丛里，有的手持松针/当作干戈，抬高了膝盖，蹬蹬蹬地走来走去"，将有生命的甲壳虫作为本体，虫的世界是人世界的投影。比如，"这里每一棵树/都睁着很多眼睛"，将有生命的树作为本体，眼睛是指被砍枝条后留下的疤痕，仿佛树们都看着人类的行为，有警醒意味。

二是将其他无生命的事物作为拟人的本体，包括具体事物与抽象事物。 张

远伦《滨江路即景》中"向背后的山顶/钢筋水泥和我，都激动着，累着"，用"激动着，累着"将无生命的具体物象"钢筋水泥"作为本体。"妈妈，我的钱包饿了"，用"饿"将具体物象"钱包"作为本体，含蓄表达我没钱了。"懒觉的习惯总是赖在我身上/不肯离去"，是将抽象的"懒觉习惯"作为本体，说懒觉赖着我，诙谐地推脱自己的责任。

三是将人体身上某部分作为本体，这是比较容易忽视的。昌耀《痛。怀悒》中"我看见被戕害的心灵有疼痛分泌似绿色果汁"，"心灵"是人的一部分，用"疼痛"将其拟人化。杜涯《向萧瑟处》中"心灵的请求在萧瑟处永远不会被拒绝"，用"请求"一词将"心灵"拟人化。李南的《灵魂需要蜜喂养》，这首诗的题目就将人的灵魂拟人化。张远伦《寒风向左转》中"坚持回家，这可能是谜底/也可能是脚趾猜准了立春"，用"猜准"将"脚趾"作为拟人的本体。

叶世斌《你美得使人哑口无言》中"我的心情一直在流汗"，用"流汗"将"心情"作为本体，心情也会累得流汗，新奇美妙！汤养宗《人有其土》中"让我的小名，长满白发"，用"长满白发"将人的"小名"作为本体，仿佛白发的不是我，只是名字。余秀华也有类似手法，《那些秘密突然端庄》中"眼泪盲目而不确切"，用"盲目"将眼泪作为本体，本来是指人伤心得盲目，偏偏说眼泪盲目，将人剥离现场，具有奇特的审美效果。

沿着这个思维方向，可以涌现很多新颖的诗句，"他的思想伸出手来/拉了我一把""这个中秋的夜里/每一根头发都在想你""骨头很倔强，不肯弯一下腰""手很忠诚，捂住了他一生的秘密"。

2.拟人手法，一般是用人的以下五个方面来表述本体。

一是用人身上的实体部分来表述本体。比如眼睛、鼻子、耳朵、头发、胸脯、手指、脸、背、脚、指纹、手掌、身影、脚步声……把这些部分直接表述到其他事物身上，来实现拟人的修辞功能。

张枣《卡夫卡致菲丽丝》中"大地竖起耳朵，风中杨柳转向"，便是用"大地竖起耳朵"听，用"耳朵"将大地拟人。张枣《木兰树》中"心爱的正午，木兰树低下额安详地梦着"，"额"是属于人体的一部分，以此将木兰树拟人。当然，"安详地梦着"，也是拟人，是通过人的动作来实现的。李元胜《湖畔偶得》中"垂柳袖着手，保持古代姿势"，"袖着手"，便是用人身上的"手"将垂柳拟人。汤养宗《寻虎记》中"微风的脚步声/也是来回走的"，用人的"脚步声"将微风拟人。西川《母亲时代的洪水》中"而当你远远望见一座黑山昂着危险的头颅"。用"头颅"将黑山拟人。李南《出生地》中"云杉挺立着胸脯"，用"胸脯"将云杉拟人。张远伦《水无垢》中"女儿抚摸到水的骨头了"，用"骨头"将水拟人。

运用人的实体部分来表述本体，从本体所涉及的对象看，"大地""木兰树""垂柳""微风""黑山""云杉""水"，一般都是植物或无生命的对象。就是说，是非动物类的对象，因为动物与人的实体部分很多是一致的，比如动物也有头、眼睛、耳朵、脚等。

从这个思维方向行走，可以走出很多鲜活的拟人句子，"风伸出脚/把一片树林绊倒""河流的心脏停止跳动/鱼闭上眼睛默哀""思念的拳头/砸中了屋前柳树的脚""权力伸出手来/扼住欲望的命运""目光跪下/万物崇高"。

二是用人身上的抽象部分来表述本体。比如心情、心理、情绪、情感、态度、思想、精神、气质、思维、脾气、性格、能力、表情、品质、想法、成长、学历、身份、地位、职业……把这些部分直接表述到其他事物身上，来实现拟人的修辞功能。

张新泉《好刀》中有"刀光谦逊如月色"，"谦逊"是用来描绘人的品质，这里用来描绘"刀光"，可谓新颖奇特。杜涯《不能理解》中有"他们理解不了植物的温柔谦卑"，"温柔谦卑"是人的性格特点，在此用来写植物，采用拟人，突出植物默默生长、默默为人类奉献的特点。

黄亚洲在《给杭州来个速写》中运用得比较多，"我发现，这条河/也是刚柔相济/敢把这个城市全部的胆气与私情，直接/透露给北京"，"刚柔相济""敢"是人的性格、心理特点，在此用来描绘河，赋予其人的特点。另外，"透露"是从人的动作角度来拟用的。"这个城市的夏天也很刚烈""刚烈"是人的性格特点，以此将"这个城市的夏天"拟人，生动形象地突出夏日气温高的特点。"最后一场雨/是那么细心，收尽/三秋桂香""细心"是人的心理特点，用来写"一场雨"，将雨拟人，突出经过雨的冲洗后，所有的桂香都消失殆尽了。

运用人的抽象部分来实现拟人修辞，本体涉及的这些对象是很自由的，可以是无生命的对象，如上面的"刀光""河""城市""雨"；可以是植物，如上面的"植物"；可以是动物，如"最忠诚的狗/从回忆中跑了出来"。

从这个思维方向行走，我们可以走出一些鲜活的拟人句子，"每一滴雨都认真地下""河流很耐心地流淌整个村子/路边那条狗多了一个想法""作为一位报时员/村头那只公鸡是称职的"。

　　三是将人与外界的关系用来表述本体。比如与人的关系有亲人、父母、子女、同事、朋友、知音、老师、姓氏等；与物的关系有衣服、鞋子、围巾、手机、车子、财产、账户、房屋、故乡、老家、证书……把这些词语直接表述到其他事物身上，来实现拟人的修辞功能。

　　北岛《真的》中"春天是没有国籍的/白云是世界的公民"，"国籍""公民"这些是表示人的身份、籍别，用在"春天""白云"身上，将其拟人，颇为生动。北岛《你好，百花山》中"我收集过四季的遗产/山谷里，没有人烟"，"遗产"是表示人的财富，用在"四季"身上，新颖别致。西川《夕光中的蝙蝠》中"一只，两只，三只蝙蝠/没有财产，没有家园，怎能给人/带来福祉？""财产""家园"，是人拥有的，这里用在蝙蝠身上，鲜活新颖。杨克《际会依然是中国》中"向坐在台下的诗人致敬/时间的流逝依然是中国，闪电依旧是国际的"，用"国际的"来陈述闪电，将其拟人，表达万物相通，世界相融，不可割裂。

　　运用人与外界的关系来实现拟人修辞，从被拟人的对象看，是自由的，从大量阅读中看，这种方法的运用还不是很多，值得深入挖掘。比如"这五年的陪伴，只是我对你爱的首付"，"那片刘姓的菜花开得最殷勤""这些水，智慧得都姓诸葛"，拟人的姓氏。

　　四是用人的动作行为来表述本体。比如站、坐、行、跑、躺、睡、思考、想象、研究、看书、学习、打球、滑雪、教育、教训、帮助、开会、邀请、原谅、宽容、接纳、回家、工作……把这些词语直接表述到其他事物身上，来实现拟人的修辞功能。

　　张枣的《罗密欧与朱丽叶》中"他便将穷追不舍的剧毒饮下"，用"穷追不舍"将剧毒拟人；李南《你的孤独淹没了我的道路》中"夜空邀请了星星"，用邀请将夜空拟人；张远伦《孤岛》中"一个孤岛在大水中小憩"，用"小憩"将孤岛拟人；朱成玉《被砍掉的竹子》中"比邻而居的两棵竹子，其中/一棵被砍掉"，以"比邻而居"将两棵竹子拟人。余秀华《杏花》中"一朵试图落进另一朵蕊里/用去了短暂的春天"，结合诗题看，"一朵"，是用数量词代本体，即"一朵杏花"，用人的心理动作"试图"将杏花拟人。余秀华《潜伏》中"一朵桃花预谋了许久，一呈现/就凋谢"，把用在人身上的"预谋"用在桃花身上，实现拟人的功能。

　　这些诗句都富有想象力，在表意上也更含蓄和深刻，李南《生日有感》中"没有一根白发来要挟我"，用"要挟"将白发拟人，含蓄地体现白发（即时间）对人的攻击性。汤养宗《寻虎记》中"如果没有意外，我养在寺院里的猛虎/已经能诵经，抄卷，主持功课"，老虎是凶猛的，这里却养在寺院里，将人的动作"诵经，抄卷，主持功课"用在其身上，模拟人做慈悲的事，是本性改变？还是更深的蒙蔽？带来深刻的思考。大卫《内心剧场》中"远山蹲在天边/农民在田野里劳作"，用"蹲"将远山拟人，仿佛一个人一样陪着在田野里劳作的农民，呈现一派宁静祥和景象。风尘布衣《在草池落草》中"草池镇/只和风对话的芭茅草/接纳我的仓皇/转瞬和雪苇一起白了头"，用"接纳"将芭茅草拟人，说它因我的仓皇转瞬和雪苇一起白了头，突出我仓皇的悲凄况景。

将人的动作行为用在其他事物身上，以此来实现拟人修辞功能的现象很多，用这种思维方法也容易创新出更多诗句。

五是将人的形象特点来表述本体。比如表外在形象的漂亮、帅气、肥胖、臃肿、苗条、高瘦、矮胖、娇小；表年龄状态的婴儿、幼儿、童年、少年、青年、老年；表婚姻状态的结婚、生子、抚育、家庭、婚姻；表内在特点的品质、习惯，优秀、能干、高尚、勤奋、卑鄙、严谨、粗心、细腻；表生命状态的生病、健康、痛苦、幸福、顺利、坎坷、举目无亲、胜利归来……把这些词语直接表述到其他事物身上，来实现拟人的修辞功能。

用人的外在形象来表述本体。如余秀华《渺小》中"她的手里也有单薄的春天"，用人的外在形象"单薄"来修饰春天，将春天拟人。大卫《想让玉兰在这首诗里慢点出现》中"布谷在此时鸣叫/总比在周三早晨听起来/更性感一些"，用"性感"将布谷鸟的叫声拟人化，新颖别致。

拟人的婚姻状态，如大卫《我歌唱一座城》中"我歌颂他蹲在墙角晒太阳的老人/也歌颂在草垛上谈恋爱的星辰/两只瓢虫正为各自的选择而争得面红面赤"，用"谈恋爱""为各自的选择而争得面红面赤"将星辰与瓢虫拟人，充满了诗趣。"等一场风来，蒲公英就集体出嫁"有相同意趣。

用人的生命状态来表述本体。如胡弦《山塘》中"游进碗里的鱼已身败名裂"，用"身败名裂"将鱼拟人。张枣《望远镜》中"迷途的玫瑰正找回来"，"迷途"是人的生命状态，用来写"玫瑰"，将玫瑰赋予了深意。张新泉《草甸》中"两株豆蔻年华的树，正使劲/往春天的方向，绿自己"，"豆蔻年华"是指人，用来修饰"树"，灵动地体现这两棵树栽种的时间还不长，在鲜活的生长状态中。"这些年风到处转，一直都在无业中"，借风的无业状态暗示更丰富的内涵。

用人的内在品质来表述本体。如北岛《冷酷的希望》中"吝啬的夜/给乞丐洒下星星的银币",将描绘人的"吝啬"一词,用来修饰"夜",将夜拟人,说夜给乞丐洒下星星的银币,体现夜里光亮之少,希望之少。

3.拟人的呈现方式,一般有以下五种。

第一种,修饰式,也叫定中式,即将修饰人的词语用来修饰其他物象,修辞的词语在前,被修饰的其他物象在后。

> 每一次我站在这里,看见受伤的黄昏
> 也许我更多知道一点自然的秘密
> ——杜涯《秋天的时间》

用修饰人的"受伤"一词来修饰黄昏,将黄昏拟人,抒发了弥漫在秋天黄昏里的一种伤感情调。

> 背过身去吧,
> 让脆弱的灯光落在肩头。
> ——北岛《路口》

用修饰人的"脆弱"一词来修饰"灯光",将灯光拟人,突出灯光微弱,带给人沉重之感。

> 河滩上　离群索居的几棵小草
> 长在石缝里　躲过了牲口的嘴唇
> ——大解《河套》

"离群索居"是人的特点,用来修饰"几棵小草",运用拟人来凸显小草生长地带的偏僻性,与下面"石缝"形成呼应。

> 其实,天气尚暖,柿子也红得柔和,
> 慵懒的糖使它呼吸平稳。
> ——胡弦《柿子树》

"慵懒"一般是形容人的，这里却用来形容"糖"，采用拟人，突出糖分的浓稠，以及带给人的闲适感。

第二种，对话式，即物与物之间相互对话，人与物之间相互对话，或者人与物之间采用人与人之间交流相处的模式。

张执浩《高原上的野花》中"我愿意为任何人生养如此众多的小美女"，将野花拟人，与之交流，饱含情感。汤养宗《十八相送》中"我陪春风走一程"，把春风当作朋友一样相处。北岛比较喜欢用这种技巧。在《睡吧，山谷》《冷酷的希望》《你好，百花山》等多首诗中都有体现。

> 睡吧，山谷
> 快用蓝色的云雾蒙住天空
> 蒙住野百合苍白的眼睛
> 睡吧，山谷
> 快用雨的脚步去追逐风
> 追逐布谷鸟不安的啼鸣
> 　　——北岛《睡吧，山谷》

"睡吧，山谷"，以人对山谷说话的方式，实现拟人手法，在让山谷睡觉的想象中，用想象为我们打开了另一个世界。

> 是什么在喧闹
> 仿佛来自天上
> 喂，太阳——万花筒
> 旋转起来吧
> 告诉我们无数个未知的梦
> 　　——北岛《冷酷的希望》

一声"喂，太阳——万花筒/旋转起来吧"，与太阳直接对话，让整首诗活了起来。

诗人杜涯也比较偏爱这种写法，《物之声》中，就主要运用对话式拟人方法。

夜里，秋虫的唧唧声从窗外
传来，我似乎听见它们在说：
"我们贪恋着浮生。现在我们
想到了回去，但时间已经太晚。"

白昼，木叶在树林中无声地凋零
我似乎听见它们的哀叹：
"我们贪恋着夏日轻梦。现在
我们想到了回去，但时间已经太晚。"

而在万物的凋零之中，我分明听见
一些不可见事物的低低叹息：
"我们贪恋着此在。当我们
想到了回去，时间已经太晚。"

　　诗人听到秋虫说"贪恋着浮生/想到了回去，但时间已经太晚"，听到木叶哀叹"贪恋着夏日轻梦/想到了回去，但时间已经太晚"，听到不可见事物的低低叹息"贪恋着此在/想到了回去，但时间已经太晚"，将这些对象拟人，万物如此，人又何尝不是这样，因贪恋世间种种，走丢了自己，走丢了一生，令人深思。
　　沿着这种思维行走，可以遇到很多令人惊艳的句子，"我轻轻一喊，万千桃花一起应答"。
　　第三种，自述式，即物象是自我陈述者，直接陈述自己的生命状态。

春天，燕子在屋檐下啁啾：
"我们飞越了万水千山，
看见峰峦巍峨，春江东流，
杨柳点缀于楼前岸边，
是万里光阴的山河相映。"
　　　　　　——杜涯《江山（二）》

燕子们直接自述飞越万水千山，看见大好江山和美丽风景。诗人是借燕子之口，来含蓄地赞美江山。

> 我是岸
> 我是渔港
> 我伸展着手臂
> 等待穷孩子的小船
> 载回一盏盏灯光
> ——北岛《岸》

岸说自己是渔港，伸展手臂等待穷孩子的小船，载回灯光。岸完全人性化，满怀慈爱，这实则是诗人内心慈爱的流淌。

> 我们是一群候鸟，
> 飞进了冬天的牢笼；
> 在绿色的拂晓，
> 去天涯远征。
> 让脱落的羽毛，
> 落在姑娘们的头顶；
> 让结实的翅膀，
> 托着那太阳上升。
> ……
> ——北岛《候鸟之歌》

这首诗直接采用候鸟们的自述，呈现它们迁徙的生命状态，诗人歌唱它们这种积极向上的力量。

> 草叶，在啜泣中沉醉，
> 雏菊，模仿着苏醒。
> 风对雨说：
> 你本是水，要归于水。
> 于是雨收敛最初的锋芒，

汇成溪流，注入河中。
冰上无声的闪电，
使沉沉的两岸隆隆退去，
又骤然合拢。
——北岛《我走向雨雾中》

有时，会出现多种情形，"草叶，在啜泣中沉醉"，这是采用陈述式，直接陈述物象具有人的特点。"风对雨说"这是采用对话式，通过物象之间的对话实现拟人手法。

第四种，受动式，即让其他物象接受只适合于人的动作，以此实现拟人手法。这种情况，其他物象往往作宾语。

比如"邀请一缕清风入住"，"接受邀请"这个动作的对象一般是人，以此实现拟人手法。以此类推，有很多这样诗一般的句子，"陪伴一条路散步""这是一片听从安排的草""答应回来的一群燕子""果断前行的那条河"……

第五种，陈述式，即让其他物象直接发出人的动作或具有人的特点，这种方式最多，我们分为以下三种情况来掌握。一是直接陈述其他物象具有人的特点；二是物象发出指向自身的动作；三是物象发出指向其他物象的动作。

（1）直接陈述其他物象具有人的特点。

《那些秘密突然端庄》，余秀华这首诗的题目就是直接用描述人特点的"端庄"来陈述"秘密"，将秘密拟人。这种方法在新诗中很多诗人都喜欢运用。

那些空空的名字
比陨石更具耐心
——陈先发《葵叶的别离》

用形容人的词语"耐心"，直接叙述"名字"，将名字拟人化，突出名字流传的久远性。

夜里，我向前寂寞地走着
群星跟在我的身后
或身旁、四周
它们始终不离不弃

一直围绕我的单纯，坚定地伴行
　　——杜涯《信念》

"不离不弃"是写人的特点，这里用来写"群星"，将群星拟人，星星跟着我，希望便跟着，信念也跟着。

但有一天樟脑激动地憋白了脸
像沸腾的水预感到莫名的消息
满室的茶花兀然起立，娟娟
你的手紧握在我的手里
我们的掌纹正急遽地改变
　　——张枣《娟娟》

"激动""憋白了脸""兀然起立"这些词都是写人的特点，这里用来叙述"樟脑"和"茶花"的状态，将整个环境生命化，突出"娟娟"带给我的激动以及生命力的鲜活。

太阳升起来了　而岩石却在沉睡
我家门前的岩石从不苏醒
　　——大解《太阳升》

太阳升起来了，醒来的是人，或者有生命的对象，岩石自然不会醒来。诗人抓住岩石一动不动的特点，赋予它们人的特点，说它在沉睡，这就有了诗趣。我家门前的岩石从不苏醒，便是一直死在那里。诗人要揭示的是大山里的生命现状，既被丛丛山脉阻挡，自己也成为阻挡自己的一部分。

还可以通过将人和其他物象并列，一起接受人的动作来抵达陌生化拟人效果。比如"我和村口那条河一起出发/最终却各奔东西""他和石头保持相同的姿势/谁也不想打破沉默"。

(2) 物象动作指向自身，我们称为客观物象主观化。

这是指将客观物象本身具备的或呈现的特点，化为物象主观能力的使然，让天地万物具有主观能动的力量，使诗歌语言具有陌生性，增强诗歌的意趣。比如绿色是草本身的特点，诗句却说"这些草，认真地负责绿"，仿佛草主动控制着绿。

> 等蜻蜓选定落脚的稻叶
> 等花头巾的女人，取下孩子背上的书包
> 等牛羊全部过了木桥
> 夕阳才沉下去
> ——刘年《夕阳颂》

夕阳缓慢沉落，这是夕阳的自然特点，诗句却说夕阳是为了等蜻蜓选定落脚的稻叶，等花头巾的女人取下孩子背上的书包，等牛羊全部过了木桥，化为主观发出动作，赋予夕阳人的主观愿景，表达出夕阳的温情、善良、包容。赞美夕阳、慢时光的美好。

> 晚上九点了，我还舍不得投宿，
> 青海的夕阳还舍不得落下。
> ——刘年《青海辞》

将"夕阳还没有落下"的客观景象，转为因为我"舍不得投宿"，所以"夕阳还舍不得"落下，赋予夕阳主观意志，是特意陪着我，带给读者深情而新奇的审美体验。

> 一枝独自摇晃的菖蒲
> 大地捧出的一管麦克风
> 她就要把自己一点一点地唱绿
> ——大卫《正午的菖蒲》

"一枝菖蒲"慢慢生长变绿，这是菖蒲的自然特点，诗句说是"她就要把自己一点一点地唱绿"，化客观为主观，表达这是菖蒲的主动行为，有了人的情趣。

一般从原因或结果的角度来思考，将自己的情感或发现巧妙表达在其中。沿着这种思维方法，我们来派生更多的诗句，"鸟愿意来这里/站成石头上一个音符"，将鸟像石头上一个音符，说成是鸟主动站成一个音符；"这明月啊　替人间悲欢/愿意永远的孤独圆缺"，月的圆缺是自然特点，却说是为了替人间悲欢，主动呈现孤独圆缺。

（3）物象动作指向其他物象，我们称为客观物象作用于外物。

是指让客观物象拥有人一样的主观力量，对人、对其他物象发出动作，或者把常态的主客体用颠倒的方式来表达，以实现某种结果，让诗歌语言具有动态感和画面性。比如，常态表达"叶飘落在椅子上"，诗语表达为"椅子收留了那些落叶"；常态表达"太阳从东方升起"，诗语表达为"东方放飞了一枚太阳"。

> 小雨点硬着头皮将事物敲响：
> ——张枣《卡夫卡致菲丽丝》

"硬着头皮"是写人的，这里用来陈述"小雨点"，将雨点拟人。雨点落在其他事物上发出响声，这是自然特点，诗句却说是小雨点"将事物敲响"，这便让小雨点有了主观性，是主动对其他事物施加动作。

> 春回来了
> 风场的背阴处，那撮残雪
> 已被踩蹦得面目全非
> 它死死地抱紧最后那点洁白
> 每当看我，都泪流满面
> ——马启代《最后那撮残雪》

残雪零星地留在地上，只有一点点白，这是自然状态，诗人却赋予残雪主观能动性，说它死死地抱紧最后那点洁白。

这将残雪拟人化，它抱紧的是贞洁与理想，抱紧的是生命最后的尊严……多么让人心动与心痛。这样纯洁坚贞的雪，被踩蹦得面目全非，她看我，为什么流泪满面？雪再次向我发出这动作，是因雪看到了亲人和知音，看到了柔软的悲悯，看到了另一个自己。在此，诗人与雪之间，隐秘地进行了灵魂共振与交流。

> 黎明摇着棕榈叶，摇着绿色的光

　　从我身边跑来，给每一块礁石

　　布置洁白的鸽子。就在那儿

　　夜晚击落飞舞的海鸥。峭壁震颤

　　发出黑色的回想。

　　　　　　——杨炼《蓝色狂想曲》

　　黎明、峭壁，在诗人笔下都有了人的意志。黎明成为万能的物象，带着新奇与调皮，摇着棕榈叶，摇着绿色的光（其实是棕榈叶迎风摇动，浑身闪着光，绿叶自然清澈着的是绿光）。黎明从我身边跑来，给每一块礁石，布置洁白的鸽子，这似乎解不通了，诗呀，无须解通啊，我们要跟上的是诗人的狂想，狂想！每一块礁石，又何妨一只洁白的鸽子？飞舞的海鸥被夜晚击落，被时间带走，连峭壁也震颤地发出黑色的回想！当诗人赋能给客观物象，物象的力量所向披靡，便是诗人的力量所向披靡！

　　沿着这种思维方法，我们来派生更多的诗句："路上的杂草/将我出发的脚印/隐藏得严严实实""风雪推着你向前一座山收留了/最后的情节""这些花举着喇叭/喊破了嗓子/童年也没有应答"。拟人修辞是诗家语里最基本的方法，也是我们修炼诗心的基本功，要懂得万物有生命，与万物平等，与万物合一。

　　（二）拟物

　　拟物，是指将人拟作物，或将一种物拟作另一种物（分为将具体物象拟作另一物和将抽象对象拟作另一物两种）。

　　在呈现格式上有三种，一是陈说式，将甲物当作乙物或将人当作物来陈述；二是修饰式，将甲物当作乙物来修饰限制；三是受动式，是让甲物接受应当由乙物接受的动作，或人承受本当由物承受的动作。

　　以下从拟物的本体上来梳理探索。

　　1.将人拟写成物。

　　将人拟写成其他事物，比如"这个夜里，他在村口被月光染得很白"，把"他"拟写为可以被染的事物。"直到现在，我们也没能脱掉尾巴"，把"我们"拟为某种有尾巴的东西。这种写法有很多。

　　那时候我不觉得你在枯萎，这个与我休戚相关的人

　　　　　　——余秀华《你在春天的夜晚里》

"枯萎"一般是描绘植物的生命状态，这里采用陈述式，直接用在人"你"的身上，将"你"拟写成某种植物，将人的衰老这一抽象特征形象化了。

> 我的瞳仁已经生锈
> 让世界变得斑驳，泪水
> 都带有生铁的腥味
> 粗粝的目光，看你一眼
> 都会在肌肤上留下血痕
> ——韩作荣《自画像》

"生锈"一般用在铁质的物象身上，因长久没有使用，或使用得太久而出现的特征。这里说"瞳仁已经生锈"，采用陈述式，将人身上的一部分拟物化，体现我历经人世磨砺，自身仿佛发生化学变化，成为铁质物象，表意深刻。

将人体身上的某一部分拟物化，汤养宗比较青睐这种方法。我们来欣赏两则：

> 我看了看自己的两边手
> 又悄悄把一只手插到裤袋里
> 好像那只手也有一扇庙门
> ——汤养宗《寻虎记》

"庙门"自然是寺庙才有了，这里说"手"上有庙门，将人体的部分进行拟物，想象可谓奇特。

> 身体被我带到这里，又带到那里
> 有时是远方，有时近邻。
> ——汤养宗《与己书》

"带"的自然是某种东西，诗中是带身体，便是把身体拟物化，仿佛身体与我是分离的，成为另一种物件，想象新奇。

沿着这种思维方法前行，我们可以邂逅更多精彩的诗句，比如"残破的身子已经不够用/我只能轻轻地/节约着想你""他的双臂长出茂盛的枝条""生锈目光/只有用爱才能擦亮"。

2.将一种具体事物拟为另一种事物。

是指将一种具体可观可感的事物，拟写成另一种事物，让拟写的本体具有另一事物的特点。

> 三五间小木屋
> 泼溅出一两点灯火
> ——李少君《神降临的小站》

"泼溅"的对象一般是液态对象，这里泼溅出的却是灯火，是采用受动式，把灯火拟写成了液态物。

> 月亮，你在夜空中燃烧
> 但并不照耀我的生命
> ——杜涯《月光曲》

"燃烧"一般是用在可燃烧的具体对象上，这里用来写月亮，是采用陈述式，把月亮拟写成了可燃之物，意在突出月光之明亮，如火一样。

> 生僻的星被集体和秩序
> 释放，回到最初的意义
> ——叶世斌《冷字》

"生僻"一般是用来形容不常见、不熟悉的（词语、文字、书籍等），比如生僻字、生僻的典故。这里采用修饰式，用在星星身上，将自然界的具体星星拟写成文化体系里的对象，新颖脱俗。

> 在帝王死去的地方
> 那支老枪抽枝、发芽
> 成了残废者的拐杖
> ——北岛《和平》

"抽枝、发芽"是指植物而言的，这里用在"老枪"身上，还进一步说成了残废者的拐杖，采用陈述式，含蓄表达曾经的枪手也是战争的受害者，同时体现了时代的变化。

3.将一种抽象物象拟为另一种具体物象。

将抽象的情感、概念等对象采用拟物来具体化，比如"所有心事，被春天染绿了"，心事是抽象的，染绿，便成了具体对象。这样的写法不少。

> 物理学盛开，如灌科植物：
> 在地层，躲避黑闷铁器
> ——杜涯《暗影》

"物理学"是一个抽象概念，"盛开"一般用在植物身上，用陈述式，将"物理学"拟物为具体的对象。

> 这滚烫的夜啊，遍地苦痛。
> ——张枣《卡夫卡致菲丽丝》

"滚烫"是用在有温度的具体对象身上，这里采用修饰式，用来形容"夜"，将夜拟为有温度的具体事物。

> 故事的枝丫
> 落光了叶子

"枝丫"是用在植物身上，这里采用陈述式，直接用在抽象的"故事"身上，将其拟为了具体的植物类，体现故事只剩下主线，情节已近尾声。

一切方法只是一种表面技巧，拟物与拟人合为比拟，更是体现物物相通、物物相似、物我合一、物我相融，修炼内心，才能赋予诗句以灵魂。

（三）夸张

"夸张"是为了达到某种表达效果的需要，对事物的形象、特征、作用、程度等方面着意夸大或缩小的修辞方式，也叫夸饰或铺张。主要是运用丰富的想象力，在客观现实的基础上有目的地放大或缩小事物的形象特征，以增强表达效果。夸张在新诗中的运用比较突出，体现想象的丰富、自由与大胆。

普通的夸张手法分为扩大夸张和缩小夸张，即在大小、多少、高低、强弱、深浅、宽窄、快慢等方面，对其程度、强度、量度、速度等进行夸大或缩小，一般通过以下几种方式来实现。

其一，通过数量，即通过数词或量词的方式来实现夸张。

数词的大与小，直接体现夸大或缩小；量词往往也有表达大小的作用，比如"粒""点""寸""毫""丝"等，是表小的、少的、弱的等；比如"座""群""亩""堆"等，是表大的、多的、强的等。

用与实物本身特点相差巨大的量词来修饰，便对其实现了夸张。比如"一粒大海""一寸黑夜""一杯往事"……是缩小夸张；"一座树""一亩眼光""一吨爱"……是扩大夸张。

前面"数量词妙用"有具体案例赏析，在此不赘述。

其二，通过比喻，即把要表达的某一事物比喻成反差很大的另一种事物，来实现夸张。

> 长江是一行诗
> 黄河是一行诗
> 祖国啊——
> 你就是那个
> 最为温暖最为动人
> 最为光辉最为灿烂的标题
> ——大卫《亲亲我的祖国》

长江、黄河，作为我们的母亲河，几千年来，都是以宏大的意象高耸在我们的精神天空。大卫兼用比喻，将其用两行诗来浓缩到纸上，且"祖国"二字就是标题里的关键词，缩小得新颖又惊艳！其实，作为一位诗人，以诗来命名自己的祖国，这是对祖国最高的敬意、最赤诚的爱。这两行诗，是写在大地上，写在血脉里，是抒不尽的爱，唱不完的歌！

天欲曙

我们再来一盘何如？红先黑后

太阳，是我刚刚拱出的一个小卒……

　　——大卫《荥阳月光下，与刘禹锡下一盘棋》

将"太阳"比如为棋盘里的一个小卒，缩小夸张，想象奇特而瑰丽。原来诗人与刘禹锡下的是一盘天地寰宇之棋，也就是说，寰宇万物皆在掌中，何其豪迈！

其三，通过比拟，即将一种事物比拟为另一种事物，通过其各自不同的特点，来突出想表达对象的特点。

五千年太短了

大海不过翻了个身

冲刷了背后的泥垢

　　——鹰之《前世的味道》

诗人用大海翻个身的时间，来体现五千年时间的短。我们知道，大海翻身，便是沧海桑田，自然需要很久时间，这个很久时间，就是上下五千年。但一句"翻了个身"，就让人觉得这个翻身是很快的，因为这连接的是我们的经验，即人"翻个身"，当然很快。也就是说诗人对大海运用拟人的同时，暗含了缩小夸张，这个缩小既指向大海缩小成人的模样，也指五千年的时间缩短成一瞬间。

其四，通过二者之间的关系，即将反差很大的二者放在一起，打破常态认知，来实现夸张。

曹东在短诗《一把剪刀无法修改大海》中写到"我向大海扔下一块石头/把大海垫高了一点"，一块石头与大海之间形成关系，石头之于海，自然是弱小的，诗人却说石头把大海垫高了一点，夸大石头的作用带来令人震撼的艺术魅力。

大风连刮三日，若不是我挺起胸

天与地就要贴在一起

　　——大卫《仿佛》

"我"与"天地"之间的关系，自然"我"是渺小的，诗人却说是"我挺起胸"，阻挡了天与地的粘贴，想象奇特，充满诗趣。

比如"来吧 舀一江西江水/邀万物共饮同醉"，"舀"这个动词体现水量不多，说"舀一江西江水"，不是"舀西江水"，就是说，是用一把勺子"舀"起整江江水！把一江江水放置在勺子里，二者反差巨大，形成缩小夸张，带给人全新的感受。当然，也可以想象为勺子很大很大，但毕竟勺子是握在手里的，故这里更多是将一江水缩小，而不是将勺子夸大。不过，若是将勺子夸大，那么同时夸大的还有握勺子的手，带来的又是另一番审美景象，这诗语的精妙由此可见。

其五，通过借代手法，实现夸张。部分代整体，是夸大；整体代部分，是缩小。或者把部分说成整体，是夸大；把整体说成部分，是缩小。

> 再大的海 风也能把它
> 吹成一滴水
> 一场大病 只是始于一次
> 未治愈的感冒
> ——大卫《小草要小到什么程度》

海是由一滴滴水构成的，风将整体的海吹成部分的一滴水，实现缩小夸张，突出风的威力。

> 一滴水中的世界
> 一滴露呼啸而来
> 挤成海的形状 我看到
> 世界进进出出

将一滴"水"说成是海的形状，实现扩大夸张。

当然，诗语的精妙往往在于诗人综合运用多种手法来实现夸张，比如雷平阳的《在日照》这一节诗：

> 我住在大海上

> 每天，我都和大海一起，穿着一件
> 又宽又大的蓝衣裳，怀揣一座座
> 波涛加工厂，漫步在
> 蔚蓝色天空的广场。从来没有
> 如此奢华过，洗一次脸
> 我用了一片汪洋
> ——雷平阳《在日照》

　　我和大海一起，穿一件又宽又大的蓝衣裳，这便是整个海面，用比喻将海面缩小成一件衣裳。怀揣一座座波涛加工厂，是指整个浪涛是加工出来的，被我怀揣着，采用比喻实现缩小夸张。漫步的广场，是整个蔚蓝色的天空，这也可以说是天空的倒影，洗一次脸，用了一片汪洋，一小片水，就是一小片汪洋！这里运用部分借代整体的方法实现扩大夸张，带给我们新奇的体验，"我"在日照，是与大海合二为一的，大海的辽阔，就是"我"的辽阔！

　　总之，夸张是用言过其实的方法，突出事物的本质，或加强某种感情，强调语气，烘托气氛，引起读者的想象与联想，增加审美意趣。

（四）比喻

　　用有相似点的他类事物来相比，叫作比喻。由被比喻的事物（本体）、用来比喻的事物（喻体），和将二者联系起来的词语（比喻词）三部分构成。表示明喻的比喻词一般是"好像""如""若""似的"等，表示暗喻的比喻词一般是"成了""变成""是""为"等。

　　比喻手法，常态思维是用熟悉的对象喻陌生的对象，有助于理解，或就近取喻。但在诗歌中往往突破常规，增大本体与喻体之间的反差，实现陌生新奇的效果，一般可以从以下三方面来实现。

　　一是增加本体和喻体之间的领域跨度来增加陌生感。本体与喻体的跨度越大，产生的效果越有冲击感。翟永明《女人》中"今晚你是一小块殖民地"，将女人比喻为殖民地，从人跨度到地，带给我们全新的审美感受。张新泉《草甸》中"若隐若现的小路/像多年前的一个病句"，"小路"是具体对象，"病句"是抽象对象，跨度可谓大。张枣《望远镜》中"并将距离化成一片晚风，夜莺的一点泪滴"，是一个暗喻，"距离"是本体，"一片晚风""一点泪滴"是喻体，比喻词是"化成"。杜涯《椿树》中"死亡，它是一个妖精"，也是一个暗喻，"死亡"是本体，"妖精"是喻体，比喻词是"是"，将人必然死亡的现象用妖精的魅力来表达成是死亡对人的诱惑力，可谓精妙绝伦。

二是交换本体和喻体的身份来增加陌生感。一般是用自然物类来比喻人世社会里的现象，我们就把二者关系倒过来。比如一般是将人比喻为花，诗语却说"所有花朵，像人一样盛开"；一般是说"孤独像水一样流淌"，诗语却说"水像孤独一样流淌"。"回头看看，所有的路／像我一样走得弯弯曲曲"，也是同理。

三是让本体与喻体之间的性质特点大的反差来增加陌生感。软硬、冷热、大小、粗细、长短、轻重等。比如"石头瀑布倾泻而下"，将静态的硬的石头比喻成动态的软的瀑布；"雪花，正发出燃烧的声音"（马启代《那个童话般的雪人》），将冷的雪花喻为燃烧的热的对象；"大海枯成眼里一粒沙／成为我一生的剧痛"，将大的海喻为小的沙，小的沙又喻为硕大的痛。

打破常规思维，让诗句起飞。我们从比喻的构成方式，分为三种情况来探索。

其一，修饰型比喻。

即本体与喻体之间形成定中结构的修饰关系，分为两种情况，一种是本体在前作定语，喻体在后作定语的中心语，比如"心情的波涛""思想的火焰"；一种是喻体在前作定语，本体在后作定语的中心语，比如"刀似的目光""水一样的柔情"。

黄亚洲的《清风让你的姓名枝叶摆动》，这首诗的题目里，"姓名"作定语修饰中心语"枝叶"，也是将名字比喻为枝叶。

像这种本体在前，喻体在后的情况，新诗里有很多精彩案例。

　　嘴唇的花瓣，瞬间盛开和凋谢
　　——杨克《电话》

"嘴唇的花瓣"，从语法角度看，"嘴唇"作定语修饰中心语"花瓣"，其实也是将嘴唇比喻为花瓣。这自然不是说嘴唇长得像花瓣，而是通过嘴唇说的话，那些话语如花一样盛开与凋零。

　　阳光之镰
　　割断麦秆自己的脖子

　　割断与土地最后的联系
　　　　——伊莎《饿死诗人》

　　"阳光之镰"，从语法角度看，"阳光"作定语修饰中心语"镰"，其实也是将阳光比喻为镰。阳光像镰刀一样有收割的作用，更深层次是表达时间的无情，收割万物。

　　天堂拔出电的鞭子
　　风雨压扁了城市
　　　　——王小妮《台风之二》

　　"电的鞭子"，从语法角度看，"电"作定语修饰中心语"鞭子"，其实也是将电比喻为鞭子。鞭子是用来抽打的，这暗示自然对人类的一种惩罚。

　　北岛的诗，《生活》"网"，内容只有一个字，"网"，与题目构成比喻关系，精妙地表达了生活的复杂性，这种写法很被诗人们青睐。

　　我们要注意到，这里面独特的写法，是省略修饰结构中的"的"，将二者直接粘合在一起。像黄亚洲的"姓名枝叶"，杨克的"太阳金币"，把"语言的松柏"说成"语言松柏"，把"思想的搓衣板"说成"思想搓衣板"，同法的还有"月亮花""闪电鞭子""眉月亮""今晚天空的皎洁（的月亮），很圆"等，拥有别样的意趣。

　　以下为修饰型比喻的喻体在前、本体在后的情况。

　　这种情况一般用标志比喻的词来连接，比如"……般""……似的""……一样的"等，有时也没有标志词。

　　我有黑丝绸般体面的愤怒
　　　　——李南《我有……》

　　"丝绸般体面的愤怒"，标志词是"……般"，丝绸既在修饰愤怒，也是愤怒的喻体。丝绸一般表达的是美好，与愤怒搭配，形成一种冲突感，使语言富有张力。

　　我一走出那座老式钢琴似的屋子
　　　　——西川《生活的另一面》

　　"老式钢琴似的屋子",标志词是"……似的",老式钢琴既在修饰屋子,也是屋子的喻体。

　　在本地口音中,在团结如一个晶体的方言
　　　　——欧阳江河《汉英之间》

　　"如一个晶体的方言",没有标志词,"晶体"既在修饰方言,也是方言的喻体。

　　那些整夜
　　蜷缩在旧草席上的人们
　　凭借什么悟性
　　睁开了两只泥沼一样的眼睛。
　　　　——王小妮《清晨》

　　"泥沼一样的眼睛",标志词是"……一样的",泥沼既在修饰眼睛,也是眼睛的喻体。
　　其二,续展式比喻。
　　是指比喻关系构建成功之后,沿着喻体的特点继续进行相关的描绘。比如"她的眼睛像星星,还眨呀眨","眼睛像星星",这是已经完成了比喻的构建,体现眼睛像星星一样明亮,但后面还沿着星星的特点继续描绘"眨呀眨",让比喻处在一种动态之中。

　　我们的望远镜像五月的一支歌谣
　　鲜花般的讴歌你走来时的静寂
　　　　——张枣《望远镜》

　　"望远镜像五月的一支歌谣",将望远镜比喻为一支歌,继续描绘其作用:鲜花般的讴歌你走来时的静寂。

> 时间像一盒火柴
> 有时会突然全部燃烧
> ——西川《虚构的家谱》

将时间比喻为一盒火柴，继续描绘如火柴般燃烧，体现时间消逝得太快。

> 落日像一件旧家具，
> 这些年来我都是凑合着用的
> ——大卫《或许》

将落日比喻为一件旧家具，继续描绘具体的情景：凑合着用。暗示生活中很少关注落日，见得落日太少，没能充分地欣赏。

> 磁性的音色，像黑鳗从远处朝我游来
> 软体的鱼，带电的动物
> 一遍遍缠绕我的神经
> ——杨克《电话》

将磁性的音色比喻为黑鳗，用描绘黑鳗从远处朝我游来，那带电的动物，一遍遍缠绕我的神经，来表达磁性的音色带给我的感觉，实现化抽象为具体的效果。

其三，关系型比喻。

是指两种物象之间的关系比喻成另外两种物象之间的关系，或者把一个物象的整体特点与另一个物象特点关联起来，在相互关系中找到恰当的喻体，从而构成比喻的手法。这可以增加诗歌语言的表现力，也能突破一般静态式或独立式的比喻。

诗人大卫非常擅长这种方法，他很多作品里都有这种方法呈现的精彩诗句。

> 时间是一双更长的筷子

        谁都是一碟小菜
            ——大卫《沸腾或者美食的一种温度》

    将时间与人之间的关系，比喻为一双长筷子与一碟小菜之间的关系，体现
人是时间任意夹取，一种渺小与被动的状态。

        每一朵桃花都是正在铺开的信纸
        适合于月光的铅笔或者细雨的狼毫
        那个书写的人还没有来
            ——大卫《与檀山原的一棵桃树对视》

    把桃花比喻为信纸后，采用修饰型比喻，将月光喻成铅笔，将细雨喻成狼
毫。比喻还在继续中，又将月光、细雨与桃花之间的关系，比喻为铅笔、狼毫
与信纸之间的关系。比喻环环相扣，实在精妙。

        山谷像一个空信封，作为没有地址的人
        哪怕萤火虫飞成醒目的邮政编码
        上帝也不知道把我寄往哪里
            ——大卫《莫名的山谷》

    诗人将山谷、人、萤火虫三者之间的关系，构成一个整体喻，信封、信封
里的内容、邮政编码。谁来寄出呢？上帝！这宏大的视觉，辽阔的想象，是方
位上的，更是精神上的。诗人呈现的是人的生命状态，"莫名的山谷"，或许
就是生活的现状，掉在一个谷底，连上帝都不知道把我寄往哪里，更凸显人生
的迷茫。
    当然，有很多其他诗人也青睐这种方法。

        西部　暮归者感悟
        寒蛩　是半开在苍烟与秋水间的
        一扇　最小的门
        虚掩在　深草里
        归家的路埋在　蛩鸣中

> 苍古的落日是山河的老房东
> 等待在一句　唐诗里
> 　　——章德益《薄暮》

将寒蛩比喻为门，化抽象为具体，将落日比喻为老房东；便是把寒蛩与落日的关系，比喻为门与老房东之间的关系。落日落在寒蛩这个日子，仿佛老房东倚在门口，真是神奇而精妙。

> 一只乌鸦是天空的僧人
> 用乌黑之躯
> 缝补落日的破碎
> 　　——曹东《一只乌鸦是天空的僧人》

乌鸦用乌黑之躯缝补落日的破碎，是指乌鸦的黑身子，因速度快，仿佛成为一条黑线。诗人采用关系喻，把乌鸦在空中快速飞行比喻为缝补落日的破碎。多么新奇的想象！这样赋予乌鸦补救天下的新意，呼应其作为僧人的慈悲内涵。

> 手执火把的人
> 深入夜晚，就像一颗
> 被活埋的种子，明白的种子
> 他无法照亮夜晚，只能照见黑暗，
> 一种事实的
> 诡谲和深度。
> 　　——叶世斌《手执火把的人》

深入夜晚的人，因手执火把而被人看见。在浓稠无边的夜里，看到的其实只有火把，火把成为那人的替代。火把自然无法照亮夜晚，只能照亮周围的黑暗，随着移动，还照亮黑暗的深度。诗人采用关系喻的方式，把整个黑暗夜色比喻为厚土，火把便在土中移动，故为活埋！活埋，带给人巨大冲击，感受到这是一种无奈，更是一种壮举！

（五）对写

"对写"是我国古诗词中常见的一种艺术手法，是指诗人在构思写作时，有意撇开自己、反宾为主，突破时空限制去写想象中对方的情景，通过写对方思念自己来表达自己的思念情感。这样委婉含蓄、真切动人，使诗歌意境更显深邃。

"对写法"的源头可以追溯到《诗经》，《诗经·魏风·陟岵》里的内容是：

陟彼岵兮，瞻望父兮。父曰：嗟！予子行役，夙夜无已。上慎旃哉！犹来！无止！

陟彼屺兮，瞻望母兮。母曰：嗟！予季行役，夙夜无寐。上慎旃哉！犹来！无弃！

陟彼冈兮，瞻望兄兮。兄曰：嗟！予弟行役，夙夜必偕。上慎旃哉！犹来！无死！

用现代汉语说就是：

登临葱茏山岗上，远远把我爹爹望。我爹对我说："我的儿啊行役忙，早晚不停真紧张。可要当心身体呀，归来莫要留远方。"

登临荒芜山岗上，远远把我妈妈望。我妈对我说："我的小儿行役忙，没日没夜睡不香。可要当心身体呀，归来莫要将娘忘。"

登临那座山岗上，远远把我哥哥望。我哥对我说："我的兄弟行役忙，白天黑夜一个样。可要当心身体呀，归来莫要死他乡。"

这首诗的主人公是行役外乡的征夫，他想要抒发思念家中的亲人，盼望回家的心情。但却只描写家中父母弟兄对自己的思念，想象他们的念叨和说话，以此来委婉表达自己的思念之情。这是典型的"对写法"，反宾为主，化平直为奇崛，新颖别致，实现诗歌表达的陌生化。

这种写法在后世诗人的创作中也有较多的体现，王维在《九月九日忆山东兄弟》中遥想"遍插茱萸少一人"，就是以写远在故乡的兄弟们登高佩上茱萸时发现少了一位兄弟（少了诗人自己），从而通过这位兄弟对我的思念，来表达自己对家乡亲人的思念。杜甫《月夜》中的"遥怜小儿女，未解忆长安"，和这两句有异曲同工之妙，以想象家中幼小的儿女还不懂思念在长安的父亲，还不能理解母亲对月怀人的心情，来抒发自己对家中妻儿的思念。戎昱的《移家别湖上亭》一诗也采用了对写法，"好是春风湖上亭，柳条藤蔓系离情。黄莺久住浑相识，欲别频啼四五声。"诗人搬家，对湖上亭的一草一木留恋不舍，却不直接说，而是描写柳条藤蔓牵住衣襟，黄莺不舍以至啼鸣。这是在对写中融合了拟人的手法，赋予柳条藤蔓、黄莺以人的情感，借景与物的不舍情感来巧妙而含蓄地表达自己对湖上亭的深深依恋，诗趣盎然。

在新诗中，诗人们也一脉相承，创新运用，让"对写法"焕发出新的活力。不仅虚写对方思念自己，也虚写对方，或者其他事物，对世间某种事物或情景的感受、反应，以此来含蓄表达诗人自身的观点或情感。

> 那个离开的人
> 还占用着机场和道路
> 占用着告别，占用着我的疼痛
> 所有雨夜
> ——李元胜《空气》

写那个离开的人还占用着告别，占用着我的疼痛和所有雨夜。其实是诗人采用对写，来表达我一直沉浸在告别的那个雨夜，一直深陷在告别时的难舍和离别后的思念与痛苦中。这份情感隐秘而深沉，含蓄而动人。

> 忧思抓住了我
> 走起路来跌跌绊绊。
> ——李南《忧思抓住了我》

写忧思抓住了我，而走起路来跌跌绊绊，就是采用对写法，以此表达我因忧思之深而神情恍惚，导致走起路来跌跌绊绊，失魂落魄。

> 在下雨。雨
> 不紧不慢下着，天下无事。
> 衣服挂在墙上，我们的屋檐滴着水，
> 没有让雨分心的东西。
> ——胡弦《在下雨》

诗人以雨为主体，把自我隐蔽在叙述之外，进行客观地叙述，说雨不紧不慢，说没有让雨分心的东西，实则借此表达诗人我自己的状态。一个专心在雨的人，自然无事分心，没有事可做，或无需做事，几分闲致，几分安详，几分平和，有无为之为的境界。

> 最后死于这条路上
> 我仿佛和你一样感到
> 大地突然从脚下逃离而去
> ——芒克《一个死去的白天》

既然死于路上，就应该是人的脚离开大地。诗人却打破常思，采用"对写法"，从"大地"的角度来感知，说大地逃离，这样换个角度来认识和感知世界，带给我们一种新奇的体验。

> 我不敢把我的心给你
> 怕我一想你，你就疼
> 我不能把我的眼给你
> 怕我一哭，你就流泪
> 我无法把我的命给你
> 因为我一死去，你也会消逝
> ——余秀华《阿乐，你又不幸的被我想起》

"我一想你"自然是"我疼"，"我一哭"自然是"我流泪"，"我一死去"自然是"我消逝"，高妙的诗人，偏不！说是"你就痛""你就流泪""你就消逝"，这是典型的对写法，貌似表达"我"对"你"的重要性，实则突出"你"对"我"的重要性，或者，二者已经达到灵魂的高度契合。

幸福
娜夜

> 大雪落着　土地幸福
> 相爱的人走着
> 道路幸福
>
> 一个老人　用谷粒和网

得到了一只鸟
鸟也幸福

光秃秃的树　光秃秃的
树叶飞成了蝴蝶
花朵变成了果实
光秃秃地
幸福

一个孩子　我看不见他
还在母亲的身体里
母亲的笑
多幸福

　　大雪落地回归，一般会认为这是雪的幸福，诗人却说土地幸福；相爱的人走着，一般会认为到这是人的幸福，诗人却说道路幸福；老人得到鸟，一般会说老人幸福，诗人却说鸟幸福；树叶变成了蝴蝶，花朵变成了果实，一般会说树叶与花朵幸福，诗人却说光秃秃（的树枝）幸福；孩子在母亲身体里，一般会认为这是孩子的幸福，诗人却说母亲幸福。

　　这整首诗，都是采用对写的手法，在主客体的二者中，违反常理与常情，写客体的感受，而非主体的感受。这表面上只是换了一个角度，而恰好是这换了的角度，让我们认识到一个全新的道理：幸福是相互的，幸福是相融的，每一种状态，都是幸福，都是美好。这才是诗歌主题，真正的幸福是彼此都幸福，万物都幸福！

　　可以说，"对写法"为我们提供了第三双眼睛，以全新的视觉来观察世界，感知世界，获得全新的体验与认识。既能丰富审美，又更加觉解世界。

（六）虚实结合

　　虚实结合就是把抽象的述说与具体的描写结合起来，或者是把对眼前现实生活的描写与回忆、想象结合起来，是一种重要的艺术手法，在古新诗词有着重要的地位。清朝唐彪在《读书作文谱》中有精辟的言说："文章非实不足以阐发义理，非虚不足以摇曳神情，故虚实常宜相济也。"因诗词篇幅一般都比较短小，容量有限，采用虚实结合，化虚为实，虚实相生，可以丰富诗的意象，开拓诗的意境，增加诗趣诗韵，丰富诗意诗味，为读者提供广阔的审美空间，增强人们的审美情趣，让人获得了一种超然的审美享受。

那什么是虚与实呢？"实"，是可以通过视觉、听觉、触觉等具体捉摸到的对象；"虚"，则是存在于人的思想意识之中的内容。我们一般从对象角度来理解，景为实，情为虚；眼见为实，想象为虚；有者为实，无者为虚；显者为实，隐者为虚；当前为实，过去和将来为虚；已知为实，未知为虚；等等。

虚实结合这种方法，十分复杂、深奥，写法变化多端，但总体上是要遵循人们认识事物的必然规律：即从感性认识到理性认识，从具体描写到抽象描写，从实景到虚景，从浅而入深。我们把虚与实的关系梳理为四种：其一，实，指诗人描写刻画的实体形象；虚，指实体形象所暗示出来的抽象内涵。其二，实，指客观有形的物象；虚，指主观的无形活动。其三，实，指具体描绘；虚，指抽象的议论。其四，实，指眼前景象；虚，指意中景物。总之，眼见为实，心想为虚；已然为实，未然为虚；身临其境，仰观俯察为实，思接千载，视通万里为虚。

怎样来实现虚实结合呢？我们探索出以下四种路径。

其一，先实后虚，实中含虚，虚实关联。

这是指具体实物在前，抽象虚写在后，虚的部分是前面实体形象所暗示出来的抽象内涵，或与前面实体形象相关。是实中蕴含的虚，或与实相关联的虚。

前面是他
后面是脚不落地的灵魂
歪歪扭扭跟得紧
——王小妮《贴着白色墙壁走掉的人》

"前面是他"，是实写；脚不落地的灵魂，是虚写。灵魂属于他的，二者具有相关性，一个跟字，将虚写实化，虚实相合了。

以上例子是虚与实相关的情况，即虚写的内容与实写的内容之间，有一定的关联。

谁热爱江山
就让她热爱万里的忧愁
——杜涯《江山》

热爱江山，是实写；热爱万里的忧愁，是虚写。爱江山，就要有忧国忧天下的情怀，虚实之间是条件关系。

更多的是表层与深层之间的关系，即虚写部分的内容是前面实体形象所暗示出来的抽象内涵。

我想洗刷自己
可我无法洗去欲望和焦虑
——韩作荣《自画像》

洗刷自己，是实写；洗去欲望和焦虑，是虚写。不仅想洗去表面的污垢，还想洗去内在的欲望和焦虑，虚是实体形象所暗示出来的抽象内涵，是由表层到深层的关系。

她们睡了，
能搬开她们身上的瓦砾，但已搬不走
压在她们身上的噩运
——胡弦《她们睡了——给废墟里死去的孩子》

搬开她们身上的瓦砾，是实写；搬不走压在她们身上的噩运，是虚写。虚写内容是实体形象所暗示出来的抽象内涵，是由表层到深层的关系。

其二，先实后虚，实用于虚，虚实相生。

这也是具体实物在前，抽象虚写在后，由前面实体形象作用于后面的虚写对象，实现虚实相生，拓宽意境。

她恨不能也像青蛙一样跳到那些事物里去
扭住春夏秋冬大闹天宫
——黄亚洲《凡人故事》

她是实，"春夏秋冬"是虚，她的动作"扭住"作用于后者，实现虚实结合，表示控制住了抽象的时间。前面"恨不能"体现这只是一个美好愿望罢了。

> 青烟袅袅水袖飘飘
> 缠住了我一生的目光
> ——翟永明《孩子的时光》

青烟与水袖，是实写，"我一生的目光"是虚写，用动词"缠住"，前者作用于后者，仿佛目光与袅袅青烟和飘飘水袖纠缠在了一起，实现虚实相融。

> 我把我自己锁了起来，
> 侥幸我的爱情是最结实的了。
> ——废名《笼》

我把我自己锁起来，是实写，结实的爱情是虚写，言下之意是爱情没有因锁而受伤，前者以否定的方式作用于后者，虚实结合。

其三，虚实并行，虚中有实，实中有虚。

这是指虚与实两相并列，同时出现，一起与其他成分相搭配。这样虚中有实，实中有虚，水乳交融。比如"花朵与春天/一起绽放""她的眼神与一片落叶同时飘落""她的理想与眼泪一起掉落，摔碎了"。

> 他们吃饭。出门。回来。养儿女。养蚕。养星星
> 把自己养进泥土
> ——金铃子《心慕诗》

养儿女，养蚕，是实写；养星星，是虚写。虚实并列，内在具有相似性。一个"养"字在虚实中写尽了人的一生，也写尽了万物，深刻。

> 阳光、雨、卑微的灵魂
> 在往事中停滞
> ——韩作荣《最后的水滴》

　　阳光、雨，是实，微的灵魂是虚，二者并列，一起与"在往事中停滞"搭配，形成虚实相融的关系。巧妙地表达一切都陷入了回忆中。

> 每日背着椅子和前一天剩下的我
> 慢慢，向前走着。
> 　　——陈先发《零》

　　椅子是实，剩下的我是虚，二者并列，一起与"慢慢，向前走着"搭配，形成虚实相融的关系。本来是指每一天我都坐在椅子上，是一种静态，这样一写，"我"与"椅子"都成为了一种物品，且化静为动，想象惊艳！

> 爱情和牙齿
> 一步步挫伤我
> 　　——叶世斌《刺槐树》

　　爱情是虚，牙齿是实，二者并列，一起与"一步步挫伤我"搭配，形成虚实相融的关系。这也巧妙地将抽象的爱情化为牙齿一样的具体实物，兼用了比喻手法，可谓妙矣！

　　其四，由虚而实，化虚为实，虚实相通。

　　虚安置在前面，具体的实写在后，二者之间有着一定的关系，有的是比喻关系，有的是抽象与具体的关系，有的是因果关系等。比如"一壶浓稠的相思/将他醉倒在异乡的路上"，先虚写，后实写，构成前因后果的关系。

> 在落日区，
> 孤寂是一粒灼心的药丸
> 　　——曹东《落日区》

　　"孤寂"是虚写，采用比喻，将抽象的孤寂化为具体的药丸，只是这粒药丸不是治疗，而是灼心，体现孤寂带来的难受。

> 鸟鸣如果再浓一些，溪水就不敢独家使用

潺潺这个词。
——大卫《如果遇到一场雨》

鸟鸣是抽象的，浓一些与溪水是具体的，暗用比喻与通感，化虚为实，将抽象的鸟鸣化为液体，说溪水不敢独家使用潺潺这个词，是突出鸟鸣的清澈。

有声的白天食物
和光嫩的往事
在音乐里添上几声抽泣
——陆忆敏《元月》

"往事"是抽象的，用"光嫩"来修饰，采用移就修辞手法来具体化，突出往事在记忆里从未远去，仿佛刚刚发生，带给诗人崭新的冲击。结合"在音乐里添上几声抽泣"看，这往事是悲痛的，且刻骨铭心。

我的寂寞是一条蛇，
静静地没有言语。
你万一梦到它时，
千万啊，不要悚惧！
——冯至《蛇》

寂寞是抽象的，蛇，往往带给人恐惧，将抽象的"寂寞"比喻成一条蛇，空气里瞬间弥漫着恐怖氛围，让寂寞有了具体的形象。蛇静静地没有言语，是指寂寞潜伏在我身体里，一般人看不到，感受不到，这更突出我寂寞之深。万一你梦到，不要悚惧，是渴望对方能感受到、能认出我的寂寞，不要被我的寂寞吓倒。

沿着这思维路径，我们走出更多富有质感的诗句，比如"你的名字太烫/思念一靠近/就被灼伤""睡眠越来越胆小/总有一些身子不安全/她不愿住进去""一些往事太沉太硬/要不断裹卷燃烧/慢慢吞吐/才能消化成云烟""霜落满头　思念如茧/你抽出几缕炊烟/把诗歌捻成绳""黑控制着夜/白监控着雪/绿控制着草"。

结 构 篇

◎ 新 诗 阅 读 与 写 作 ◎

······ 解密诗中思维的经脉流淌 ·······················

　　诗歌创作是一种智性的诗意活动，诗家语是其灵性的肌理枝叶，诗情是其内在灵魂，结构形式是其灵性的骨骼。或者说，诗人的情感通过诗性的语言，最终转化为外在的形式结构。这外在的形式结构，有的不分小节，有的分成几个小节，以分节居多。

　　就是说，语言形式的背后流淌着的是思维情感，情感运行有轨迹、思维流动有路径，因此探索思维情感的流动方式，是探索新诗思路结构的关键。在探索中我们发现这几种是比较突出的形式结构：对话式结构、并列式结构、顺承式结构、圆合型结构、进深式结构、假设式结构、异形式结构、意象型结构。

(一) 对话式结构

这是指新诗在整体上采用对话方式进行书写，即以第一人称和第二人称来写。两两对话之间，从对象上看，有的是抒情主人公自身与另一些事物或人对话（包括与自己对话），有的是诗人在诗中设置两个对象进行对话；从对话的方式上看，有的是有问有答，有的是有问无答，有的是直接倾诉。

这种结构，可以追溯到我国诗歌现实主义和浪漫主义的两大源头《诗经》与《楚辞》，比如《诗经》中，我们熟悉的《魏风·硕鼠》，便是采用第一人称"我"，与第二人称"女"（即你，硕鼠）之间对话来写，"硕鼠硕鼠，无食我黍！三岁贯女，莫我肯顾……"。诗中抒情主人公"我"是一个奴隶劳动者，唱出了对于压在他们头上的统治者（硕鼠）的愤懑之情，暴露了当时尖锐的阶级矛盾，表现出一定的反抗性和奴隶们追求美好生活的渴望。《诗经》中的对话形式的诗作有很多，比如《齐风·鸡鸣》《郑风·女曰鸡鸣》《诗经·燕裘》等，都是以对话式结构来展开的。

《楚辞》中，屈原也善用这种形式，作为他思想学说集萃的《天问》，就是典型的对话（或者问话）结构。"曰遂古之初，谁传道之？上下未形，何由考之？……"全篇1500多字，350余句，呵问成篇，一连提出有关自然、社会现象、古史传说等170多个问题。先问天地形成，宇宙变化，次问人事变化，历史兴亡，最后归结到楚国的现实政治，线索清楚，脉络分明。诗人就是通过这一连串的诘问，表达了对自然宇宙和社会历史的深刻思考和孜孜不倦的求索精神，以及对传统观念的大胆怀疑和批判。

在新诗中，一些诗人也在探索、传承运用这种对话式结构，便于直接抒发炽热的情感，让读者具有极强的代入感，增强诗作的表现力与感染力。

海子的《姐姐，今夜我在德令哈》，就是采用与姐姐对话倾诉的形式来写的。

> 姐姐，今夜我在德令哈，夜色笼罩
> 姐姐，我今夜只有戈壁

第一节，诗人向姐姐倾诉，他在德令哈，夜色笼罩。这夜色是自然的更是生命维度的，他被黑暗包裹、吞噬，看不到希望的光亮。只有戈壁，便是只有荒凉，只有寂寞，只有无限的空与冷。唯有"姐姐"你，或者唯有内心呼唤一声"姐姐"，才能抵制硕大的空寂与生命中的荒凉与绝望。

> 草原尽头我两手空空
> 悲痛时握不住一颗泪滴
> 姐姐，今夜我在德令哈
> 这是雨水中一座荒凉的城

第二节，草原的尽头，其实也是这个世界的尽头，"我两手空空"，一无所有。一无所有到只剩下悲痛，而悲痛太巨大了，哪怕只有一颗泪滴，也握不住，承受不了。诗人再次向姐姐倾诉，他在德令哈，在一座荒凉的城，一座被雨水围困的城。此时，诗人又何尝不是这样一座荒凉的雨中城？没有生机，没有活力，没有温度，没有希望。

> 除了那些路过的和居住的
> 德令哈……今夜
> 这是唯一的，最后的，抒情。
> 这是唯一的，最后的，草原。

第三节，诗人向姐姐倾诉"德令哈……今夜，是唯一的，最后的，抒情；是唯一的，最后的，草原"。"德令哈"是空间上的最后，"今夜"是时间上的最后，"抒情"是心灵的最后，"草原"是世间物象的最后。诗人其实是从四个维度向姐姐暗示，他已走投无路，那些路过的和居住的，都与他无关，只有姐姐你，是唯一的生命之路。

> 我把石头还给石头
> 让胜利的胜利
> 今夜青稞只属于她自己
> 一切都在生长
> 今夜我只有美丽的戈壁 空空
> 姐姐，今夜我不关心人类，我只想你

"把石头还给石头"，石头的特质是坚硬，既然是"还"，那么诗人曾经拥有过石头这份硬，这份坚定，现在，他放弃了。他承认自己是失败者，那些战胜他的一切，物质的、精神的、情感的……他让它们胜利。他不再从世间获取力量，让青稞只属于它自己。一切都在生长，更深层是表达，只有我处在巨大的消亡中。

> 今夜我只有美丽的戈壁　空空
> 姐姐，今夜我不关心人类，我只想你

最后这一节，向姐姐倾诉，今夜我只有美丽的戈壁，空空。夜色笼罩的戈壁，如何来美丽？或许，这只是诗人至悲中产生的幻觉。诗人仿佛经历了一生的跋涉，用尽了力气，已处于虚脱迷幻之中，只有最后喃喃的虚弱低语：荒凉也好，美丽也罢，于我来说，都是一场空。

他不关心人类，他也是人类之一，便是不关心自己，不关心一切。这辽阔的空寂，这悲绝的气息，只剩下灵魂，只想姐姐，你。这仿佛是生命最后一个绝音。

整首诗，诗人在对话倾诉中，直接抒发内心巨大的荒寂、孤独与绝望，直叩我们心灵，带给我们深深的震撼。

舒婷也善于运用对话式结构创作，她的多首诗都有体现，《致橡树》，"我必须是你近旁的一株木棉/作为树的形象和你站在一起"，以树的形象来对话，表达平等互爱、积极的爱情观。《祖国啊，我亲爱的祖国》，"我是你祖祖辈辈痛苦的希望啊/是'飞天'袖间千百年未落到地面的花朵，——祖国啊！/我是你簇新的理想，刚从神话的蛛网里挣脱"，以对话形式，向祖国倾诉了真挚而深沉的爱。《呵，母亲》，"为了留住你渐渐隐去的身影/虽然晨曦已把梦剪成烟缕/我还是久久不敢睁开眼睛"，以对话形式，向母亲倾诉，表达对母亲深深的怀念。我们来细品《致橡树》。

> 我如果爱你——
> 绝不像攀援的凌霄花，
> 借你的高枝炫耀自己；

题目为《致橡树》，开篇设定了第一人称"我"，借对"凌霄花"身份的态度，来向对方诉说心意。这个"我"，是舒婷，也是指广大女性。舒婷表达的是个人的爱情观，也是代替天下女性表达的爱情观。起笔，就让我们看到一种独立的思想，强大的自信。思想与自信，是女性的立世之本，也是立爱情之本。

凌霄花的内涵在于攀援，这是一种依附式的爱情。已经无能到攀附，还要无知地炫耀，一个女人要白痴到怎样的地步，才会上演这样的爱情丑剧？舒婷是决然拒绝的。

> 我如果爱你——
> 绝不学痴情的鸟儿，
> 为绿荫重复单调的歌曲；

借对"痴情的鸟儿"身份的态度，来向对方诉说心意。痴情的鸟儿，本是可爱的，却只为绿荫重复单调的歌曲，一味地讨好对方。自己婉转的歌声成了谄媚的伎俩，完全丢失自己，丢失尊严，这种献媚式的爱情，舒婷自然也是唾弃的。

> 也不止像泉源，
> 常年送来清凉的慰藉；
> 也不止像险峰，
> 增加你的高度，衬托你的威仪。

泉源常年送给橡树以清凉的慰藉，即献给对方以爱以关心，这是奉献式的爱情。险峰作为陪衬，增加橡树的高度，即提高对方的形象与威仪，这是陪衬式的爱情。

> 甚至日光，
> 甚至春雨。
> 不，这些都还不够！

日光也好，春雨也好，普照与滋养，都是为橡树付出，为对方付出，充满奉献。

"这些"是指哪些？当然是泉源、险峰，是日光、春雨，即蕴含的奉献与陪衬式的爱情关系，对这舒婷的观点是什么呢？无论是前面两处"不止"，还

是这里的 "不，这些都还不够！"，都体现了舒婷不是否定这些，而是认为只有这样，是不够的！

即爱情，需要奉献，或陪衬，不同时期、不同境遇下，需要奉献就应奉献，需要陪衬就应陪衬。但，不能一直是，不能唯一是这种单方面的付出与陪衬！暗示着付出与陪衬，应是相互的，这 "陪衬" 最佳理解为 "帮衬"。

那么，面对一株橡树，能够运载舒婷理想爱情的，便是这株木棉了！

> 我必须是你近旁的一株木棉，
> 作为树的形象和你站在一起。

你是树，我也必然是树，即你是什么样的人，我必须修炼成相同的人！这相同，是指能力、实力、素养等，也指价值观相同，精神向度相同！

"近旁" "站在一起" 更强调了要在共同的生命场，这是指时空上的近，更指心灵与精神上的近。

舒婷其实暗示了追求平等爱情的基础：把自己修炼成与对方平等的身份、地位、能力等！

> 根，紧握在地下；
> 叶，相触在云里。
> 每一阵风过，
> 我们都互相致意，
> 但没有人，
> 听懂我们的言语。

根叶相依相偎，情投意合，情意绵绵。面对生命中的风，生活中的风，面对一切经历在生命中的事物，有共同话语，心灵默契，心意相通，隐秘而愉悦。这种对话，没有人能懂，在彼此眼里，对方就是整个世界。

> 你有你的铜枝铁干，
> 像刀，像剑，也像戟；

"铜枝铁干" 体现男性体魄上应拥有强健、力量的阳刚之美，同时是顶天立地的伟丈夫形象，敢担当，有信念，有追求。"像刀，像剑，也像戟"体现男性征伐世界、开拓进取、勇敢无畏的积极精神。

　　我有我红硕的花朵，
　　像沉重的叹息，
　　又像英勇的火炬。

　　"红硕的花朵"体现女性拥有的美丽、活力与深情。"沉重的叹息"，为什么叹息？既然是爱情诗，自然是表达对爱情的思考，不是每一朵花，都会有好的结果，纵然如此，也要盛开成生命的火炬！这是为理想爱情而奋斗的宣言，舒婷高举新爱情观的旗子，其本身，也成为天下女人敬仰的一面旗子！

　　我们分担寒潮、风雷、霹雳；
　　我们共享雾霭、流岚、虹霓。

　　能同甘，也能共苦！一起面对生活中的风雨，一起踏平命运里的陡峭；也一起享受岁月里的春花秋月，一起静守时光美好。

　　仿佛永远分离，
　　却又终身相依。

　　分离，即独立。彼此有各自的事业、理想与追求，彼此拥有独立的经济、时间与空间。同时，是相互的坚强的后盾，男性有侠骨柔肠，女性能温柔体贴，相依相靠，携手共白头！

　　这才是伟大的爱情，
　　坚贞就在这里：
　　爱——
　　不仅爱你伟岸的身躯，
　　也爱你坚持的位置，
　　足下的土地。

伟大爱情的秘密是什么？不仅爱你伟岸的身躯，同时爱你坚持的位置与足下的土地！

爱身躯，指爱身体本身，这是人性之爱；爱伟岸的身躯，则是指爱其理想、追求等精神的世界。

爱位置，则是爱其肩负的责任，爱其身处的岗位；爱足下土地，便是爱其所在的领域，生养的家乡，生活的祖国！

这样，通过以不同对应的身份对话，最终确定爱情是树与树的关系。从小我卿卿之爱，到大我之爱；从个体情感之爱，到社会责任大爱；从家庭守护，到祖国担当！这，就是伟大的爱情！彼此的融合，个体与社会完美统一！

这样的爱情，具有高度、深度、厚度、广度！多少人，年少不懂这首舒婷，读懂舒婷不年轻！

徐志摩的对话式结构运用得也比较多，《我等候你》中"我等候你/我望着户外的昏黄如同望着将来，我的心震盲了我的听/你怎还不来？"，《变与不变》中"树上的叶子说：'这来又变样儿了，你看，有的是抽心烂，有的是卷边焦！''可不是'答话的是我自己的心：它也在冷酷的西风里褪色，凋零"，《偶然》中"我是天空里的一片云，偶尔投影在你的波心——你不必讶异，更无须欢喜——在转瞬间消灭了踪影"，都是用的对话式结构。

总之，采用对话式结构，叙述上亲切自然，拉近与读者的距离；表达情感上自由而炽热，呼啸而来。整体带给人巨大的感染力与内心的震撼性。

（二）并列式结构

这是指新诗从两个或多个方面采用并列结构来书写，往往每一节诗的行数差不多，句内结构也差不多。

在内容的表意上看，有的是相反，比如臧克家的《有的人》，通篇是"有的人活着/他已经死了"与"有的人死了/他还活着"两种人种种情况形成对比。有的是相同或相近，这一般是从自然或日常生活中发现某种现象（灵感的触发点），再由相似思维或相关思维，拓展到方方面面，让诗意形成进深度或辽阔度。

在表达上看，一般有比较明显的相似句式，或比较明显的相似相同的词语。有时书写的几个维度，也可能有一定的递进意味。

这种结构，在古诗中称为重章叠句，即各章节之间结构基本相同，对应诗行的结构与字数几乎一致，以求整齐之感，也叫复沓法。在《诗经》体现得比较多，《关关雎鸠》里"参差荇菜，左右采之。窈窕淑女，琴瑟友之/参差荇菜，左右芼之。窈窕淑女，钟鼓乐之……"，《桃夭》里"桃之夭夭，灼灼其华。之子于归，宜其室家/桃之夭夭，有蕡其实。之子于归，宜其家室……"，《无衣》里，"岂曰无衣？与子同袍。王于兴师，修我戈矛。与子同仇！/岂曰无衣？与子同泽。王于兴师，修我矛戟。与子偕作！/岂曰无衣？与子同裳。王于兴师，修我甲兵。与子偕行！"每节诗只换了"袍""泽""裳"，"戈矛""矛戟""甲兵"与"同仇""偕作""偕行"几个词，反复吟唱，其作用在于深化主题，渲染气氛，加深情感，增强音乐性和节奏感。

后来闻一多提倡新诗"三美"原则（音乐美、绘画美、建筑美），其中的"建筑美"，便是与《诗经》中重章叠句有着异曲同工之妙，只是用词和句式上更自由一些。比如他的《死水》，体式极严，突出地体现建筑美原则。从外在的结构看，每句九字，每节四句，排列起来非常齐整。从内在的韵律看，每句内部均由四顿组成，由于内在节奏的高度和谐一致，再加上严格的双行押韵、每节一韵的音响效果，使全诗的节调十分动听。这首诗不仅成为新诗史上的杰作，而且成为格律体新诗的代表作。

我们在此说新诗中并列式结构，比闻一多的建筑美原则，又要自由一些，诗节与诗节之间，有的以某个相似的句式来并联，有的以某个相同的词语来并联。

在我们古老的诗文化的哺育下，这种结构，一般比较容易把握，很多诗人都采用过。采用相同的句子并联形成并列结构的，比如徐志摩的《我不知道风》"我不知道风/是在那一个方向吹/我是在梦中，/在梦的轻波里依洄。/我不知道风/是在那一个方向吹/ 我是在梦中，/她的温存，我的迷醉"是采用相同的句子来并联。比如汪国真的《感谢》四节诗都是以"让我怎样感谢你/当我走向你的时候/我原想……你却给了我……"相同句式来并联组成。比如李见心的《风吹我——》，整首诗都是由"风吹我"将"先吹醒我的头发""再吹亮我的面孔""最后吹燃我的心跳"并联起来。比如杜涯的《物之声》这诗中，她用"我似乎听见它们在说""我似乎听见它们的哀叹""我分明听见一些不可见事物的低低叹息"等这些相似的句子来构建每一节诗的内容；杜涯在《不理解》这诗中，她通篇用"不理解"来串起"植物""动物""人类"等各方面的思考。

采用相同词语并联起来形成并列结构的，比如多多的《能够》，通篇几乎句句以"能够"来串起对方方面面最日常的渴望，形成并列式，"能够有大口喝醉烧酒的日子/能够壮烈、酩酊/能够在中午/在钟表滴答的窗幔后面/想一些琐碎的心事/能够认真地久久地难为情/能够一个人散步……"，以此来表达对和平的期待，"没有风暴也没有革命"。比如章德益的《扶》，整首诗以"扶"这个词并联起来，"用一滴泪把月亮扶住/用一滴酒把醉扶住/用一滴汗把太阳扶住/用一滴血把痛扶住……"，比如杜涯的《譬如》，通篇用"譬如"这个词串起"年末""节日""春光"里的现象与感知。

像这种用一个词并联方方面面内容形成的并列结构，也可以叫作"一词立骨法"，仿佛这个词语是整首诗歌内在骨头。

我们来具体品析两首并列结构的新诗。

认识

杜涯

我们低于朝霞
低于晨星和晚星
也低于落日，低于每一天
夕阳的辽阔绛红

我们低于星空
低于群星的亘古垂挂和转动
当天琴座高悬在头顶
我们低于它的璀璨、崇高

我们低于一株麦子
低于大麦、小麦和燕麦
在秋天的生长、丰盛、收获里
我们低于每一棵大豆、玉米、晚稻

我们低于一片树林
低于它的盛开、葳蕤、喧亮
它在秋天哗哗地，落空了叶片……
我们低于它的凋谢、凋零、凋败

我们低于雪
低于飞舞的雪和山顶上的雪
我们低于大地，当雪落在其中、万物上
使它们无边地苍茫、银白、萧寂

　　这首诗，从整体上看，是沿着"朝霞""星空""麦子""树林""雪"几个意象打开思路，每一节诗都是四行，每一节都用"低于"这个词语来搭建，形成并列式结构。从每一节诗的内部看，思维也相似，几乎都是由实而虚，由表象到深层的内涵进行书写。这种诗节是开放性的，就是说，我们还可以沿着其他意象无限的写下去。诗题为《认识》，其实诗人就是为我们打开认识世间万物的方式，这几节诗，相当于是举的例子，让我们明白，看待万物，不仅看表面，应该看到更深远、更本质的东西。

告辞
黄亚洲

风告辞了，雨留了下来
遍地湖泊
每个人走路都像鸭子，啪啪啪四溅水花

爱情告辞了，婚姻留了下来
满房间都是尿布
奶瓶倒在键盘上，沧海横流

人生告辞了，音容笑貌留了下来
坊间都是赞扬
子女化名出洋，选购豪宅

历史告辞了，恶名留了下来
封条横七竖八
罐中唯冬虫不死，静候惊蛰

这首诗，每一节的语言结构相似，句数差不多，思考的维度也相近，都是由什么"告辞"，什么"留下"来搭建，整体上形成并列式结构。具体而言，第一节，从风雨自然景象落笔，或者叫比兴（即先写自然物象特点，再写与此相似的人类社会状况），再追溯爱情、人生、历史三个维度的内涵。当然，从更细微角度说，这三个维度有递进意味。

并列式结构，从思维角度，也可以说是发散式，找到一个点，围绕这个点进行相似或相关联想，可以撬起整个地球，撬起诗歌的精彩。

（三）顺承式结构

这是指诗歌在整体上沿着时间的先后，或事件的发展，来逐步推进。这个推进的过程中，往往有着从现象到本质，或由此到彼的深入。余光中先生《乡愁》这首诗，便颇有代表性。

乡愁
余光中

小时候
乡愁是一枚小小的邮票
我在这头
母亲在那头

长大后
乡愁是一张窄窄的船票
我在这头
新娘在那头

后来啊
乡愁是一方矮矮的坟墓
我在外头
母亲在里头

而现在
乡愁是一湾浅浅的海峡
我在这头
大陆在那头

　　这首诗，从表面看有点像并列式结构，但抓住"小时候""长大后""后来""现在"这几个时间点来看，是按照从小到大的时间顺序来写的，是顺承结构。诗人将乡愁具化为"邮票、船票、坟墓、海峡"这些实物，概括了自己漫长的生活历程和对祖国的绵绵怀念，流露出深沉的历史感。

对一个女人的素描
铁骨

头发坚韧
双眼有岛屿的平静

雪山在脸上
舞着荆棘鸟的羽毛

脖子细腻锁骨完美
双臂健在——
她捧着一本柏拉图的书

生活似真丝颤动
她拥有高高的双峰

之后的诉求腰部做了回答
而回报在腹部做了填充

文学和艺术能够诞生
是因为热裤包裹着一切

大腿到脚踝布满了疤痕
仔细看，刀刻，锤击，烟头的烫伤都有

它们应该被丝袜笼罩
整个车厢应该布满蔚蓝色的海水

省医院到了，患者们下了车
她还在车上

  这首诗整体上是顺承结构，诗人沿着从头部到脚部观察的先后顺序对一个女人进行素描。素描是一种绘画方式，也是一个文学概念，而这首诗，巧妙地兼容了这两种艺术思维。诗人按照绘画思维对女人从头到脚进行观察，又用文学思维进行描绘。前八节诗，差点就让我们相信，作者真是在用笔代替色彩描绘一幅静态的画，直到最后一节，故事掉落了出来，重重地砸在我们心头，惊心动魄！

  整首诗的语言，内敛而平静，仿佛是不带感情的那手中的笔。然而，风暴却在文字内部产生，在读者内心砸开！我们不妨逐节走一遍。

  第一节，"头发坚韧/双眼有岛屿的平静"，"坚韧"的硬度与韧性，是女人的头发特点，更是性格特点，这与"岛屿的平静"形成一种合力，将这个女人从一般女性柔美、柔顺等特质里抽拔了出来，成为独特的意象。简单的两行，仅从头发和眼睛就完成了对这个女人典型化的构建。

  第二节，"雪山在脸上"，女人洁白的脸，用一座山来堆成，暗示其经历了命运的磨砺。而把一座雪山搬到一个女人的脸上，洁白的意义已经淡化，感受到更多的是沉重。诗人太大胆了，完全撑破了我们的想象。

  "舞着荆棘鸟的羽毛"，荆棘鸟一生寻找荆棘树，找到便把身体扎进最尖、最长的棘刺上，然后一边流着血一边放声歌唱，一生一次绝唱，一生以身殉歌！从女人脸上舞动的荆棘鸟羽毛，我们看到她灵魂里的决绝！这当然值得思考，女人唱的是一首什么歌？

  第三节，"脖子细腻锁骨完美"，看到这一句，终于松口气。作者让我们相信，他确然素描的是女人，而且是一位年轻美丽的女人。"双臂健在——"，"健在？"按常情不是该继续描绘双臂的美吗？悖常处，正暗藏一种深意。表面上强调双臂健在，实则表达其他部分的残缺，用手"捧着一本柏拉图的书"进行巧妙的暗示与弥补。女人希望，或者只能，活在柏拉图的世界里，那完美的世界。

第四、第五节，理解有难度，"生活似真丝颤动/她拥有高高的双峰"，生活是女人身上的一件衣服，是说女人把生活穿在身上，或生活包裹着女人。她高高的双峰与下一节"之后的诉求腰部做了回答"，充满隐喻与诱惑，"腰部"的特点虽有说，但既然是对"之后的诉求"进行的回答，那必然是细腰了。"而回报在腹部做了填充"，"回报"是指什么？女人腹部的内涵，是指孕育新生？是女性生命原始意义的完成？

第六节，"文学和艺术能够诞生/是因为热裤包裹着一切"，这"热裤包裹着一切"，是充满隐蔽与想象的部分，形象而含蓄地表达出催生文学与艺术的根源。

第七节，"大腿到脚踝布满了疤痕/仔细看，刀刻，锤击，烟头的烫伤都有"，裸露的真相可谓触目惊心！"刀刻，锤击，烟头的烫伤"，这些元素指向暴力，指向伤害，这或许来自外界，或许来自女人自己。但无论来自外界，还是女人自己，这女人都对抗着痛，或以痛对抗着更严酷的痛。

这样的伤，不忍直视，正如第八节所说，"它们应该被丝袜笼罩/整个车厢应该布满蔚蓝色的海水"。这个应该，一方面是指女人应该那样做，但，她没有，她就向世界裸露真相。另一方面，也是指诗人期望世间有一层温情浸润与熨帖，但，世间没有，大家假装没有看到这个真相。

这就成功地陡峭出结尾的深意——

"省医院到了，患者们下了车/她还在车上"。

原来女人所在的这一辆车，是病的；她所在的那个小小世界，是病的。

整首诗，或许可以这样理解，头部、颈部与手臂，写的是女人的性格、精神，胸、腰、腹部写的是女人的生活现实，最后以腿部脚步揭示命运根源。这种理解当然是冒险的，但从这种冒险中我们也欣赏到一道诗与思的风景。

诗人从女人的头部写到脚部，写完了女生的一生。我们走完这八节，也走完一个故事。故事走完了，却不能走出，一只脚还在陷在情节里。

这是诗人对一个女人的素描，读久了，就会读出更多女人的命运。

顺承式结构，让诗作思路清晰，表意上逐层深入，将读者带向深处或引向高处，丰富诗意的内涵，增加诗作的力量感。

(四) 圆合型结构

这是指诗歌首尾内容相重合，在形式、内容上形成一种圆形结构。在音韵上有回环往复之美，在情节流动中有着精神运动的美，在内容上使部分与整体、部分与部分之间形成和谐融洽的整体美。

圆的艺术在美学领域占有重要的地位，早在《易传·系辞上》中就有"蓍之德，圆而神。曲成万物无所遗"，后来钱锺书在《谈艺录》也认为"乃知'圆'者，词意周妥、完善无缺之谓也"。张训在《聪训斋语》提出"天体至圆，万物作到极精致者无有不圆，圣人之德，古今之至文……必极圆而后登峰造极"，马建勋在《圆的哲学》中提出"圆是宇宙运行的最大规律……圆是美学的一大定律，是审美的一项基本法则"。而在公元前6世纪，古希腊毕达哥拉斯学派也认为"一切立体图形中最美的是球体，一切平面图形中最美的是圆形"，可以说古今中外，对圆合型艺术结构都颇为青睐。

圆合型结构在古诗中的极致表现，在回文诗上（也叫回环诗或回纹诗），即顺着读是一首诗、倒着读也是一首诗，情感随着意象变化，而意象又随着情感更新，回环往复，更加重了其想要表达的情感。

比如宋代苏轼的《题织锦图回文》诗，"春晚落花余碧草，夜凉低月半梧桐。人随雁远边城暮，雨映疏帘绣阁空。"顺着读感受到的是暮春之时行人寂寥清苦的孤寂，倒着读就变成了一个无惧风雨、不怕寂寞的归心似箭的幸福旅人，巧妙的构词用字，向我们展现了不同的场景与情感，精妙无穷。而诗人李禺写的一首名为《两相思》的回文诗，更是被称为千古奇诗。

顺读时——《思夫诗》

> 儿忆父兮妻忆夫，寂寥长守夜灯孤。
> 迟回寄雁无音讯，久别离人阻路途。
> 诗韵和成难下笔，酒杯一酌怕空壶。
> 知心几见曾来往，水隔山遥望眼枯。

倒读时——《思妻诗》

> 枯眼望遥山隔水，往来曾见几心知？
> 壶空怕酌一杯酒，笔下难成和韵诗。

途路阻人离别久，讯音无雁寄回迟。

孤灯夜守长寥寂，夫忆妻兮父忆儿。

　　这首诗顺着读的时候表达的是丈夫对妻子的思念之情，而倒着读的时候又变成了妻子思念丈夫，不仅在形式上符合传统回文诗的特点，还在意境上进行了新的创新，有着非凡的思路和文采。

　　这种审美结构，在新诗中比较突出体现在首尾照应，即开头与结尾在今昔、他我、物我之间形成照应的方式，使诗歌在结构上有浑然一体之感，能更加突出主题，起到良好的表达效果。很多诗人都喜欢这种结构，闻一多的《发现》一诗，开头"我来了，我喊一声，迸着血泪，'这不是我的中华，不对，不对！'"与结尾"我哭着叫你，呕出一颗心来，——在我心里！"，以呼喊起，以呼喊落，形成圆合型结构，内在翻腾着激情与深情！

　　徐志摩的《再别康桥》，也是很有代表性的一首，整首诗以离别康桥时感情起伏为线索，来抒发对康桥依依惜别的深情。开头是"轻轻的我走了，正如我轻轻的来；我轻轻的招手，作别西天的云彩"，结尾是"悄悄的我走了，正如我悄悄的来；我挥一挥衣袖，不带走一片云彩"，首尾"轻轻"与"悄悄"的反复运用，增强了诗歌轻盈的节奏，"招手"与"挥袖"，作别云彩又不带走一片云彩，有着虔诚深情，又有着空灵轻盈、飘逸脱俗，营造出一种美妙的意境。

　　郭沫若《炉中煤——眷念祖国的情绪》一诗也是圆合型结构。

　　开头一节——

啊，我年青的女郎！

我不辜负你的殷勤，

你也不要辜负了我的思量。

我为我心爱的人儿

燃到了这般模样！

结尾一节——

啊，我年青的女郎！

我自从重见天光，

我常常思念我的故乡，

我为我心爱的人儿

燃到了这般模样！

诗歌的开头把祖国喻为"年青的女郎"，叫一声："啊，我年青的女郎！"以对年青女郎的深情来表达对祖国的深情，坦率、热情而又突兀、新奇。把祖国称为"年青的女郎"，是诗人对封建、落后的旧中国的否定，对五四运动以后新生祖国的赞美、讴歌。诗人以"我不辜负你的殷勤，你也不要辜负我的思量"，愿为心爱的人儿，燃成炉中煤旺盛的模样，来表达了自己与祖国两情依依、心心相印的密切关系和献身祖国的赤诚，既显示了自己报国济民的情意，又寄托了对祖国革命与运动继续发展壮大的期望。

诗歌最后一节写重见天光，是指看到了光明和希望，怀国思乡之情更为强烈，进一步抒发自己急于报效祖国的决心和热情。虽然结尾这个"燃"字与首节用法相同，含义却已不同。前一个"燃"，是诗人在黑暗的长夜中的摸索探寻；而后一个"燃"，则强调了诗人在重见天光后的奋斗搏击，这就使得全诗在乐观、自信、高昂和积极进取的精神状态中把情感推向了高潮。

这就是说，虽然结局与原点重合，已经不是原点了。圆合型结构，并非是一个自足的、封闭的结构，它内在有着理性的提升与情感的增强。

（五）假设式结构

假设法本来是科学探究中的重要思想方法，大量应用于数学、物理研究中，是一种创造性的思维活动，移植到诗歌创作中，是指诗人借助想象与联想，采用假设的方式进行创作。

我们假设一种状态，自然会出现一种相应的结果。由于想象与联想的自由与丰富，假设的情景也是自由丰富的，这就给写作带来很大的自由度与创造性，备受诗人们的青睐。这种假设想象一般有三种情况：假设身份、假设事件、假设情景。

一是假设身份，是指诗人将自身假设成其他身份，其他人或物皆可，由此想象会出现的结果。比如艾青的《我爱这土地》，就把自己假设成一只鸟，来表达对土地、对祖国深沉的爱。

我爱这土地

艾青

假如我是一只鸟，
我也应该用嘶哑的喉咙歌唱：
这被暴风雨所打击着的土地，
这永远汹涌着我们的悲愤的河流，
这无止息地吹刮着的激怒的风，
和那来自林间的无比温柔的黎明……
——然后我死了，
连羽毛也腐烂在土地里面。
为什么我的眼里常含泪水？
因为我对这土地爱得深沉……

　　　　1938年11月17日

　　鸟一般代表着自由，诗人采用假设的方式，将自身假设为鸟（也是比喻），生前歌唱，哪怕喉咙已经歌唱得嘶哑；死后也要将羽毛腐烂在土地里面。即为了脚下的土地，为了自己的祖国的自由和平，甘愿奉献出一切！这样表达情感，炽热而深沉，更具有艺术的震撼力。

　　徐志摩的《雪花的快乐》，"假如我是一朵雪花/翩翩的在半空里潇洒/我一定认清我的方向——/飞飏，飞飏，飞飏，——这地面上有我的方向"则是把自己假设为"一朵雪花"，进行自由地想象，"不去那冷寞的幽谷/不去那凄清的山麓""那时我凭藉我的身轻/盈盈的/沾住了她的衣襟/贴近她柔波似的心胸——/消溶，消溶，消溶——/溶入了她柔波似的心胸！"诗人把自己假想为雪花，去实现融入对方的美好愿望，颇有浪漫情怀。

　　二是假设事件，即假设某个事件发生或者不发展，由此想象会有的结果。比如田间的《假使我们不去打仗》，就是假设事情没有发展，会有怎样的情景。

　　假使我们不去打仗
　　田间
　　假使我们不去打仗，
　　敌人用刺刀

杀死了我们，
还要用手指着我们骨头说：
"看，
这是奴隶！"

　　诗人用假设"我们不去打仗"，推想出结果：敌人不仅要消灭我们的肉体，还要侮辱我们的精神。以必败的结果，强调我们战斗的必要性和重要性，以此激发人民抗战的热情，召唤大家为正义而战，为和平与尊严而战！

　　三是假设情景，是指假设出某种情景，由此想象会怎么样，比如席慕蓉的《抉择》，便是假设自己来世上一遭，只为与一个人相聚一次，由此想象那惊心动魄的情景。

抉择
席慕蓉

假如我来世上一遭
只为与你相聚一次
只为了亿万光年里的那一刹那
一刹那里所有的甜蜜和悲凄

那么　就让一切该发生的
都在瞬间出现
让我俯首感谢所有星球的相助
让我与你相遇
与你别离
完成了上帝所作的一首诗
然后　再缓缓地老去

　　诗人说来世上一遭，只为与一个人相聚一次，为亿万光年里一刹那的缘分。她知道，甜蜜，会同时悲凄，因只相聚一次，聚，便同时分离，便是不尽的悲伤与痛苦。但甜是美的，痛也是美的，是刻骨铭心的一场爱，诗人愿意，并俯首感谢所有星球的相助，多么炽热、多么虔诚！相遇是一首诗，毕生完成这样一首诗，老去，也是心满意足！诗人通过这样的假设，表达了对理想爱情的至高追求，为着对的那个人，不是曾经拥有，是哪怕拥有一次，也满足！

席慕蓉很喜欢采用这种情景式假设写作，她在《错误》假设"假如爱情可以解释/誓言可以修改/假如 你我的相遇/可以重新安排"，来想象结果"那么/生活就会比较容易/假如 有一天/我终于能将你忘记"；她在《美丽的心情》中假设"假如生命是一列/疾驰而过的火车/快乐和伤悲 就是/那两条铁轨/在我身后 紧紧追随"，来想象"所以 也只有/在太迟了的时候/才能细细揣摩出 一种/无悔的 美丽的 心情"，在《悲喜剧》中假设"长久的等待又算得了什么呢/假如 过尽千帆之后/你终于出现"，来想象"当千帆过尽 你翩然来临/我将藏起所有的酸辛"。诗人用假设的想象来治愈内心，其实是委婉表达现实的遗憾与无奈。

由以上诗例可以看出，假设式结构的诗，往往有"假如""如果""假使"等标志性的词语，当然也存在没有词语标志，而诗歌内在是假设思维结构的。比如裴多菲的《我愿是激流》："我愿是一条激流，是山间的小河，穿过崎岖的道路，从山岩中间流过/只要我的爱人，是一条小鱼，在我的浪花里，愉快地游来游去……"诗中没有标志词"假如""如果"，而是用"我愿"的方式来表达假设想象。

徐志摩的《偶然》，也没有标志词："我是天空里的一片云/偶尔投影在你的波心——"，采用暗喻的方式，来假设自己是一片云，由此展开叙述，"你不必讶异/更无须欢喜——"，因为会"在转瞬间消灭了踪影"，对偶然的邂逅处以风轻云淡，照应题目"偶然"，其意境与席慕蓉的《抉择》形成一种明显的对照。

假设式结构的诗，一般是就整首诗而言的。在主题上，或者是对生活中不能、不易实现的一种期盼；或者是对生命、生活中不如意的一种慰藉；或者是对生活中某种现象的一种反思；或者是对现实中不能不做的一些事的强化，往往传递着温度与力量。比如大解的《春日感怀》里"如果阳光照耀着行人 而清风在远处吹拂/带着旷野边缘的气息 不从我身边经过/那一定是我亏欠了什么 没有得到自然的恩宠/如果阳光包围了我/而行人在暗处低头走路 忏悔自己的过错/我怎能忍心一个人享受这么多慈爱"，就是一种反思。比如普希金的《假如生活欺骗了你》："假如生活欺骗了你/不要悲伤不要心急/忧郁的日子里需要镇静/相信吧，快乐的日子将会来临"，李元胜的《如果》："如果，还爱着热气腾腾的早晨/我就是有救的，被日常生活所救"，都是对遇到生活中不如意情况的劝慰鼓励。

总之，假设式结构在现代诗中的应用很常见，也易于操作，思维很容易发散，是值得借鉴的一种有效方法。

(六) 异形结构

这是指诗歌不是按照常规的意义团来断句和分节，而是在整首诗的外形上构建某种形式结构。

这种结构在古诗词中早有体现，比如宝塔诗，就是采用摹状而吟的异形结构，从一字句或两字句的塔尖开始，向下延伸，逐层增加字数至七字句的塔底终止，如此往下排构成一个等腰三角形，即形如宝塔形或山形。故宝塔诗也叫"一字至七字诗"，或"一七体诗"。起始的字，是诗题，也是诗韵，从一字到七字句，逐句成韵，或叠两句为一韵，很有规律（后来也有增加到十字，甚至十五字或者更多的）。早在隋唐，就有宝塔诗，比如释慧英的《一三五七九言诗》。

<blockquote>
游，

愁。

赤县远，

丹思抽。

鹫岭寒风驶，

龙河激水流。

既喜朝闻日复日，

不觉年颓秋更秋。

已毕耆山本愿诚难住，

终望持经振锡往神州。
</blockquote>

唐代时，涌现出白居易、刘长卿、元稹、令狐楚等一批诗人，将宝塔诗结构延续发展，以双宝塔诗居多，如白居易的《诗》。

<blockquote>
诗。

绮美，瑰奇。

明月夜，落花时。
</blockquote>

　　能助欢乐，亦伤别离。

　　调清金石怨，吟苦鬼神悲。

　　天下只应我爱，世间惟有君知。

　　自从都尉别苏句，便到司空送白辞。

　　元稹的双宝塔诗《茶》，写得颇有趣味，绘其芬芳，描其嫩状，形态楚楚，色彩惹人，还有饮茶之时的明月相伴，朝霞相陪，悠然自得，写出了茶涤人生的美好意境。

　　　　　　　　茶。

　　　　　　香叶，嫩芽。

　　　　　慕诗客，爱僧家。

　　　　碾雕白玉，罗织红纱。

　　　铫煎黄蕊色，碗转曲尘花。

　　夜后邀陪明月，晨前命对朝霞。

　洗尽古今人不倦，将至醉后岂堪夸。

　　宝塔诗若排版上不居中，而是左靠齐，便成为梯步结构，故也叫梯步诗。

　　现代新诗中，也有诗人将这一结构传承发展，比如郭沫若的《雷雨》，就用的塔影倒映结构，形成棱形诗，带给视觉上别样的审美。

雷雨

郭沫若

雨，

黄昏，

室如漆，

宇宙晦冥。

一个电光来，

猛把黑暗劈开，

地狱已倒坏！

你请听呀

好声威！

倒声？

雷？

鲁迅的《兵成城》也是一首宝塔诗，这首诗《鲁迅全集》里没有刊载，是据沈瓞民《回忆鲁迅早年在弘文学院的片断》摘录出的。

兵成城

大将军

威风凛凛

处处有精神

挺胸肚开步走

说什么自由平等

哨官营官是我本分

现代诗人尹才干将这种新诗异形结构发展创新，称为图案诗，即整首诗在外形上构成某种图案，凸显出视觉审美。比如他的《温暖的春》，整体上像一片树叶，感受到春天里嫩叶上长的活力。

温暖的春
尹才干

把

一身

许多牵挂

化成一串诗

温柔如云天风筝

纯洁如深涧之泉水

鲜活地飞呀鲜活地流呀

伴着歌声的沉积走出寒冷

朵

朵

笑

声

织

成

一个温暖的春

　　《走不出逝去的心境》这一首，前两句反复叙说"香烟缭绕"，弯弯曲曲地形成缭绕状态，既有烟雾缥缈感，又有走不出的迷茫心态，视觉美与意境相映成趣。

走不出逝去的心境
尹才干

香

烟

缭

绕

香

烟

缭

绕

古刹依旧　馨声依旧

冥想中的那条小径

依旧蜿蜒在清寂的禅意里

钟声落响在光秃秃的石板上

轮回在来去匆匆的季节里

弯弯曲曲的几条小径

足够尼姑们走完一生

但永远也走不出她们逝去的心境

　　总体来说，异形结构的诗，值得我们不断探索创新。只是这不仅追求形式上的美观，也具有意蕴，是情趣盎然、韵味充盈，带给人欣赏性、趣味性。

（七）意象式结构

意象，是指客观物象经过创作主体独特的情感活动而创造出来的一种艺术形象。即寓"意"之"象"，是主观的"意"和客观的"象"的结合，也就是融入诗人思想感情的"物象"。

意象式结构，是指以诗歌意象呈现的特点或关系来构建诗歌的一种结构形式。诗歌的含蓄性突出体现在以意象来表达主题，前面每一种结构类型的诗里，都有意象。这个部分将诗歌意象的组合方式单独提出来探索，是为了更好地理解或创作新诗。

诗人的内在情感，通过意象外化为形，每一首诗中我们所见的意象，是诗人根据情感的需要来设置和进行有序排列的，组合方式复杂多样。从一首诗意象的数量上看，有单意象，即整首诗只有一个意象，有双意象，也有多意象组成的意象群。

比如闻一多的《红烛》，就是单意象，只有"红烛"这一个意象，通过描绘红烛热烈的心，赞美红烛自我牺牲与奉献精神，来表达诗人的奉献之志和爱国之情。

咏物诗、写物诗，一般都是单意象，诗人以此来托物言志或借物抒情，比如这首《一朵转世的雪花》：

一朵转世的雪花
刘小芳

一朵雪花　准确地
飘落在我眼睫上
煽动着小小的翅膀

这熟悉的姿态
是我前世的模样

有谁轻轻唤我乳名
我刚想答应

　　她就化为一滴泪
　　转入人世轮回

　　诗中主要是"雪花"这一个意象，第一节诗描绘雪花飘落在眼睫上的姿态，第二节诗说这是诗人前世的模样，这是一次转世，即前世的"我"转为雪花；第三节诗以变形的感受，把雪花化为水说成是化为泪转入为人世轮回，这是第二次转世。这样，整首诗采用象征的手法，雪便是人，突出人如雪般纯净、高洁而又温情。

　　双意象之间，一般有对比反衬，或主次烘托的关系。臧克家《有的人》，便是以两种人为意象，形成强烈的对比关系，诗人以此抒发迥然不同的情感。郭沫若《立在地球边上放号》中的意象，"太平洋的洪涛"是主意象，是听到地球边上放号后最积极的响应，是诗人情感最有力的外化，"怒涌的白云"是次意象，起烘托作用。

　　多意象群之间，一般有主次关系、并列关系，或归类后形成对比关系。徐志摩《再别康桥》中的意象群，就是主次关系。康桥是主意象，金柳、青荇、水草、星辉、夏虫等"康桥"衍生出的意象群，是次意象，诗人对这群意象灌注的情感，集中体现对康桥的不舍之情。刘年《汪家庄的白杨》中的意象，也是主次关系：

汪家庄的白杨
刘年

起风了
水柳在摇，椿树在摇，棣棠在摇，板栗树也在摇
有鸟窝的白杨，摇动幅度最小

　　这首诗"风"属于背景，前面的"水柳、椿树、棣棠、板栗树"是次意象，用来引出后面主意象"白杨"。所有的树都在摇，白杨也在摇，这是相似思维，但其精妙在于同中的异，"有鸟窝的白杨，摇动幅度最小"。白杨摇动幅度最小的这个细节，或许是诗人观察到的，高大坚挺的白杨本来摇动的幅度就最小，是事实；或许是诗人恍然中觉得的。诗要从文学的原因追问，为什么白杨摇动幅度要小，因树上有鸟窝。这就赋予白杨以爱、慈悲等人的主观情感

色彩。题目是"汪家庄的白杨",一方水土养的树如此,一方水土养育出的人自然更是如此,由此来赞美汪家庄人的质朴、爱与慈悲,赞美那片土地的美好!这首诗便是以小见大,以现象抵达本质,可谓四两拨千斤!

余光中《乡愁》中的意向群,是并列关系。"邮票""船票""坟墓""海峡"这多个意象之间是并列关系,情感渐浓,都是诗人抽象的乡愁具体化,突出诗人漫长的生活历程和对祖国的绵绵怀念。舒婷《致橡树》中的意向群,是归类后形成对比关系。"木棉"与"橡树"是一类,"攀援的凌霄花""痴情的鸟儿""清泉""险峰"是一类,与前者形成对比,以此突出诗人的爱情观,以树的形象站在树身边。

总之,诗歌创作的思维流动是三维甚至更多维,或许沿着相关思维,由此及彼进行联想,形成一种体系化意象来表达;或许沿着相似思维,形成一种同类化意象来表达;或许沿着相反思维,形成一种对比式意象来表达。我们发现了这些,还有更多的组合方式值得去探索。

作 品 篇

沿着古诗新语走向诗的远方

　　诗歌是情感的歌唱、灵魂的舞蹈，缪斯总是青睐饱含深情的柔软心底，灵感总是降临在观察、深思后顿悟的一刹。诗人是灵魂的手艺人，对人间持有深沉的爱，对世象拥有独到的思考，对万物保持敬畏的心理，修炼自我格局与境界，是对诗歌手艺的至高追求。

　　对于诗歌，谈方法与技巧，是冒险的行为，但也是最基本的功底。诗语的把握，结构的安排，题材的选择，都只是诗歌的出发。在这一辑里，首先以最新的部编教材中的古诗词为例子，进行化写新诗及诗化赏析，为修炼诗心提供一剂药方。然后对微型诗和截句的创作，进行思维方法上的碰撞及作品分享。最后从节日时令诗、写物诗、考古诗等方面，呈现诗意创作的自然流淌状态。

　　总之，诗心在哪里，诗意就在哪里，诗歌便会主动降临，我们负责言说。

一、 ·······························   化写古诗词

诗歌是语言的艺术，语言背后行走着思维，运载着思想情感。我国的文字语言从古沿用至今，这是一种文化奇迹，也是我们的文化骄傲。几千年来，一代代华夏儿女，都幸运地接受着文化哺育，又为下一代增添哺育能量。新诗也是如此，从前面对语言与结构的探索中，我们已经明白，新诗里的语言思维方法，在古诗中几乎都能找到源头，诗人们是在自觉或不自觉中，继承并发展创新。

可以说，古诗词是我们诗语、诗情、诗思的巨大矿藏，是我们精神的基座，生命的底蕴。

首先，古诗词为我们贮存了丰富而鲜活的诗歌意象。这些意象根植在我们的精神、情感世界中，成为共同的文化记忆。一折柳、一飞絮，蔓延着离愁别绪；一轮月、一飞雁，涌动着无限相思；一壶酒、一落花，传递着寂寞悲伤；一片莲、一枝梅，盛开着高洁气度；一篱菊、一蓑衣，便蕴含着隐逸情怀……

其次，古诗词为我们储蓄了深刻的思想和丰厚的情感。既有对自我生命的感叹，或孤寂无奈、壮志难酬，或意气风发、壮心满怀；亦有对人生无常的深思，或悲伤痛苦、相思牵挂，或劝慰鼓励、豪放通达。还有对自然万物的洞悉明了，有对天下忧虑担当……

无论是个人之叹，还是黍离之悲，诗人词客们，以自身的诗意情怀，深刻着我们的思想，浸润着我们的情感，撑开了我们的人格，高擎起我们的精神，让我们拥有底气与自信。素材的选取也好，方向的确定亦罢，我们的一枚诗心在古诗词这片沃土中，会发芽、成长，茂盛成一片新诗风景。

我们来看向以鲜的这首《将军归来》：

将军归来

向以鲜

推开虚掩的朱门
蛛网织满雕窗
别惊醒春梦的尘土
一段星辉洒落
绣着鹣鲽的帷幕轻飏
那岂是春闺的梦啊
无定河的骸骨点燃遍野磷火
梦中的将军像一个迷途的孩子
金戈铁骑也徒劳
将军啊　你可以笑傲狼烟
却不忍俯视爱人的珠泪
战马再快　跑不出关山万重
流矢如电　射不透故乡的孤单
将军百战归来　盔甲有多耀眼
心中就有多黯淡

要理解这首诗，就应知道与之联姻的古诗，即

陇西行四首（其二）

唐·陈陶

誓扫匈奴不顾身，五千貂锦丧胡尘。
可怜无定河边骨，犹是春闺梦里人！

对照阅读这两首古今诗，就能找到彼此灵魂的依托。沿着陇西行这首诗的方向，诗人用想象设置了将军回乡的情景：虚掩的朱门，蛛网已织满雕窗，一边是春梦早已成一抔尘土，一边是无定河的骸骨点燃遍野磷火，多么沉重，多么沉痛！这回来的岂是将军，不过一缕乡魂，一个梦幻。可以笑傲狼烟的将军，却不忍俯视爱人的珠泪，一身豪情，担负不了一汪深情。他的战马再快，

跑不出关山万重；纵是流矢如电，也射不透故乡的孤单。多么无奈，多么痛惜。

可以说，《将军归来》正是根植于陈陶这首诗，诗人采用情景还原的方式，帮助我们更好理解陈诗，或者说更好地丰富我们精神上的钙质。我们感受到两位诗人血脉相承，他们沸腾着相同的热度。说什么岁月静好，历代都只因有人为我们负重前行。

我们把新诗的这种创作，称为化写古诗词。化写的切入点自由而丰富，可以从解读古诗词主题切入，可以结合现实对照思考其意义，可以衍生出新的发现与体悟……

这部分的作品选，都是化写的古诗词，即从古诗词出发，从语言层面层层突破，抵达思维的深度与审美的高度。打通古诗与新诗的壁垒，寻找阅读与创作的通道，培养深度思维与创新思维，提升审美与创造美的能力。

这些古诗词都来自高中部编教材必修与选择性必修教材里的篇目，这些篇目经过时间洗礼，又经重重目光考量精选，无疑是滋养我们精神的最佳养料。

对每一首古诗词的化写，首先是"解词释句"，重在突破理解古诗词词句的思维方法，我们不仅要明白应理解成什么，而且要清楚为什么这样理解。然后是"诗化赏析"或"新诗及赏析"之后的创作手记，诗化赏析力求语言表达诗意性，赏析角度独特性，赏析内容再生性。"新诗及赏析"是对古诗词找到切入点，碰撞创作出新诗，并对新诗进行解析。"创作手记"，是从对文本理解与创作思维、方法与想法的回顾。这样，打通古今诗脉，打通读与写，用古诗词丰厚意蕴，孵化哺育出新诗，将文化传承与创新融为一体，将坚守与开创同时推进。

---- ••• •••• **古今诗联姻一** ••••••••••••••••••••••••••••••••••••

短歌行
曹操

对酒当歌，人生几何！譬如朝露，去日苦多。慨当以慷，忧思难忘。何以解忧？唯有杜康。青青子衿，悠悠我心。但为君故，沉吟至今。呦呦鹿鸣，食野之苹。我有嘉宾，鼓瑟吹笙。

明明如月，何时可掇？忧从中来，不可断绝。越陌度阡，枉用相存。契阔谈䜩，心念旧恩。月明星稀，乌鹊南飞。绕树三匝，何枝可依？山不厌高，海不厌深。周公吐哺，天下归心。

1.对酒当歌：采用结构理解法，处在对称位置上词语，意思一般相同、相近或者相反、相对。"对"与"当"，"酒"与"歌"，由"酒"与"歌"都是名词且意义相近，推出"对"与"当"含义也相近。"当"，即"对着"的意思，对着酒，对着歌，进一步转化表达，即边喝酒边唱歌。

2.慨当以慷：采用语法理解法，这是倒装句，为与后一句的"忘"字押韵，便拆开重组，并以"慷"作结。理解时调整为正常结构，即"当以慷慨"，全句意思是"应当用慷慨（的方式来唱歌）"。

3.枉用相存："枉"，采用组词解，"枉驾"的意思；"用"，即"以"，表示来；"存"，问候，思念。全句意思是屈驾来访（问候）。关于"用"与"以"的同义现象，可以结合屈原《九章》中"忠不必用兮，贤不必以"这句，采用结构对称理解法推出"用"即"以"之意。

千万个理由　我们一起走

《短歌行》相当于是一首"求贤歌"，主题明确，就是希望有大量人才来为自己所用。但怎样才能让贤能志士主动来呢？这正是此诗的魅力。

曹操不提心愿，先言愁。愁生命如朝露般短暂，流逝之迅速，而功业还未成，唤起大家的生命共识。珍惜时光，一展抱负，这便实现共情之妙。曹操可谓全方位地打消贤者们的顾虑，让每一位到来的贤者都有充分的理由。

为着一份生命的意义，值得去，譬如朝露，去日苦多，赶快行动吧；

为着一份挚爱，值得去，青青子衿，悠悠我心，他会像姑娘对心上人的思念一样，一直等你的到来；

　　为着一份尊重，值得去，我有嘉宾，鼓瑟吹笙，其乐融融，其情洽洽，他会像对待嘉宾一样礼遇，为何不去？

　　为着一份情谊，值得去，契阔谈讌，心念旧恩，既然是久别重逢，曾一起携手时光，旧情兼新意，还犹豫什么呢？

　　为着一份胸怀，值得去，山不厌高，海不厌深，不用担心他那里人才太多而自己排不上用场，他的心胸大海一样宽广；

　　为着一份梦想，值得去，周公吐哺，天下归心，天下大同，是所有人的心愿，美好未来由大家书写，还徘徊什么呢？

　　是的，千万个理由　我们一起走！

　　可以说，正是曹操对时势的洞察，对人心的体察，对功业的渴念，对贤才的一片赤诚，谱就了这篇经典的"求贤歌"。

新 诗 对 饮

停下来
——读曹操《短歌行》

时间在这个季节
长出了岔道
我决定停下来
不再跟着逻辑走
很多忧愁　也停下来
不再跟着杜康走
只有一群乌鹊　还在犹豫
跟着哪一棵树走

一滴露呼啸而来
挤成海的形状　我看到
世界进进出出　青青子衿
这块从历史撕下的领角
还没有褪色

原野上　青草在奔逃

月亮在奔逃　河流在奔逃

世界到处是牙齿　是骨头

是锋利　是硬

停下来　面朝太阳

沿着露珠的方向

让生命腾翔

　　这首对饮诗是从宾客角度来切入的，听了曹操的肺腑之言，一位有思想的宾客会怎样思考？首先他会看清现实，"时间在这个季节/长出了岔道"，即历史呈现出一种混乱。在这种大背景下，人生何去何从，接着会有冷静思考，有"停下来"的姿态，不能整天忧愁苦闷，不能沉醉酒中麻痹自己。既然一边是青青子衿赤诚的召唤，一边是天下混乱，那么，就朝着太阳，朝着天下大统的方向出发吧！哪怕像露珠一样生命短暂，也是向上飞翔！

技法提炼 ——化抽象为具体

　　这是指将抽象的事物具化为实物，一般采用比喻、拟人等手法来实现，以此让抽象事物能观能听能触，形象而鲜活，增加语言表现力。比如诗中的"时间在这个季节/长出了岔道"，说抽象的"时间"，长出了具体的"岔道"，就将"时间"具化成了路，以路出现岔道，来表达当时处在混乱之中。表达的关键是要抓住二者之间的相似性来联想，"时间"是线性的，"道"也是线性的，便有了比喻的相似点来进行具化。

　　这种方法主要运用在人物的心理描写、情感描写等方面，有助于提升语言的品质，使描写的对象鲜活形象。

技法运用

　　请从以下词语中选择一个，运用化抽象为形象的手法写一段话，表达相应的心理情感。

悲伤、思念、孤独、寂寞、冷漠、深情、柔情、热情、绝情、急躁、不安、惊讶、恐惧、平静……

 示 范 参 考

悲伤：一股悲伤慢慢涌上心头，一寸一寸凉透我整个身子。周围的空气也随之下降，仿佛整个六月都陷入了冬季。从未感受到自己的目光这样沉重，我只能低垂着，搁在脚边的一块石头上，直到它被压得喊痛。

思念：多久没能见到你了，我想你。这一周，对我来说，每一天都是一座高山，七座高山啊；每一个小时，都是一条长河，一百六十八条长河啊……我想你，每一分钟，都经历着四季。

古 今 诗 联 姻 二

归园田居·其一

陶渊明

少无适俗韵，性本爱丘山。误落尘网中，一去三十年。羁鸟恋旧林，池鱼思故渊。

开荒南野际，守拙归园田。方宅十余亩，草屋八九间。榆柳荫后檐，桃李罗堂前。暧暧远人村，依依墟里烟。狗吠深巷中，鸡鸣桑树颠。户庭无尘杂，虚室有余闲。

久在樊笼里，复得返自然。

解 词 释 句

1.适俗韵：采用组词合并法，"适"，适合；"俗"，世俗。句意为适合世俗的性情。

2.尘网：采用组词解，"尘"，尘世；"网"，网络。再采用词与词关系解，"尘"与"网"是比喻关系，即尘世如网，这里是指官府生活污浊而又拘束，即官场犹如网罗。

3.守拙：采用组词解，"拙"，笨拙，"拙"即笨，这里是指不愿聪明求取功名利禄，不愿随波逐流，固守节操，甘愿清贫。

4.虚室：采用组词解，"虚"，空虚，"虚"即空，虚室即空室。由表面到本质理解，表面是指室内陈设少，深沉含义是指心无杂物，心静。

 诗化赏析

朴素到极致的绚烂

《归园田居》是一组杰出的田园诗章。陶渊明因无法忍受官场的污浊与世俗的束缚，坚决地辞官归隐，躬耕田园。诗人描绘了脱离仕途的轻松之感，返回自然的欣悦之情，田园农人的淳朴之交。

这是第一首，主要是以追悔开始，以庆幸结束，追悔自己"误落尘网""久在樊笼"的压抑与痛苦，庆幸自己终"归园田"、复"返自然"的惬意与欢欣，真切表达了诗人对污浊官场的厌恶，对山林隐居生活的无限向往与怡然陶醉。

"少无适俗韵，性本爱丘山。"要"适俗韵"必然要逢迎世俗、周旋应酬、钻营取巧，那种情态、那种本领，是诗人从来就未曾学会的东西。真诚率直的陶渊明，其本性与淳朴的乡村、宁静的自然相通相融，故本性"爱丘山"。

"误落尘网中，一去三十年。"人生常不得已。作为一个官宦人家的子弟，步入仕途乃是通常的选择；作为一个熟读儒家经书、欲在社会中寻求成功的知识分子，也必须进入社会的权力组织；便是为了供养家小、维持较舒适的日常生活，也需要做官。故不得不违逆自己的"韵"和"性"，奔波于官场。个中苦涩与无奈，一"误"字境界全出。

故后文的写田园风光，堪为一幅精神图腾。用白描手法远近景相交，有声有色；诗中多处运用对偶句，如"榆柳荫后檐，桃李罗堂前"，用对比手法，将"尘网""樊笼"与"园田居"对比，从而突出诗人对官场的厌恶、对自然的热爱；语言明白清新，几如白话，质朴无华。可以说是经过艺术追求、艺术

努力而达到的自然，是朴素到极致的一种绚烂！

诗意的等待
——读陶渊明《归园田居·其一》

我想　是那些山风
将你的性格　吹得粗粝
才得以割破那流俗的网
回到文字里　栖息

在文字里　住着鸡鸣和狗吠
它们按照诗的脾气分行排列
你的目光被炊烟牵着
再也没离开村庄

你的手掌里　行走着
故乡的山水　你知道
村头那条溪流　翻山越岭
满世界追寻　只为那条
游丢的小鱼　屋后那片树林
黄了又青　只为等待
迷路的那只小鸟

你知道　等待的
还有桑林、小路、巷子
和很多熟悉的阳光
于是　你回去了
回到那八九间草屋

从此 来来往往的心灵
便少了寂寞 时圆时缺的
月亮 便有了温度

　　这首对饮诗开篇想象陶渊明隐逸清骨的来源，以此切入写作。思想有一定的锐度，才可能突破世俗罗网，故用"是那些山风/将你的性格/吹得粗粝/才得以割破那流俗的网"来表达，一方山水养一方人。陶渊明对田园的热爱，与田园天地对他的护养分不开。接着，用乡村田园一些典型意象，进行诗意对话、交融，形成人与自然呼应、融合，这便成为一种生命境界。这种境界，对更多人，能温暖，能引领，能拯救！

技法提炼——客观物象主观化

　　这是指将客观物象本身具有的特点，化为物象的主观能力使然，让天地万物具有主观能动的力量，使语言具有陌生性，增强意趣。一般从原因或结果的角度思考，运用拟人手法来实现（表达自己的情感或发现）。比如"村头那条溪流 翻山越岭/满世界追寻/只为那条/游丢的小鱼"这几行诗表达的，溪流本身特点是弯弯曲曲，绕山而行，从追问原因角度，主观化表达为它是为了追寻游丢的小鱼。

　　这种方法主要运用在描写物或景色等方面，有助于提升语言的灵动感与诗意性，让描写的对象鲜活起来，具有生命性。

技法运用

　　请运用"客观物象主观化"方法改写以下文段。

　　在峨眉山曹溪溪边，于万千石子中，我发现三枚漂亮的石子，带回了家。一到家，我兴致勃勃地拿出来放在掌心，它们竟然以看得见的速度龟裂，瞬间就软成了一小团。这些石子经受了山洪冲击，经历了无数的挤压、摩擦，经过了千百万年磨掉棱角，叫做鹅卵石。

原来，在曹溪溪边，于万千石子中，它们在特意等我遇上，特意等我带回家，特意等我捧在掌心，粉碎筋骨来让我看清真相：从石体里脱离出来，它们主动接受山洪冲击，主动相互挤压、摩擦，经过千百万年，去掉自己身上的棱角，获得新的身份与命名：鹅卵石。

古今诗联姻三

梦游天姥吟留别
李白

海客谈瀛洲，烟涛微茫信难求；越人语天姥，云霞明灭或可睹。天姥连天向天横，势拔五岳掩赤城。天台四万八千丈，对此欲倒东南倾。

我欲因之梦吴越，一夜飞度镜湖月。湖月照我影，送我至剡溪。谢公宿处今尚在，渌水荡漾清猿啼。脚著谢公屐，身登青云梯。半壁见海日，空中闻天鸡。千岩万转路不定，迷花倚石忽已暝。熊咆龙吟殷岩泉，栗深林兮惊层巅。云青青兮欲雨，水澹澹兮生烟。列缺霹雳，丘峦崩摧。洞天石扉，訇然中开。青冥浩荡不见底，日月照耀金银台。霓为衣兮风为马，云之君兮纷纷而来下。虎鼓瑟兮鸾回车，仙之人兮列如麻。忽魂悸以魄动，恍惊起而长嗟。惟觉时之枕席，失向来之烟霞。

世间行乐亦如此，古来万事东流水。别君去兮何时还？且放白鹿青崖间。须行即骑访名山。安能摧眉折腰事权贵，使我不得开心颜！

诗化赏析

总有一片风景　可以安放余生
——读李白《梦游天姥吟留别》

　　天姥山，盛产梦，可见可赏，可以采摘。它没有瀛洲那么缥缈，那么遥远，高到恰好可以攀登，美得恰好可以遇见。

　　前有先行者谢灵运，木屐可用，文字可循；现有越人口口相传，云霞明灭，或可睹。踮一踮，可以采摘的风景，诱惑自然最深。浪漫的李白，驾月起身，为我们梦游天姥、神绘仙境。

　　果然奇异，海日升半壁，空中闻天鸡。岩崖林立、峰回路转，奇花迷眼、倚石相观，忘却飞逝的时间。熊怒吼、龙长鸣，为一座金银台，时空可以打破，日月愿意和解。在这里，猛虎与鸾鸟，同时被度化，御风可为马，披霓能为衣，逍遥自在游太虚！

　　多么美好，李白在梦中遇到千万个自己！

　　然，好景不长，好梦易醒，一阵惊魂动魄，现实回到肉身！

　　一声长叹，一席孤枕，李白已不是出发的李白，他从梦中镜像，看到人世虚幻。他经历了一年多的长安，何尝不是另一座天姥山？

　　破灭了布衣卿相的梦幻，不再受俗世权贵的羁绊。无欲则刚，无求大自由！

　　梦如人生，人生如梦，太白是对朋友说，也是对自己说。面对这天人慧语，相隔千年的我们，了悟几分？

　　愿在我们心中的青崖，亦放一白鹿，寻一片舒坦的风景，安放余生！

新诗对饮

总有一片风景　可以安放余生
——读李白《梦游天姥吟留别》

　　瀛洲很美　很渺远

善良的天姥山
凡眼能看见

足够高　足以让人信任
让天台失语　羞愧相倾

把沉睡的翅膀唤醒
我要御梦前行

太白这样一想
月光又亮了三分
主动为他送行

渌水还荡漾着谢公的背影
清猿亦叫醒昔日风景

木屐没有老去
载着太白与每一级云梯相认

太阳还是那太阳
公鸡还是那公鸡
熟悉的地方　不同的风景

千岩万转路不定
熊怒吼　龙长鸣
一切美好仿如迷阵

黑云沉沉　电光雷鸣
洞开一派仙天奇景

逍遥太虚　下不见底
在一座金银台

日月和解　万物同辉
猛虎鼓瑟鸾鸟回车
它们同时被度化

太白啊
那些御风为马的仙人
就是千万个你自己

景长梦短　世多嗟叹
万事东流不可挽

何妨骑鹿青崖　纵情人间
寻一片舒坦的风景
安放余生

　　这首对饮诗是以新诗作者的视觉切入，直接提取原文突出的意象、情节，用新诗来表达，有很强的自由度和广阔度。一方面，想象还原当时的状态，"太白这样一想/月光又亮了三分/主动为他送行"；另一方面，又沿着李白梦游的路径去感知风景；同时，还可以跳出来，对这一现象进行本质认识，"太白啊/那些御风为马的仙人/就是千万个你自己"。以诗情哺育诗情，用诗意传递诗意，抵达这里，便抵达了诗与思的完美融合！

✳ **技 法 提 炼** ——化个体为群体

　　这是指表达某一对象时，为突出其特点，跨越时空呈现多种状态；或在表达某一对象时，连同表达具有这一特点的某一类对象；或跨越物种链，使对象意义具有普世、或宇宙的意义，升华文章的主旨。比如"太白啊/那些御风为马的仙人/就是千万个你自己"这几行诗，将梦中那些御风为马的仙人，说成是千万个李白，是为了突出梦象皆心象，仙人们有多潇洒自由，天下像李白一样的人就有多潇洒自由。

　　这种方法主要运用在描写人或物等方面，有助于增加表达的厚重感，提升

文段或文章的意义与主旨。

技法运用

请运用"化个体为群体"法写一个人取得优秀成绩的文段。

示范参考

"终于通过了!"她激动地向我扑来,我紧紧地抱住她的喜悦,抱住她娇小的身子。我同时抱住在清晨睡眼迷蒙中挣扎着起来的她,在深夜孤灯下坚持的她,在经过长久努力还是看不到希望的她。我抱住今天喜悦的她,也抱住未来闪耀的她。

古今诗联姻四

登高

杜甫

风急天高猿啸哀,渚清沙白鸟飞回。

无边落木萧萧下,不尽长江滚滚来。

万里悲秋常作客,百年多病独登台。

艰难苦恨繁霜鬓,潦倒新停浊酒杯。

解词释句

1.落木:采用常识理解法,落下来的,不可能是木头,而是叶子,故"落木"是指秋天飘落的树叶。

2.苦恨："苦"，词类活用，形容词活用为程度副词，表示极、很之意；"恨"，古今异义词，在此表遗憾。"苦恨"即"极恨，极其遗憾，很遗憾"。

3.繁霜鬓：繁，词类活用，形容词活用为动词，增多。霜鬓，采用词词关系理解，"霜""鬓"是比喻关系，"白霜"一样的"鬓发"。"繁霜鬓"，即增加了白发。

 诗 化 赏 析

追问，邂逅思维之花

《登高》是一首借秋江萧寒之景，倾诉诗人长年漂泊、老病孤愁的复杂感情。一切景语皆情语，要体悟诗人景中人生况味，须得以问追思，扎入诗土深处，方晓一二。

一问首联，风急之因。一解为夔州峡口本以风大闻名，秋日天高气爽，其地猎猎多风。此为实解，味不够，意不深。深层体悟，诗人老病体弱，登高迎风，纵然细流微风，亦感急寒，而况乎其风本大，其寒本烈，由此可叹光阴不再健，"急风"催人老，此为时光之风急；同时，诗人一生飘零，漂泊四方，志不得伸，潦倒不堪，此为生活之风、时政之风急。

二问颔联，景中深意。颔联描绘落叶纷然，萧瑟无边，长江水不断，境界辽阔，深沉雄浑。诗人究竟融入了什么样的情感？诗人仰望茫无边际、萧萧而下的木叶，俯视奔流不息、滚滚而来的江水，面对这永恒的自然，叶落有时令，草木自轮回，人却再无少年时，油然而生韶光易逝之叹，壮志未酬之悲。

这样景至情深，落叶、江水，携带的羁旅愁思与孤独之感，可谓铺天盖地！最后两联豁然而解：颈联"万里"从空间，"百年"从时间，直呈生命际遇；尾联的"艰难""潦倒"，直陈人生苦恨。

新 诗 对 饮

码头
——读杜甫《登高》

自从离开蜀国那间草堂
你的灵魂　一直在漏风
漂泊的孤舟　划过时代的
风雨　颠簸中
日子在晃动

九月九日　登上高台
你伫立成树　时间的叶子
从你身枝上飘落
人生光秃秃的　冷

举起的酒杯　饥饿了很久
十万吨寂寞　也填不满
猿猴悲啼　时间已老
醒着的
只有诗中那朵菊

霜落满头　思念如茧
你抽出几缕炊烟
把诗歌捻成绳　只想
在这节日的码头
将命运的船　系紧

　　这首对饮诗是以新诗作者的视觉切入，开篇回顾杜甫人生际遇，揭示背景，"自从离开蜀国那间草堂/你的灵魂/一直在漏风"。接着想象还原登高的情景，"你伫立成树/时间的叶子/从你身枝上飘落/人生光秃秃的　冷"。再提

取"酒""菊"等诗中典型意象，融入深层次的思考，用新诗语言来表达。这样，让人获得双重审美享受。

❋ 技法提炼 ——数量词具化法

这是指用具体的数量词，来修饰物象（尤其是抽象的物象），让想象获得一种真实的认定，使物象鲜活形象，表意更有冲击力。分为往大里表达和往小里表达两种，往大里表达一般采用夸大的整数（百、千、万、亿万……）和大的量词（吨、公里、丈……）来进行，往小里表达一般采用小数字（1.2.3……），或分数、小数点数字（三分之一，千万分之一，0.1……），连同小的量词（克、毫米……）来表达。

"十万吨寂寞/也填不满/猿猴悲啼"这诗行里用十万吨来修饰寂寞，是往大里表达，突出寂寞之重之深之沉！后面一句，"也填不满/猿猴悲啼"，又采用了客观物象主观化，将猿猴不断悲啼的原因说成寂寞不够，而不说猿猴悲啼让人寂寞，实现语言陌生化的审美效果。

这种方法主要运用在人物的心理描写、情感描写等抽象事物方面，有助于提升语言的品质，使描写的对象鲜活形象，是化抽象为具体的方法之一。

❄ 技法运用

请运用"数量词具化"法写受到老师鼓励时的一个片段。

🎠 示范参考

"我——我——我——"，试了三次还是开不了口，有十万吨恐惧围剿着我，把声音吓回了嗓子。"很好啊，就这样说下去！"老师期待地看着我，那一瞬，我仿佛从老师鼓励的眼神里获得千斤力量，它激荡在我身体里，不断地将我往上牵引。在高出自卑三厘米时，我终于站了起来，带着八分坚定回答，"我来！"教室里响起热烈的掌声，仿佛十亩春风，同时吹向了我。

古今诗联姻五

琵琶行

白居易

　　浔阳江头夜送客，枫叶荻花秋瑟瑟。主人下马客在船，举酒欲饮无管弦。醉不成欢惨将别，别时茫茫江浸月。

　　忽闻水上琵琶声，主人忘归客不发。寻声暗问弹者谁？琵琶声停欲语迟。移船相近邀相见，添酒回灯重开宴。千呼万唤始出来，犹抱琵琶半遮面。转轴拨弦三两声，未成曲调先有情。弦弦掩抑声声思，似诉平生不得志。低眉信手续续弹，说尽心中无限事。轻拢慢捻抹复挑，初为霓裳后六幺。大弦嘈嘈如急雨，小弦切切如私语。嘈嘈切切错杂弹，大珠小珠落玉盘。间关莺语花底滑，幽咽泉流冰下难。冰泉冷涩弦凝绝，凝绝不通声暂歇。别有幽愁暗恨生，此时无声胜有声。银瓶乍破水浆迸，铁骑突出刀枪鸣。曲终收拨当心画，四弦一声如裂帛。东船西舫悄无言，唯见江心秋月白。

　　沉吟放拨插弦中，整顿衣裳起敛容。自言本是京城女，家在虾蟆陵下住。十三学得琵琶成，名属教坊第一部。曲罢曾教善才服，妆成每被秋娘妒。五陵年少争缠头，一曲红绡不知数。钿头银篦击节碎，血色罗裙翻酒污。今年欢笑复明年，秋月春风等闲度。弟走从军阿姨死，暮去朝来颜色故。门前冷落鞍马稀，老大嫁作商人妇。商人重利轻别离，前月浮梁买茶去。去来江口守空船，绕船月明江水寒。夜深忽梦少年事，梦啼妆泪红阑干。

　　我闻琵琶已叹息，又闻此语重唧唧。同是天涯沦落人，相逢何必曾相识！我从去年辞帝京，谪居卧病浔阳城。浔阳地僻无音乐，终岁不闻丝竹声。住近湓江地低湿，黄芦苦竹绕宅生。其间旦暮闻何物？杜鹃啼血猿哀鸣。春江花朝秋月夜，往往取酒还独倾。岂无山歌与村笛？呕哑嘲哳难为听。今夜闻君琵琶语，如听仙乐耳暂明。莫辞更坐弹一曲，为君翻作《琵琶行》。

感我此言良久立，却坐促弦弦转急。凄凄不似向前声，满座重闻皆掩泣。座中泣下谁最多？江州司马青衫湿。

 **诗 化 赏 析**

听别人的故事，流自己的泪

听别人的故事，流自己的泪，是一种自怜自哀；

听别人的故事，抒辽阔的悲，是一曲《琵琶行》的命运交响！

琵琶女生活的不幸，是一面镜子。从这镜子里头，白居易看到自身失意，更看到社会的动荡、世态的炎凉，和更多不幸者命运的凄凉。这是一场浩大的灵魂相认，千古流传，在代代读者心头留着回音！

一个是文人骚客，一个是天涯歌女，他们从彼此的命运里看到的自己人生的倒影。几曲琵琶乐，一首深情诗，为这场灵魂相认搭建了庄重的仪式。我们幸运地从先生优美鲜明的、有音乐感的语言中，沿着他的视觉抵达萧瑟秋风、苍凉白月的夜晚，抵达美妙的琵琶乐，抵达命运的悲曲。

其音乐描绘之精妙，情节设置之曲折，物象点染之巧妙，明暗线交错之自然，情景交融之动人，可谓一气呵成。可以说，这首叙事长诗，是白居易悲悯的情怀，汹涌的情愫，绝妙的才华澎湃而成的千古绝唱！

其语言优美而不浮华，精准而不晦涩，其内容贴近生活又有广阔的社会性，可谓雅俗共赏。人生自古多寂寞，百世难得一知音，若能对叹一声"同是天涯沦落人，相逢何必曾相识"，多么幸福，又多么幸运！

 **新 诗 对 饮**

寂寞的盛宴
——读白居易《琵琶行》

夜　完全落下时
大地穿上黑袍子

船桨已经睡去

心事很安全

琵琶开始自言自语

灯火阑珊

将夜烧出几个窟窿

悲伤泄漏　如雨

命运的水面　荡起

一圈又一圈年轮　月光

以几千年前的姿势流淌

两条漂泊的船靠近

酒杯敞开　目光敞开

浔阳江头　琵琶与

诗歌痛饮

这是一首千古绝唱

更是一场　寂寞的盛宴

一片羽毛落入杯中

我的身子　某处在隐痛

　　这首对饮诗化繁为简，以新诗作者的视觉切入，颇有原诗旁白之意。第一节想象还原那夜的情景，拟人化意象"琵琶"，用它"自言自语"来体现那夜琵琶女的心事心情。第二节紧扣"水""船""酒杯"等意象，抵达命运、漂泊、寂寞等本质。"琵琶"与"诗歌"，是两种艺术的碰撞，更是两种命运的共鸣。这份共鸣，余音袅袅，在新诗作者身体里回响！由此，原诗魅力与新诗张力形成强大的合力！

　　✸ **技法提炼** ——对象关系喻

　　这是指把一个物象本身的整体特点与另一个物象整体特点关联起来，在相互关系中找到恰当的喻体，或将两个物象之间的关系比喻成另外两个物象之间的关系，以此增加语言的表现力。比如"灯火阑珊/将夜烧出几个窟窿/悲伤泄漏　如雨"，灯火是红色的，夜是黑色的，灯火在夜色里，就像完整一块黑布上出现的窟窿，比喻便形成了。

这种方法运用在描写人、物、景等方面都可以，有助于辽阔表达的意境或内容，提升文段或文章的意义与主旨。

 **技 法 运 用**

请运用"对象关系喻"方法，描写一处景色或一个场景。

示 范 参 考

白日里穿黑衣服行走的那个老农，像一个移动的窟窿，十万春风都填不满。这一下子让我想起屋后那座山，祖辈们沿着那些不规则的石阶，一如沿着山的肋骨，一次次攀爬，也没能爬到希望的春天。最后他们也成为一根根不规则的肋骨，我时常听到肋骨里传来喘息。

 古今诗联姻六

念奴娇·赤壁怀古

苏轼

大江东去，浪淘尽，千古风流人物。故垒西边，人道是，三国周郎赤壁。乱石穿空，惊涛拍岸，卷起千堆雪。江山如画，一时多少豪杰。

遥想公瑾当年，小乔初嫁了，雄姿英发。羽扇纶巾，谈笑间，樯橹灰飞烟灭。故国神游，多情应笑我，早生华发。人生如梦，一尊还酹江月。

解 词 释 句

1.赤壁：周瑜破曹操的赤壁，在今湖北浦圻县，苏轼所游为黄州赤壁，一名赤鼻矶。

2.大江：长江。古时"江"特指长江，"河"特指黄河。

3.千堆雪："雪"比喻"浪花"，浪花千堆，突出惊涛骇浪拍打对岸的猛烈。

4.尊：同"樽"，酒杯。

新 诗 对 饮

一樽独酬月，万事无圆缺
——读苏轼《念奴娇·赤壁怀古》

修改宋词柔弱的血脉
你开启江河结界
洞悉每一滴水
都携带着千古英雄气息
滚滚东去

周郎赤壁　本是一种虚拟
乱石穿空　惊涛拍岸
从雪花中提炼雷电
你精心淬炼

展开一个地名
就是展开英雄画卷
公瑾迎面走来
揭开小乔的红盖头

迎着历史的风　衣袂翩翩

他轻轻一摇羽扇
谈笑间　就熄了战争烽烟

只是　故国神游梦已回
唯余满头白霜染
一寸多情　一寸肠断

从此　你一樽独酬江月
人生万事无圆缺

世界无比清晰
——读苏轼《念奴娇·赤壁怀古》

谁的灵魂
这般自由与轻盈？
轻松地穿行诗文书画
又是谁？
帮一群词长出骨头
甩掉音乐的追踪
独立门户

时间打开　三月
以百花的名义绽放
我听到惊涛拍岸
一曲铁琴铜琶响起
有雪花飘落下来
是明月错飞
还是黄狗乱爬
压在乌台下的诗歌
被青草掩埋

河流病了

你的骨头一直在痛
在看不见的风浪里
几上几下　命运倾斜
空气是死亡的温度

周郎远去　樯橹化泥
饮醉江月
独自从佛、道中醒来

一段堤岸
从湖水中穿过
从赤鼻矶往事里穿过
从众多生命和传说里穿过
乱石让开　我看到你
在浪涛的顶峰站立
世界无比清晰

　　这两首对饮诗都从豪放词风的来源切入，突出苏轼对词作出的贡献。无论是"修改宋词柔弱的血脉/你开启江河结界/洞悉每一滴水/都携带着千古英雄气息"，还是"又是谁？/帮一群词长出骨头/甩掉音乐的追踪/独立门户"，都是用新诗语言在传递这个信息，厚重了词意。主体部分，第一首侧重在景，抓主要意象来想象还原，最后呈现本质认识"从此/你一樽独酬江月/人生万事无圆缺"，即选择清醒地糊涂着，超然着。第二首侧重在思，结合苏轼命运际遇，看到词人深处的疼痛、无奈，洞察词人佛道超然背后沉重的叹息！

创作手记

遭遇人生风雨，你有几件蓑衣？
——《世界无比清晰》创作手记

　　说到苏轼，就会想到他那句为世人广为所用的"一蓑烟雨任平生"。而要

真正懂得苏轼，懂得他词中的精义，恐怕也需要理解这"蓑衣"的内涵。

"一蓑烟雨任平生"，是指"一身蓑衣任凭风吹雨打，照样过我的一生"，多么豁达，多么豪迈！要知道，苏轼遭遇的"风雨"，不是普通的"风雨"，而是一场场飓风暴雨！

熙宁四年（1071年）苏轼上书谈论新法的弊病，触怒王安石，王安石让御史谢景在皇帝跟前说苏轼的过失，一场意外风雨来临，苏轼请求出京任职。

元丰二年（1079年），"乌台诗案"是又一场暴风骤雨，新党们非要置他于死地，43岁的苏子坐牢103天，几次濒临被砍头的境地。

绍圣四年（1097年），年已62岁的苏轼又被一叶孤舟送到了徼边荒凉之地——海南岛儋州！

可见，苏轼一生遭遇的风雨可谓多矣，来势可谓猛矣！

"风雨"，是喻指生命的坎坷际遇，那么，"蓑衣"自然也有喻意，是喻指什么呢？

要知道蓑衣的喻意，还得从蓑衣的特点来思考，蓑衣本来是指用棕制成的雨披，简单易成，是普通老百姓下雨天用的雨具。从这一层思考，蓑衣喻指的是一种身份，一种存在方式，即像普通老百姓一样过日子。简而言之，蓑衣就是苏轼的隐逸情怀、隐士精神、归真信念。

然而我们理解到此是不够的，虽然是想像老百姓一样过日子，但毕竟不能！一如我们不会说老百姓就是隐士。苏轼要过的，绝非只是肉身的存在，他的情要有所寄，精神要有所依！否则，他也会像那些同行人一样，没有雨具，"皆狼狈"。

这一方面在于他的思想境界，另一方面在于他的才华，一场雨能用以抒怀，一片山水能借以寄情。这样，才能真正潇洒而豁达，处逆境而不惊乱，才能真正安身而立命！

从这一层次看，苏轼的蓑衣恐怕不是一件两件了！

他在诗、词、散文、书、画等方面都取得了很高的成就。他的诗，题材广阔，清新豪健，善用夸张比喻，独具风格，与黄庭坚并称"苏黄"；他的词，开豪放一派，与辛弃疾同是豪放派代表，并称"苏辛"；他的散文著述宏富，豪放自如，与欧阳修并称"欧苏"，为"唐宋八大家"之一；他的书法，为"宋四家"之一；他绘画，擅墨竹、怪石、枯木等！

苏轼可谓全才矣，可以说，拥有其中任何一件，也足以安顿一颗心了。何况苏轼又生性放达，为人率真，好交友、美食，好品茗、游山林。如此，世上还有什么俗事俗情俗念能羁绊得了他呢?!

因此,写苏轼,不能拘于某一首作品,而需要从总体上把握。苏轼学识渊博,思想通达,他不仅对儒、道、释三种思想都欣然接受,而且认为它们本来就是相通的。他以儒学体系为根本而浸染释、道的思想,是他人生观的哲学基础。

诗题拟为"世界无比清晰",便是指苏轼对事实的洞察明了。他既在政治上看出新旧两党的弊端,所以不断上书陈事;也在文学上看清词的局限,不断变革,最终突破了词为"艳科"的软骨传统格局,提高了词的文学地位,使词从音乐的附属品转变为一种独立的抒情诗体,从根本上改变了词史的发展方向。

在苏轼的世界中浅浅走一遭,剩下的便是用诗的语言来抵达自我的理解。而诗行里留下的,便是我们行走的思考足迹,沿着这浅浅淡淡脚印,能感受到一种生命方向,便幸矣!

对于苏轼,我们不仅要学其豁达之胸襟,更要学习他为自己多准备几件蓑衣!自言便有艺多不压身的智慧,即使我们在遭遇一无所有时,有自己就有定命神器!

而苏轼给我们的启示正在于进可达,退可通!人生的修为在于向内而修,而不在于向外求。

这样,真正抵达"也无风雨也无晴"的境界,任是狂风还是暴雨,自己是自己的晴天!

这样,才能真正做到任他人间是春夏还是秋冬,自己是自己的四季,四季皆可是春天!

技法提炼 ——主观作用于客观

这是指将主观力量作用于客观物象上,使其发生变化;或将物本身的特点,表达为是人力的使然。一般采用拟人等手法来实现,让语言具有画面感和情节性。比如"修改宋词柔弱的血脉/你开启江河结界/洞悉每一滴水/都携带着千古英雄气息",用"修改血脉""洞悉水中英雄气息"来表达苏轼拓展宋词表达的内容,改变宋词单纯婉约的风格。

第二首中"帮一群词长出骨头/甩掉音乐的追踪/独立门户"也是用的这种

方法，一个"帮"字，将主观力量，作用在客观"词"上，使它发生变化。长出骨头，即宋词有了豪放气格，且不再附庸于音乐，单独成为了一种文学样式。

这种方法主要运用在人对物或景的关系上，让二者之间具有诗意的关联，让描写的对象鲜活形象。

 **技 法 运 用**

请运用"主观作用于客观"的方法写一个情景文段。

示 范 参 考

小妹又一动不动，长久地火辣辣地盯着茶花上端的那枚骨朵，院子里的空气也随之上升了几度。"开啦，开啦！姐姐，我把这朵花看开了！"小妹飞奔而来，边跑边激动地大叫。身后那条小路，也被她跑得弯弯曲曲。

- - - - - - - **古今诗联姻七** - - - - - - - - -

> **永遇乐·京口北固亭怀古**
> **辛弃疾**
>
> 千古江山，英雄无觅，孙仲谋处。舞榭歌台，风流总被，雨打风吹去。斜阳草树，寻常巷陌。人道寄奴曾住。想当年，金戈铁马，气吞万里如虎。
>
> 元嘉草草，封狼居胥，赢得仓皇北顾。四十三年，望中犹记，烽火扬州路。可堪回首，佛狸祠下，一片神鸦社鼓。凭谁问：廉颇老矣，尚能饭否？

解词释句

1.京口：古城名，即今江苏镇江。因临京岘山、长江口而得名。

2.佛（bì）狸祠：北魏太武帝拓跋焘小名佛狸。公元450年，他曾反击刘宋，两个月的时间里，兵锋南下，五路远征军分道并进，从黄河北岸一路穿插到长江北岸。在长江北岸瓜步山建立行宫，即后来的佛狸祠。

3.神鸦：采用原因追问法，因乌鸦在庙里吃祭品，故叫神鸦。

4.社鼓：祭祀时的鼓声。整句话的意思是，到了南宋时期，当地老百姓只把佛狸祠当作一位神祇来奉祀供奉，而不知道它过去曾是一个皇帝的行宫。

诗化赏析

英雄不再，乌鸦不辨人间白

每一个人，生命中都辽阔着一片江山，起伏绵延在沸腾的血脉里。

但不是每一个人，都能幸运地成为那片江山的主人，世间有千万个理由，让你成为路人、闲人，空有一腔赤诚！

天下往往是少数人的天下，他们说你是鱼虾，你就是鱼虾，给你一摊烂泥，看你怎么摸爬。拥有豪迈倔强性格和执着北伐热情的辛弃疾，便是这不幸中的一人，这条"词中之龙"，在现实的浅滩上，举步维艰，终身抱憾。

64岁的辛弃疾，在出知镇江府时，登临北固亭，眼看江山，思接千载，心中奔涌着曾经的英雄浩气。然而，在这片土地上，在生命际遇里，他辗转千回百念，也没能找到一丝英雄气象。时间的浪涛，淘走孙权，也淘走了刘裕，那舞榭歌台，空余一片精神的贫瘠。

时代的天空坍塌陷落，打开一个名字，便看清真相漏洞。世间不缺庸人蠢货，憾只憾，好钢被迫远离锋刃，勇将被迫远离战场。辛弃疾不能原谅自己坐视山河破碎，却又无路请缨奋起。43年前的那场烽火，从扬州路燃来，还能感受到痛！

岁月不堪回首，时光模糊忠奸，百姓哪管是敌是友，哪分是人是仙。佛狸祠下，一群乌鸦，辨不清人间！面对世道如斯，稼轩唯有挥鞭，驰骋纸上，用文字提取灵魂深处的光，驱赶长短句，把千秋照亮！

英雄不再，乌鸦不辨人间白
——读辛弃疾《永遇乐·京口北固亭怀古》

长久伫立在京口　伫立在
一座山和一条河的缺口
你挺直了身子　想用它
修补人世间的缺漏

一千多年来
一代又一代英雄
用脊梁撑起的这片山河
在时光里塌陷得越来越低
万物都感到窒息
一些长出骨头的名字
仲谋、寄奴　连同金戈铁马
都被雨打风吹去

你知道　那舞榭歌台
终是成为了历史的一段留白
任斜阳如何复习英雄热血
对那草树巷陌
也涂抹不出浩气画卷

元嘉这一年
岁月陷入低洼地带
无知草率　好大喜功
刘义隆这个名字

成为历史天空最大的漏洞

一场血雨腥风呼啸而来
四十三年了　你记忆里的烽火
还在扬州路上熊熊燃烧

怎能回首　佛狸祠下
乌鸦不辨世间白
唯有廉颇　空能饭

这首对饮诗以想象还原词人怀古情景为切入，"长久伫立在京口/伫立在/一座山和一条河的缺口"，追思其本质，是"你挺直了身子/想用它/修补人世间的缺漏"。只有英雄才能感知到英雄，只有英雄热血才能召唤英雄热血！主体部分紧扣诗中的意象和典故，用新诗语言再现其事实与本质，从正面和反面两个维度揭示"那舞榭歌台/终是成为了历史的一段留白/任斜阳如何复习英雄热血/对那草树巷陌/也涂抹不出浩气画卷""乌鸦不辨世间白/唯有廉颇　空能饭"，从而抵达词意的深处。

技 法 提 炼　——客观物象的主观力

这是指让客观物象拥有主观力量，对人对其他物象发出动作（"客观物象的主观化"是物作用于物自身），以实现或不能实现某种结果，一般采用拟人手法，让语言具有动态感和画面性。比如"任斜阳如何复习英雄热血/对那草树巷陌/也涂抹不出浩气画卷"，让"斜阳"来"复习英雄热血"，并对"草树巷陌"进行涂抹，形象地表达努力留住英雄浩气而不得的情景。

此法关键要找到物象的特点与人或其他物象相关联的地方，"斜阳"本来是把"光""射""照或洒在草树巷陌上"，诗中转换为用"热血"来"涂抹草树巷陌"，实现语言的陌生化，让表达具有独特的审美性。

这种方法主要运用在描写物、景或场景等方面，有助于提升语言的灵动感与诗意性，让描写的对象鲜活起来，具有生命感，与"客观物象主观化"的作用殊途同归。

技法运用

请运用"客观物象主观力"方法续写以下文段。

一到家，我便兴致勃勃地和女儿欣赏从峨眉山曹溪里淘来的石子，手上这几枚精致的石子，小巧玲珑，纹路清晰，身体里还游走着不同的色泽。"啊——""呀——"女儿和我同时低声惊呼，三枚石子在我手心以看得见的速度龟裂，瞬间就软成了一小团。

这三枚石子——(续写)

示范参考

这三枚石子从内部用力，粉碎了满身的筋骨，粉碎了我们的目光，也粉碎了凝聚身上的千百万年的时光，终于从石这个名字里脱身而出，修炼成尘。它们让风主动停下来，模仿曾经的水，在我手心里打着旋涡。风最终愿意带走最轻的部分，让石子实现前世的梦想：享受飞翔。

········· **古今诗联姻八** ·································

声声慢

李清照

寻寻觅觅，冷冷清清，凄凄惨惨戚戚。乍暖还寒时候，最难将息。三杯两盏淡酒，怎敌他、晚来风急！雁过也，正伤心，却是旧时相识。

满地黄花堆积，憔悴损，如今有谁堪摘！守着窗儿，独自怎生得黑！梧桐更兼细雨，到黄昏、点点滴滴。这次第，怎一个愁字了得！

 解 词 释 句

1.将息：采用组词解，将养休息。
2.怎生：怎样，怎么。
3.次第：采用组词解，"次"，"顺次、次序"，即顺序；"第"，也是次的意思，表顺序。"次第"，即"挨个，依次"之意，以此代指前面的光景、状况。

 新 诗 对 饮

他是你的黄昏
——读李清照《声声慢》

他是你的黄昏
一道隐痛　那些雁声
总不够悲凉
秋天的衣襟抚过
羽毛如约落下
你没有收到一句话

西风吹裂潜伏的伤口
痛无处躲藏
没有哪一场雨
会这么持久
你一次次举起酒杯
只为稀释一朵花的冷

天空倾斜
时间分割的欲望很强
你避开一个节日
就像避开一条河

一起动身的石头
已经走散

从此
你抱紧寂寞
用黄花复制愿望

一季又一季
直到它成为真
成为黄昏的一部分

这首对饮诗以赵明诚对李清照命运影响为切入点来创作，这"黄昏"是一个人造成的气候，也是一个时代造成的气候。"他是你的黄昏/一道隐痛/那些雁声/总不够悲凉"，这是李清照整个后期命运的写照。主体部分用诗中典型意象"雁""风""酒""花"来重构或再现她的心理及形象，站在另一个维度，看词人赏词景。

创作手记

他是你的黄昏

清照，我审视了所有时光，唯有一片黄昏，才配得上你那么深的隐痛。

这片黄昏，还需要和一罐酒一起发酵，和一场连绵秋雨在梧桐叶上淅淅沥沥，才配得上你那么浓的悲凉。

"他是你的黄昏/一道隐痛"为找到这个恰当的比喻，我把清晨坐进深夜里的一盏灯，聆听了每一缕时光的物语。

这片黄昏是岁月的分流，再没有惊起的那一滩鸥鹭，再没有沉醉不知归路的雅趣。

这片黄昏，是一种气氛，一道愁绪，一种命运！它是丈夫"负笈远游"留下的寂寞空白，也是丈夫去世后留下的满世悲凉！

生、老、病、死是苦，爱别离更苦，旧时相识的雁儿再也带不回音讯。经验的路线依然在翅膀里，它们依然从你生命的天空经过，只是"羽毛如约落下/你没有收到一句话"。

就这样，清照，我在你的词中呆得足够久，足够冷，才会明白"西风吹裂潜伏的伤口"，你的"痛无处躲藏"。你只有一次次举起酒杯去稀释一朵花的冷，去朦胧一朵花憔悴的容颜。

"没有哪一场雨/会这么持久"，悲凉无期，雨下不止。谁都知道，那一场雨，是你个人命运的雨，也是时代命运的雨。我用整个"天空"的"倾斜"，来暗示这命运的模样。

"你避开一个节日/就像避开一条河"，节日，是词中的重阳节，也是曾经幸福相依的所有美好日子；河流，是时间的河，岁月的河。每逢佳节倍思亲，是古往今来的一种共情的痛。

"一起动身的石头/已经走散"，赵明诚一生收集金石，研究金石。石头一起动身，是你和明诚缘分的起步，是他携带梦想的出发。只是，在国难之际，金石遗失殆尽，明诚也已与清照阴阳相隔。

剩下的，仅有寂寞；抱紧的，唯有悲凉！

这片被世人用了又用的黄昏，披在你身上，已是千疮百孔！这片黄昏，是你饱含隐痛的双眼的模样！

技法提炼 ——挣断逻辑

这是指第二句，不沿着上一句的逻辑行走，让其偏向，在句子之间形成陡峭悬崖，形成巨大的断裂空间，增强语言表达的张力性。比如"你一次次举起酒杯/只为稀释一朵花的冷"，上一句说"你一次次举起酒杯"，按照常规逻辑，下一句就是饮酒解愁，但下一句却是"只为稀释一朵花的冷"。这样表达，好像花是花，人是人，花与人没有关系，断裂了上下句之间的常规逻辑。其实，那朵花，自然就是指举杯人，这样拉开表达，让语言富有了张力。

这种方法主要运用在情节或场景的描写上，让表达跌宕起伏、充满悬念，增加文段或文章的趣味性。

技法运用

请运用"挣断逻辑"方法写一个领奖的场景。

示范参考

"一等奖，xx……""二等奖，xx……"娟子认真听着，眼睛凝重地盯着老师手里越来越少的获奖证书，桌下的双手越扣越紧。二等奖宣布完，还是没有，娟子的目光倏然凋零。也许三等奖吧……娟子怀着最后的希望，"三等奖，xx……"，彻底完了！"《光阴里的核桃树》，娟子，特等奖！"老师顿了顿，高声宣布，教室里瞬间沸腾起来。娟子领过证书，深深地向老师鞠了一躬，回到座位眼泪就落了下来，越来越汹涌，哭得气都接不上了。老师奇怪地走过去，全班也肃然安静下来。过了好一会，娟子才抽抽噎噎地说：奶奶种的桃树，她永远看不到我得奖了。

- - - - - **古今诗联姻九** -

静女

佚名

静女其姝，俟我于城隅。爱而不见，搔首踟蹰。
静女其娈，贻我彤管。彤管有炜，说怪女美。
自牧归荑，洵美且异。匪女之为美，美人之贻。

解词释句

1.静女："静"，组词理解，文静、娴静，静女即娴静安雅的女子，容貌美好、品行也好。《诗经》里的诗原本没有题目，后人根据每篇首句来定，这首诗是取首句里"静女"为题目。

    2.爱：语境追问法，"爱"为何"不见"？结合前一句的"俟我"，即在等我，这显然解不通。故这"爱"需要变通理解，是同"薆"，隐藏之意。

    3.洵：信，实在。

不老的故事
——读《邶风·静女》

一个誓言 从诗经里跌落
鲜活着永恒的主题
故事的出发　涉过一条河
一条没有名字的河
常常被雎鸠　吟咏成诗歌

那静默的城隅啊
怀揣了太多秘密
在时间地追问下
羞涩地　再穿上一层青衣
夕阳晨昏　是谁
又吹响了熟悉的笛音

声声笛音　响遍牧野
叩开了春天的大门
唤醒那一棵棵茅草芽
冬眠的爱情　你翻山越岭
挣脱线装的束缚
只为我采撷一个
不老的故事

这首对饮诗以读者的视觉为切入点来创作，看"一个誓言／从诗经里跌落／鲜活着永恒的主题"。主题，自然是爱情；故事，自然是爱情的故事。"涉过一条河"，这河，便是时间的河。在永恒的时间里，永恒着爱情，一代代人从冬眠里醒来，成为爱情故事永不落幕的主角。

丝茅草：中国的爱情玫瑰

一管丝茅草从诗经里发芽，生长成爱情的模样，已经两千多年了，依然在时光中摇曳生姿。

总觉得玫瑰易得，却是西风东渐，多了份俗气；总感到红豆浪漫，却相思太远，多了份遗憾。因此，在所有关乎爱情的信物中，我是偏爱这管丝茅草的。

沿着想象翻山越岭，丝茅草茂盛过的地方，故事的情节也很茂盛，还飘来田野的香。

"自牧归荑，洵美且异。匪女之为美，美人之贻。"

从野外归来，送一束丝茅草，美丽又奇异；其实不是丝茅草有多美，而是因为美人相送；其实也不是因为人有多美，而是爱人的眼里都有一个西施。

野外的劳作或许是辛苦的，但心中有爱，万物便生辉；一管丝茅草是平凡的，但眼里有了情，也成了宝贝。一切宝贝，便在于有人当成宝贝；一切浪漫，便在于有心润养一份诗意！

就这样，作为现实主义精神源头的诗经，让我们感受到，爱，或者一切美好，可望也是可即的。它就在身边，就在生活的细节中，就在平凡的日子里！

第一节是从宏观上呈现"爱情"这一人类亘古的主题。说"一个誓言／从诗经里跌落／被很多故事拾起"，这便是爱的誓言，是从诗经里跌落的一枚种子，闪闪发光在所有爱情的故事里。"情节涉过一条河"，这条河是岁月的河；"一条没有名字的河／睢鸠吟咏成诗歌"，岁月无名，睢鸠吟咏成诗歌，以爱命名，多么美好！

第二节抓住诗中城隅这一敏感而意味深长的意象，融入想象来再现故事。"那静默的城隅／隐藏了太多的秘密"，希望往往在转角，秘密往往在墙根。静女等待过的地方，已经长出时间厚厚的青衣，笑声也好，蜜语也好，都冬眠了。当我在夕阳晨昏中溯回光阴的河流时，便听到一管笛声，它解开了青衣的纽扣，让很多羞涩的情节都青葱起来。

最后一节，让声声笛音，响遍牧野，唤醒那一棵棵茅草芽；用茅草芽来唤醒冬眠的爱情；让爱情唤醒有关静女的故事。

而我最终是想用静女的故事，来唤醒两千多年的记忆：丝茅草，是中国的爱情玫瑰！

丝茅草，思茅草，这中国的爱情玫瑰，让我们在苟且的眼前，也感受到诗与远方的浪漫！

技法提炼 ——情景复活法

这是指对神话、故事、传说，或已经发生过的事情，抓住相关元素，运用拟人等手法，想象还原当时场景，采用正在进行时表述，复活在当下，使语言具有画面感和情节性。

这样，让古老的素材养料，哺育当下生活，突出表达的文化底蕴。比如"冬眠的爱情/你翻山越岭/挣脱线装的束缚"，说诗经里的爱情翻山越岭，挣脱线装束缚，是指爱情从古书上走了出来，走进当下的真实生活里，影响着当下的我们，突出诗经的现实意义，增加表达的文化底蕴。

这种方法主要运用在对古人、古物或传统文化等描写上，让表达具有画面感和情节性，让过去的人、事、物鲜活在眼前，使表意具有文化底蕴。

技法运用

采用此法，自己选择一首喜欢的古诗进行情景复活。

示范参考

悠悠缓步到河边，在生有兰草的沼泽地中间，嫩草丛生。我似乎望见朦胧中，你正温婉地采着莲。情不自禁，我伸手摘下一朵，却发现空无一人。回首故乡的一切，处处都是与你的回忆。无边无际的道路，无边无际的思念。曾经说好不分离，如今你又在哪里？直至白发终老，我仍爱你。

古今诗联姻十

涉江采芙蓉

佚名

涉江采芙蓉，兰泽多芳草。采之欲遗谁，所思在远道。还顾望旧乡，长路漫浩浩。同心而离居，忧伤以终老。

解 词 释 句

1.芙蓉：长在水里，这是水芙蓉，即荷花的别名。

2.兰泽：采用组词合并法，"兰"是"兰草"，"泽"是"沼泽"，把两个词义关联起来理解，即生有兰草的沼泽地。

3.还顾：先分别采用换近义词，"还"，换近义词"回，回头"，"顾"换近义词"看"，再合并义项，回头看。

诗化赏析

《涉江采芙蓉》是一首看似简单，通过抓关键词"思""忧伤"，很容易知道抒发的情感，理解上几乎没有障碍。但稍加追问，便疑惑重重。

单是对于"谁在采莲"，回答就丰富多彩：中学语文教学资源网认为这首诗写的是游子采芙蓉送给家乡的妻子；诗网的观点是游子之求宦京师，是在洛阳一带，是不可能去"涉"南方之"江"采摘芙蓉的，按江南民歌所常用的谐音双关手法，"芙蓉"往往以暗关着"夫容"，明是女子思夫口吻，故当是女子在采芙蓉；朱光潜先生的理解是说话的人应该是女子，而全诗的情调也是'闺怨'的情调，故认为采莲的当是女子；《教师教学用书》上的观点是这首诗写的是游子采芙蓉送给家乡的妻子。

由此可见，大家解读时各执一端，几乎没有出现相容或多解的观点。由此带来的抒情主人公的理解，自然也存在争议，有的说抒发的是男子的情感，有的说抒发的是女子的情感，有的干脆说抒发的是诗人的情感。

怎么办呢？我们不妨采用叙事学的理论，明确叙述者，即补充其主语，进行推思体悟。第一种：我、你、我们；第二种：你、我、我们；第三种：我、我、我们；第四种：她、他、他们。

从诗中看，还顾望旧乡（旧乡即家乡）的人，是身在外地的人，一般应该是男子。那么，第一种从主语"我""你"的呼应中，可以看出叙述者是女子，抒发的应该是女子思念心上人、忧伤寂寞的情感；第二种从"你""我"的呼应中，可以看出叙述者是男子，抒发的应该是男子思乡怀人、忧伤悲痛的情感；第三种从第二个"我"的定位中，可以看出叙述者仍是男子，男子采芙蓉，男子还顾旧乡；第四种从对"她""他""他们"的称呼中，可以看出叙述者是旁观者，抒发的应该是旁观者同情、悲悯的情感。

我们惊喜地发现，不仅看到女子的与男子这两个情感世界，还看到"旁观者"同情、悲悯的情感世界！

由此可见，叙述者可以是女子，也可以是男子，还可以是旁观者！叙述者存在多样性，解读也就存在多样性，不是非此即彼，而是相融相生的。诗歌，是想象的艺术，正是这种多样解读，可以带给我们更为广阔的想象空间，更为丰富的情感体验。

新 诗 对 饮

打捞的关键词
——读《涉江采芙蓉》

这条富有经验的江
从我的童年淌来　从你的
梦中淌来　它知道
我挽起裤管的深意
走进时间的中央　身边长满

兰草和欢笑　一朵芙蓉

伫立远方　不言也不语

江水淹没到记忆的腰脚

恰到好处　故乡的体温

在身体里循环

你的呓语我的乳名

和某个黄昏失落的那只风筝

是我这一生

打捞的关键词

　　这首对饮诗中的"我"，也是叙述者多解的一个案例。首先，可以是读者，"这条富有经验的江"，是指时间之江，生活之江，它们见证了一个个悲欢离合的故事，自然富有经验。"从我的童年淌来/从你的梦中淌来"，以此唤醒读者们的经验，还原生活场景。第二节诗，从"故乡""乳名"等信息看出，表达思乡怀人。这是典型的借别人的诗抒自己的怀。其次，这首对饮诗中的"我"，也可以是诗中的采莲人。即从采莲人的视觉来重构新诗，想象还原或增加一些细节，增强对诗意的理解，对诗情的把握。

★ 技 法 提 炼 ——构建关联

　　这是指把表面上没有什么关联的事物、情景，直接用词句焊接、关联起来，从深层次挖掘语意逻辑，让句子富有陌生感，增强表达意趣与深刻性。比如"江水淹没到记忆的腰脚/恰到好处　故乡的体温/在身体里循环"这几行诗，用"恰到好处"将"江水淹没到记忆的腰脚"与"故乡的体温在身体里循环"关联起来，表达对故乡对她或他的回忆与思念，充满意趣。

　　这种方法主要运用在人对物或景的关系上，让二者之间具有诗意的关联，让描写的对象鲜活形象，"主观作用于客观"方法有着异曲同工之妙。

技法运用

请运用"构建关联"的方法，描绘一个写景的文段。

示范参考

这是中秋的深夜了，我没有睡，风也醒着。几千年来，被亿万人看圆的那轮明月，依然在天空悬着。我一想到母亲，月光就更亮一些；我一想到村前那条小河，月光就潺潺流向我心中；我一想到院坝里那条大黄狗，月亮就躲进了一片云。

------- **古今诗联姻十一** -------

虞美人

李煜

春花秋月何时了？往事知多少。小楼昨夜又东风，故国不堪回首月明中。

雕栏玉砌应犹在，只是朱颜改。问君能有几多愁？恰似一江春水向东流。

解词释句

1. 了：采用组词解，了，了结，完结。

2. 雕栏玉砌：采用词词关系解，雕栏，内在修饰关系，雕花彩饰的栏杆，转化表达为"华美的栏杆"。玉砌，内在修饰关系，用玉做的台阶。"雕栏玉砌"，采用借代手法，代指远在金陵的南唐故宫。

3. 朱颜改：采用组词解，朱，朱红，即红；颜，容颜；改，改变，即变之意。"朱颜改",红润的容颜变了,指所怀念的人已衰老。

春花秋月夜,人间美好时,词人却期盼能了结!

在看似矛盾中,蓄积张力,让我们懂得,有多强的期盼,就有多深的煎熬,这就是诗家语!

往事如梦,知道有多少?多是一种痛,少也是一种痛。

又是一年春风到,春日风景早已老,心头那片河山,揉碎在月光间。

雕栏玉砌应犹在,物是人非事事休,莫说愁!

一说,一江春水便忍不住滚滚向东流!

让悲伤流成河
　　——读李煜《虞美人》

　　已经承载多深的痛
　　才盛装不下春花秋月的重

　　多想把人生之船清零
　　让往事不再苏醒

　　小楼昨夜
　　又吹来哪一年的春风
　　那片旧山河
　　倒映在月光中

　　玉阶、栏杆　被时光洗旧
　　洗旧的还有多少青春容颜

物是人非事事休
莫说愁 一说
那一江春水便忍不住
滚滚向东流

　　这首对饮诗以新诗作者的视觉为切入点来创作，"已经承载多深的痛/才盛装不下春花秋月的重"，首先从整体上把握李煜的际遇。"多想把人生之船清零/让往事不再苏醒"，这是猜想推设李煜的心理，接着用词中主要意象"东风""玉阶""栏杆"等还原场景。在诗中融入思，"物是人非事事休/莫说愁 一说/那一江春水/便忍不住滚滚向东流"，这结尾在原词基础上，翻出了新意。

✳ 技 法 提 炼 ——时间重叠

　　这是指对眼前的物象进行表达时，将过去的情景与现在重合起来，将过去的物象展现在眼前，增强语言的厚重感。比如"小楼昨夜/又吹来哪一年的春风/那片旧山河/倒映在月光中"，说小楼昨夜吹来的"春风"，是"吹来哪一年的春风"，仿佛这风，不是眼前的风，而是记忆里某一年的风；说"倒映在月光中"的是"旧山河"。以此突出词人对过去的追忆、怀念，对当下物是人非的感叹，充满沧桑。
　　这种方法主要运用在对眼前的人、物或景的描写上，将眼前与过去关联、融合起来，让表达更有厚重感，与"情景复活法"有着异曲同工之妙。

❄ 技 法 运 用

　　请运用"时间重叠"的方法写一个回到母校的场景。

🐴 示 范 参 考

　　再次走进母校，我一步一停，寻找着22年前留下的痕迹。青石板已被岁月消磨了最初的容颜，青松也高大挺立了很多。还好水池里的睡莲，依然只开当年那么大，艳艳的眼神，看我如看当年的新人。只是吹在花朵上的那些风，不知是哪一年的先抵达。

----- 古今诗联姻十二 -----

鹊桥仙·纤云弄巧
秦观

　　纤云弄巧，飞星传恨，银汉迢迢暗度。金风玉露一相逢，便胜却人间无数。

　　柔情似水，佳期如梦，忍顾鹊桥归路。两情若是久长时，又岂在朝朝暮暮。

解词释句

1.纤云：近义词替换法，纤，轻、小；云，云彩。纤云，轻盈的云彩。

2.飞星：组词解，飞，飞快，快速。快速而过的星星，即流星。一说指牵牛、织女二星。

3.金风玉露：组词解，金秋，金是以色代指秋，金风，即秋风；玉一样的露，即白露。李商隐《辛未七夕》有："由来碧落银河畔，可要金风玉露时"。

4.忍顾：组词解，忍，怎忍，不忍；顾，近义词替换，回视。忍顾，即怎忍回视，或不忍回视。

诗化赏析

牛郎、织女、银河、鹊桥、七夕，

这些词语，雨水一样洒落人间，

我们可以唏嘘，可以慨叹，更可以学习、修炼！

每一种爱情，都有AB面，就像黑夜与白天，
我想，秦观是诗人，更是智者，他看得见！
爱情苦海无边，亦可迢迢暗度，见到彼岸的春天，
爱情病入膏肓，亦可修炼重生，长得比时间久远！
秦观让我们相信，诗，是一种看见，
更是一种预见，一种拯救！

新诗对饮

修炼一场耐用的爱情

天空肥沃
长满茂盛的云朵

像捻棉花一样
你捻成丝
织成一首爱的五彩歌

思念　是一种速度
飞星只是在散步

银河的每一滴水
都是一条河
你也要携爱情泅渡

金风玉露七夕中
一年一相逢
你俩的爱情比人间耐用

柔情似水　水不断
佳期如梦　梦不空

多少次 唧唧复唧唧
相逢亦是相别离
鹊桥散 柔肠寸寸断
怎堪回首看

从此 在月宫打坐
水中念经
修炼这场耐用的爱情
破旧的只是时间

这首对饮诗以新诗作者的视觉来创作，捕捉天空突出意象，结合原诗诗情，重构了一幅爱情景观，与原诗构成同曲异工之妙。尤其说"思念 是一种速度/飞星只是在散步"，用速度来表达爱情，想象奇特！而"修炼这场耐用的爱情/破旧的只是时间"，更是对亘古爱情的赞美！

 技 法 提 炼 ——速度具化法

这是指用速度这一概念，来具化抽象物象，或跨领域修饰物象，突破经验的禁锢，以增强语言表达的新颖性和深刻性。比如对思念的表达，一般是从"程度"的深浅，"量度"的轻重，"幅度"的大小几个方面来思考，很难想到用"速度"的快慢来表达。"思念是一种速度/飞星只是在散步"这诗句，"飞星"在我们经验里速度是非常快的，但与思念相比，就只是在散步了，这一陌生化表达，更新颖地突出思念之深之切之重！

这种方法主要运用在对人、物或景的描写上，将其对象某方面的特点，用速度来具化，增加表达的新颖性。

技 法 运 用

请运用"速度具化法"的方法续写下面的句子。

到了这里，河流突然慢了下来，我没想到——

示 范 参 考

到了这里，河流突然慢了下来，我没想到——

村前这条路走得这么慢，四十多年了，还没能翻过那座山坳，没有跟上那么多出走的脚步。更没想到，它会在一些树和杂草的劝说下，干脆折了回去，守着村子不动了，把所有时光都悄悄藏进了草木的根部，让我们无法寻找。

····· 古今诗联姻十三 ·····

登岳阳楼

杜甫

昔闻洞庭水，今上岳阳楼。
吴楚东南坼，乾坤日夜浮。
亲朋无一字，老病有孤舟。
戎马关山北，凭轩涕泗流。

解 词 释 句

1.字：语境解，这里指书信。

2.戎马：军马，在此用来借指军事、战争。

3.凭轩："凭"组词"凭靠"，"凭"即"靠"的意思，"轩"，在此是"窗户"意，"凭轩"，靠着窗户。

4.涕泗流："涕"，眼泪；"泗"，鼻涕，在此是偏义复合词，偏指"眼泪"，即眼泪禁不住地流淌。

生命江湖里，只剩最后一条船

作为杜甫诗中的五律名篇，被前人称为盛唐五律第一的《登岳阳楼》，确然是越读越辽阔，在辽阔中传来阵阵回音，那是关于人生的慨叹。

大历三年（公元768年），杜甫离开夔州（今重庆奉节）沿江由江陵、公安一路漂泊，抵达岳阳（今属湖南），登上神往已久的岳阳楼。而这时58岁的杜甫，距生命的终结仅有一年，由此可见，首联一"昔"一"今"，几乎跨越诗人一生！一生夙愿得以偿，自然有一番满足欣喜，但杜甫那年老多病的身体，面对忽而暮至、壮志未酬，该是有着更多的苍凉凄然罢。此刻，诗人什么都没有说，留白中给我们无限想象。

颔联中，说洞庭湖水隔开吴楚两地，其实，这又何尝不是一种空间上的连接？天地日夜都漂浮水中，表面上是从视觉层面的倒影而言，深层次是从思想层面的哲理而言。天地相连，时空相通，这无不呈现出一派壮阔辽远、生生不息之态。只是，这幅自然景象对应的是人，是诗人自身。一边是浩渺湖水，与天地同在；一方面是自己，肺坏，右耳聋，还有风痹症，左臂也偏枯。可以说，大自然有多生机辽阔，人就多有孤寂与无奈。在这里，我们再次看到杜甫内心那"飘飘何所似，天地一沙鸥"的怆然。

颈联，是在上一联绘景的基础上，自然流淌出的人生感慨。诗人从大历三年正月自夔州携带妻儿、乘舟出峡以来，既"老"且"病"，又无朋友音讯，遭遇物质与精神的双重打击。杜甫漂流湖湘，以舟为家，前途茫茫，面对洞庭湖的汪洋浩渺，自然更加重了身世的孤危感。

诗读到这里，感觉精妙是精妙，也不过是即眼前之景，叹自我命运，在自然与人的对应中有着哲学意味。但这依然算不得奇，称不上妙，要读到最后一联：戎马关山北，凭轩涕泗流！我们会猛然看到奇峰陡起，精神凸显！

一句"戎马关山北"，滚烫了多少志士心；一句"凭轩涕泗流"，湿润了多少仁人们的眼！诗圣就是诗圣，心中装有天下百姓！哪怕生命江湖里，只剩最后一条船，诗人想运载的也是天下人。此时，个人命运与时代打通，小我之悲转为大我之爱。由苦难喂养的气格，由痛苦撑开的胸襟，涤荡人心，震撼灵魂！

这样，杜甫便成为我们的杜甫，成为民族的杜甫，悲伤不孤独，可以到他辽阔的悲伤中去抒情！

 新诗对饮

生命江湖里，只剩最后一条船
——读杜甫《登岳阳楼》

今天　终于登上岳阳楼
在那壮阔的波澜里
还澎湃着我早年的愿景

浩瀚的湖水　对吴楚两地
是连接也是隔离
打开一滴水就是打开辽阔
日月星辰与大地
都在它身体里漂泊

在这湖边楼上
在这岁月的高处
我更看清命运的归途

在尘世中用旧的身子
再没有亲朋好友来认领
唯有疼痛　在肢体里日夜兼程

我多想　奔赴关山
用生命最后的火焰
把每一滴泪铸成锋利的箭

可是　岸还很远

在未来的江湖里
只剩下最后一条船
凭栏唯有 叹叹叹

这首对饮诗完全从杜甫的视觉来创作，借助诗中突出意象，想象还原诗人的内心风景。"今天 终于登上岳阳楼/在那壮阔的波澜里/还澎湃着我早年的愿景"用浓郁的情味语言，炽热地浸泡出原诗一"昔"一"今"蕴藏的况味。主体诗节，几乎都是用新诗语言沿着原诗行走，让思与诗不枝不蔓，形成古今诗并行的言语诗意风景，带给人不同审美体验。

技法提炼 ——比拟运用法

这是指把物当作人来写，或把一种物象当作另一种物象来写，或把人（或人的某部分）当作物来写，即运用拟人或拟物手法，来增强语言表达的新颖性和深刻性。比如"在尘世中用旧的身子/再没有亲朋好友来认领"这两行诗，说"用旧的身子""没有亲朋好友来认领"，就是把身子当作物件来使用，用旧了，暗示年老多病；没有亲朋好友来认领，是把"我"当作一件物品来看待，暗指与亲朋好友失去了联系。将身子与自我，都视为物件，远离人的温度，突出一种沧桑与无奈。

这种方法主要运用在对物或景的描写上，让描写对象鲜活生动，具有生命性，增加表达的意趣。

技法运用

请运用"比拟"的方法写校园一角的文段。

示范参考

校园里这株玉兰打骨朵了，在我热忱追花的第三天，她终于羞答答地端出了一只酒杯。就着清风，她只饮了半杯浓稠的夕阳，就腮红醉意深了。几只小鸟给我唱歌助兴，一些诗句也主动灌注杯中，我就多坚持了半个小时。心中贪恋着那一杯，第二天我又来到玉兰树下，一夜之间，她竟瞒着我孵出了一群白鸽！

古今诗联姻十四

桂枝香·金陵怀古
王安石

登临送目，正故国晚秋，天气初肃。千里澄江似练，翠峰如簇。归帆去棹残阳里，背西风，酒旗斜矗。彩舟云淡，星河鹭起，画图难足。

念往昔，繁华竞逐，叹门外楼头，悲恨相续。千古凭高对此，谩嗟荣辱。六朝旧事随流水，但寒烟衰草凝绿。至今商女，时时犹唱，后庭遗曲。

解词释句

1.如簇：簇，丛聚，这里指群峰好像丛聚在一起。

2.归帆去棹：采用词词关系解，归帆，归来的船帆；去棹，离开的船棹。在此是借代手法，"帆"与"棹"，都是指船，"归帆去棹"，即往来的船只。

3.凭高：组词解，凭，凭靠，靠着；高，高处。再采用结果追问法，"凭高"，指靠在高处远望（登上高处远望）。

4.谩嗟荣辱：采用近义词解和组词解，空叹什么荣耀耻辱，这是作者的感叹。

 诗 化 赏 析

后庭花有毒

登上一座山的高处，才易看到风景的全貌；登上时间的高处，才易看到历史的真相。王安石的身体里，自有层层阶梯，站在金陵，便站在时空的高处，他既看到秀美景物的怡人，也看到历史兴亡的痛心。

似练澄江可纵目千里，见如簇翠峰，奇伟壮丽又辽阔绵邈。夕阳辉映下，酒旗招展里，这片山河，运载着南来北去的人。可以说，故国晚秋这一派初肃之景，有生命的韧性，更有"彩舟""星河"的色彩对比，"云淡"与"鹭起"的动静相生，可谓美不胜收！

这样一片江山，代代繁荣，又代代凋零。王安石回头看到的是千古兴亡，看到的是在金陵你登台来我上演的纸醉金迷生活的真相。一句"门外楼头"，化用典故，虚实相连，深藏着相继的悲恨；六朝旧事，随水流逝，唯寒烟衰草可寄情；更可悲的是，至今商女，时时犹唱，后庭遗曲！

可哀！可痛！亦可恨！从美好河山中看到秋意，从眼前看到历史，王安石的悲秋，不是季节之悲，不是人生况味之悲，而是家国天下之悲！

 新 诗 对 饮

后庭花有毒
——读王安石《桂枝香·金陵怀古》

金陵的山向　朝着时间
越往上登越与深秋靠近
清凉也变得柔顺

澄江沿着目光一路生长
绵延千里　纵横古今
在炎黄的血脉里奔腾

四周汹涌的绿色火焰
已把一座座山淬炼成箭

西来的风
殷勤地把酒旗摇动
一壶夕阳打翻
来往帆船　色彩醉染
一只白鹭飞出画卷

登高怀古
眼见豪奢埋葬豪奢
悲剧复制悲剧
历史从来是一条宿命路

那些落入水中的六朝旧事
也落入鱼七秒的记忆

每一份冷　都是一份清醒
岸边的草在青黄中
已轮回成哲人

谁都知道　后庭花有毒
让多少朝代走上不归路

隔岸那不断上演的歌舞
有人欢笑　有人哭

　　这首对饮诗几乎都是从王安石的视觉来创作，新诗作者与王安石同体感知金陵怀古的情形。一是用新诗语言重置眼前风景，"西来的风/殷勤地把酒旗摇动/一壶夕阳/打翻来往帆船　色彩醉染/一只白鹭飞出画卷"；二是把隐形的思与悟用新诗言语显性地呈现出来，"眼见豪奢埋葬豪奢/悲剧复制悲剧/历史从来是一条宿命路"。这样，抵达到化诗又解诗的双鸟之效。

技 法 提 炼　　——特征拓展

　　这是指对物象的特征，进行深入观察、思考、挖掘，用比喻或其他手法来突破经验的禁锢，拓展其特征的内涵，以增强语言表达的新颖性和深刻性。比如"四周汹涌的绿色火焰/已把一座座山淬炼成箭"，对"火焰"的特点，我们的经验认识是"红色的""热的"，一般也是从具有这两种特点来联想其相关事物。在这两行诗中，挖掘出"火焰"是指旺盛的、有力量的，或有生命力的对象，故会有"绿色火焰"这一陌生表达，让诗句充满惊艳！

　　这种方法主要运用在对人、物或景的描写上，将其对象某方面的特点，用比喻或其他手法来突破经验认识的禁锢，增强语言的新颖性和深刻性。

技 法 运 用

　　请运用"特征拓展"的方法写一个文段。

示 范 参 考

　　这些河流从远古流淌来，绕一个小弯，便生长出一些村庄；绕一个大弯，便生长出一些城镇。每一条河流，仿佛都是一条记事的绳子，那些村庄与城镇便是绳子打的结，记录着人类文明的发展。

········· **古今诗联姻十五** ·········

念奴娇·过洞庭
张孝祥

洞庭青草，近中秋，更无一点风色。玉鉴琼田三万顷，着我扁舟一叶。素月分辉,明河共影,表里俱澄澈。悠然心会,妙处难与君说。

　　应念岭海经年,孤光自照,肝肺皆冰雪。短发萧骚襟袖冷,稳泛沧浪空阔。尽挹西江,细斟北斗,万象为宾客。扣舷独啸,不知今夕何夕!

 **解 词 释 句**

1.青草:湖名。以湖中多生青草,故名。

2.玉鉴:"鉴"是"镜子","玉鉴"即"玉镜",这里喻指"月亮"。

3.明河:语境理解法,由前句"素月分辉"看,此为夜景,诗人立于湖上,那河从哪里来呢?自然天上来,故可推出"明河"即"天河"。

4.表里:由经验极易理解为内外,结合语境,突破了"明河"即"天河",便可知"表里"指"上下",即天河与洞庭湖。

 **诗 化 赏 析**

打开三万顷明镜,与皎月星河同行

　　宋孝宗乾道二年(1166),因谗言落职的张孝祥,命运不断走向低谷。他被迫从桂林北归,在中秋前夕途经洞庭湖时,被一片湖光月色认出灵魂,相互拯救。

　　上阕的前三句"洞庭青草,近中秋,更无一点风色",为我们呈现出一种静谧、开阔的景象。经验中的洞庭湖是孟浩然所说的"气蒸云梦泽,波撼岳阳城",而现实中的八月洞庭湖,也极少会风平浪静。词人写湖面平静,投影的是内心的平静。"玉鉴琼田三万顷,着我扁舟一叶",一者是三万顷的辽阔,一者是一叶舟的轻盈,这就打破常规,不是从"大""小"对比中体现人的渺小孤寂,而是以一"着"字,来体现三万顷辽阔都是特意为我准备,自然对我欢迎拥抱。"我"与"自然"融为一体,一"扁"一"叶",更是突出内心的愉悦欣喜。说天河湖水上下一片澄澈,词人内心又何尝不是一种澄澈?这便抵达了物我相惬、天人合一的境界：词人的思想，被宇宙的空明净化了；宇宙的景，也被词人的纯洁净化了。人与自然相互拯救，相互提纯，这份快慰与欢愉，这道精神风景，自然难言其妙，更是那些谗言小人不能企及的。

下阕"应念岭海经年，孤光自照，肝胆皆冰雪"，词人在回望中，看到一轮孤月清辉，看到自我冰雪肝肺，看到洁净的灵魂和高贵的品性。这是自省自查，词人仰无愧于天，俯无愧于心，故面对蒙冤落职，有凄然怨愤，更有坦荡从容！生命境界便更上一层，"短发萧骚襟袖冷，稳泛沧浪空阔"，纵是头发稀疏，命运凄寒，在颠簸的生活湖面，生命之舟也能安稳自行。敞开自我，纳天吸地，"尽挹西江，细斟北斗，万象为宾客"，何等阔大的气派，何等开广的胸襟！以西江水为酒，以北斗星为勺，邀天地万物为宾客，好一种高朋满座，物我交欢的气派！

上阕还清醒知道今夕"近中秋"，到结尾，偏偏问"何夕"，奇也怪哉！原来词人从红尘中走来，着万顷以扁舟，饮西江水为酒，完全融入湖光月色，融于天地宇宙，醉于物我两忘，超然自得的境界。自然，富贵功名也罢，宠辱得失也罢，时间岁月也罢，都统统忘却不存了！

打开三万顷明镜，词人与皎月星河，且醉且同行，好一种快意人生！

新 诗 对 饮

打开三万顷明镜，与皎月星河同行
——读张孝祥《念奴娇·过洞庭》

为了中秋那白月光
风主动退场　在一片澄澈中
洞庭和青草两湖的水更加亲密

打开这三万顷的明镜
放飞一叶扁舟　多么幸运
与皎月星河同行

我承认　在我身体里

再也找不到一片烟火

能够向你诉说

这明月啊　替人间悲欢

孤独地圆缺了多少年

她的灵魂早已修炼成

冰雪一样纯净

在这圣洁的天地中

任三千青丝凋零　襟袖冷

我也沧浪乘舟不言愁

来吧　舀一江西江水

邀万物共饮同醉

扣舷而高歌　管他今夕何夕

人生几何哉

　　这首对饮诗以张孝祥的视觉来创作，紧扣原诗意象，想象还原当时情景。"为了中秋那白月光/风主动退场/在一片澄澈中/洞庭和青草两湖的水更加亲密"，整首诗都是这样，采用现代诗表达习惯，在客观景象中融入浓郁的主观情感，将原诗深藏其中的诗情、诗味、诗意、诗性巧妙地展现出来。

　　✤ 技法提炼 ——物象夸张法

　　这是指对事物形象、特征、作用、程度等方面进行扩大或缩小的修辞手法。把极"小、少、低、弱、浅……"与极"大、多、高、强、深……"的事物朝着相反的方向夸张，力求能突破常规经验，带给人巨大心灵冲击，以增强表达的意趣与哲理性。比如"来吧/舀一江西江水/邀万物共饮同醉"，说"舀一江西江水"，不是"舀西江水"，就是说，是用一把勺子"舀"起整江江水！把一江江水放置在勺子里，这缩小夸张，带给人全新的感受。当然，也可以想象为勺子很大很大，但毕竟勺子是握在手里的，故这里更多是将一江水缩小，而不是将勺子夸大。

　　这种方法主要运用在对人、物或景的描写上，将其对象某方面的特点，用夸张手法来突破平时经验表达的禁锢，增强意趣与哲理性。

 **技 法 运 用**

　　请运用"物象夸张"的方法描写一个离别的文段。

 示 范 参 考

　　离别前，她再一次回头，看屋后那片竹林，看屋前那排桃树，看屋侧那片菜园地。仿佛那一眼，就装下了整个村庄，整个故乡，可以供她在异乡用一生。她哪里会想到，二十来年，用得最多的，是蓄积在自己身体里的那条家乡的河。

古今诗联姻十六

秦风·无衣
佚名

　　岂曰无衣？与子同袍。王于兴师，修我戈矛。与子同仇！
　　岂曰无衣？与子同泽。王于兴师，修我矛戟。与子偕作！
　　岂曰无衣？与子同裳。王于兴师，修我甲兵。与子偕行！

 **解 词 释 句**

　　1. 兴师："兴"组词"兴起"，取"起"意。"师"，采用语境法，是"兵"，或"军队"的意思。"兴师"，即起兵，发动军队。

2.泽：通"襗"，内衣，如今之汗衫；袍，长衣，日当衣，夜作被，类似披风；裳，下衣，战裙。

3.甲兵：组词理解，铠甲与兵器。

诗化赏析

一首雄浑的交响乐章

有的说这是一首战歌，有的说这是一首誓词，有的说这是一首动员令，究竟怎么理解？借助叙事学这个杠杆，把叙述者引入诗中，代入体味，我们或许能豁然洞开，感受到这诗呈现的交响魅力！

第一种，补充叙述者为"我"。诗解为：谁说我没有战衣？我与你同穿战袍（同穿衫衣、同穿裳衣），君王征师作战，修整我的戈与矛（修整我的矛与戟、修整我的甲与兵），我与君同仇敌忾（上阵杀敌、共赴国殇）！

这是反思，这是决心，这是燃烧的愿望！

我要，我能，我行！我想，我动，我成！

每一滴血在燃烧，每一寸力量在奔涌，我要融入千军万马！

第二种，补充叙述者为"我们"。诗解为：谁说我们没有战衣？我们与你同穿战袍（同穿衫衣、同穿裳衣），君王征师作战，修整我们的戈与矛（修整我们的矛与戟、修整们的甲与兵），我们与君同仇敌忾（上阵杀敌、共赴国殇）！

这是请缨，这是誓言，这是出征的信念！

为国为家，苦难何怕？临死不惧，热血可洒；愿随王师，平安天下！

第三种，补充叙述者为"我"或"我们"，对象补充为"你""你们"。诗解为：谁说你（你们）没有战衣？我（我们）与你（你们）同穿战袍（同穿衫衣、同穿裳衣），君王征师作战，修整我们的戈与矛（修整我们的矛与戟、修整们的甲与兵），我们与你（你们）同仇敌忾（上阵杀敌、共赴国殇）！

这是号召，这是激励，这是战斗的鼓舞！

你，你们是国之雄狮，招之能来，来之能战，战之能胜！

我，我们一起同仇敌忾，团结互助，杀敌卫国，共御外侮！

这是英雄的交响，这是民族的赞歌，这是中华精神的图腾！

一首《无衣》，重叠复沓了多少春秋，几千年来，滋养着世世代代，让我们每一位华夏儿女都生长出一份钙质的精神！

 新 诗 对 饮

　　对一件衣服的追问
　　——读《秦风·无衣》

　　对一件衣服的追问
　　便是对每一滴血的追问
　　它的热度　可否融化
　　下到民族天空里的雪

　　对一件衣服的追问
　　便是对每一根骨头的追问
　　它的硬度　可否淬炼成
　　锋利的御敌武器

　　对一件衣服的追问
　　便是对每一颗心灵的追问
　　它的广度　可否容纳
　　天下山川的和平

　　这首对饮诗是从"衣服"这一主要意象切入，设置追问的形式，巧妙地呈现出表象背后的本质。每一滴热血都沸腾着激情，每一根骨头都坚如利剑，每一颗心都是为国为家为天下太平！用三节诗呼应原文三节诗，既保持原诗重章复沓的特点，又由表及里，层层深入，挖掘了原作品内在的精神力量！

技 法 提 炼 ——重章叠句

　　这是指各章节之间结构基本相同，对应诗行的结构与字数几乎一致，以求

整齐之感，也叫复沓法。这种艺术形式比较集中地出现在《诗经》中，比如这首《无衣》，每节诗只换了"袍""泽""裳"，"戈矛""矛戟""甲兵"与"同仇""偕作""偕行"几个词，反复吟唱，其作用在于深化主题，渲染气氛，加深情感，增强音乐性和节奏感。

这种方法运用在对人、物或景的描写上皆可，可以在整篇文章结构上运用，也可以在一个文段内部运用。在文段内部用，主要以叠句的方式呈现，这就是我们熟悉的排比句。

❄ 技 法 运 用

请仿照下面的句子，续写两句。
我喜欢大海的磅礴，每一朵浪花都抒发着豪情；

示 范 参 考

我喜欢草原的辽阔，每一根绿草都显示着顽强；
我喜欢高山的雄壮，每一块巨石都展示着担当。

· · · · · 古今诗联姻十七 ·

春江花月夜

张若虚

春江潮水连海平，海上明月共潮生。
滟滟随波千万里，何处春江无月明！
江流宛转绕芳甸，月照花林皆似霰；
空里流霜不觉飞，汀上白沙看不见。
江天一色无纤尘，皎皎空中孤月轮。

江畔何人初见月？江月何年初照人？

人生代代无穷已，江月年年只相似。

不知江月待何人，但见长江送流水。

白云一片去悠悠，青枫浦上不胜愁。

谁家今夜扁舟子？何处相思明月楼？

可怜楼上月徘徊，应照离人妆镜台。

玉户帘中卷不去，捣衣砧上拂还来。

此时相望不相闻，愿逐月华流照君。

鸿雁长飞光不度，鱼龙潜跃水成文。

昨夜闲潭梦落花，可怜春半不还家。

江水流春去欲尽，江潭落月复西斜。

斜月沉沉藏海雾，碣石潇湘无限路。

不知乘月几人归，落月摇情满江树。

 诗化赏析

我有好月光，你可有好故事？

一千多年来，脍炙人口的《春江花月夜》，被多少人演绎了又演绎，赏析了又赏析。弱水三千，我取一滴饮，这一滴，便是木心说的，最好的东西是使人快乐而伤心。木心举例魏晋人夜听人吹笛，曰：奈何奈何？

喜悦里含蓄着深情，大美中运载着大悲，这是艺术的厚重，也是艺术的境界！

春者，美好时令也，万物勃发；江者，万物之所生也，精灵流动；花者，美好事物也，绽放梦想；月者，皎皎之君也，辉映天地。

春、江、花、月，这些美好，不是一时一季之美好，是古往今来所有的美好，张若虚先生把它们汇聚在一个夜晚。这个夜晚，何其富饶，何其辽阔，何其高格！

由眼前之江潮，一波抵达想象之大海；由海上之明月，一辉映照天下之大江。芳甸、花林、白沙，在这不染纤尘的世界，在这美好纯净的世界，诗人想到的是什么呢？

不是个人忧思，而是哲学追问！不是从自己生命历程落笔，而是对天地永恒、人生短暂生叹。青枫浦上的愁，是诗人替天下离人抒发的愁！随月追逐也好，梦闲潭落花也好，都是诗人悲悯的情怀，融进了世世代代离人的悲叹。

闻一多何以认为《春江花月夜》是"诗中的诗，顶峰上的顶峰"？张若虚何以被大家认为孤篇横绝，竟成大家？我想，正是因为这首诗有着木心说的，最好的东西是使人快乐而伤心。天地有好月色，张君有好故事。

喜悦里含蓄着深情，大美中运载着大悲，这是艺术的厚重，艺术的境界；也是艺术家的大悲悯，大境界，大情怀！

但对艺术，可有一问：我有好月光，你可有好故事？

 新 诗 对 饮

天地好月光　人间好故事
——读张若虚《春江花月夜》

春天这夜　多么圣洁
潮水涌动
天地是辽阔的子宫
新生的月亮会游泳
每一处春江　都是行官

江流肥沃
在芳草丰茂的原野
飞霰、流霜只是虚拟
白沙到皎洁的月光里隐居

仰望复制着仰望
普照重复着普照
多年前彼此的初遇
早已成为无解的命题

还要轮回多少次　才能再相逢
还要修炼多少年
才能让你认出不变的容颜

一片白云　从眼里走散
再也没有回到身边
扁舟子　明月楼
青枫浦上一直茂盛着
千古的忧愁

多久的徘徊吟哦
也驱散不了
梳妆台上闪亮的寂寞

照进心帘的光　也照在捣衣砧上
相闻不得只相望
多想化为光　随月伴君长

放飞多少鸿雁
也飞不出一片月光
只能敞开梦　见闲潭落花
也见遥远的家

就算流尽最后一滴春光
每一滴水也心怀善良
收留倾斜的梦想

几人回了家　几人枉牵挂
一宇残辉江边树上洒

　　这首对饮诗采用沿句转化的方式来创作，形式上，将原整齐的诗句转化为参差错落灵动富于变化的句子；诗意上，采用想象联想，用新诗思维浸泡开还原原诗诗意。比如最后这两句"不知乘月几人归，落月摇情满江树"，转化为"几人回了家/几人枉牵挂/一宇残辉江边树上洒"，新颖奇特，用美好对饮美好。整首新诗实现双重审美享受，带来诸多惊喜。

✻ **技 法 提 炼** ——挖掘身体

这是指挖掘身子的各个部分，让其连通自我精神情志，或容纳世间万象，形成"体我合一""物我同体"的浩大景象，以此增加表达的深刻性与哲理性。比如"一片白云　从眼里走散/再也没有回到身边"，走散的"白云"，暗示着心头那份牵挂，从"眼里"走散，便是从身体从生命中走散，增强诗意表达的厚重与张力。

这种方法主要运用在人与物或景关系的描写上，让万物都在身体内部或是身体的某个部分，让表达更有深刻性与趣味性。

❄ **技 法 运 用**

请在下列情形中选择一种，用"挖掘身体"的方法写一个片段。
1.爸爸身体里有头咆哮的狮子。
2.妈妈身体里住着一个小姑娘。

🐴 **示 范 参 考**

"错没错?!"父亲居高临下地瞪着我，我的心一颤，感受到他身体里那头咆哮的狮子在直直地向我冲来，近了，近了，我听到空气的崩裂声。"哇！错了，我错了……"我边哭边说，希望父亲理智的栅栏终能阻挡它。

古今诗联姻十八

将进酒

李白

　　君不见，黄河之水天上来，奔流到海不复回。君不见，高堂明镜悲白发，朝如青丝暮成雪。人生得意须尽欢，莫使金樽空对月。天生我材必有用，千金散尽还复来。烹羊宰牛且为乐，会须一饮三百杯。

　　岑夫子，丹丘生，将进酒，杯莫停。与君歌一曲，请君为我倾耳听。钟鼓馔玉不足贵，但愿长醉不复醒。古来圣贤皆寂寞，惟有饮者留其名。陈王昔时宴平乐，斗酒十千恣欢谑。主人何为言少钱，径须沽取对君酌。五花马，千金裘，呼儿将出换美酒，与尔同销万古愁。

1.将进酒：属汉乐府旧题。将（qiāng）：请。"将进酒"，请喝酒的意思。

2.会须：应当。会，须，皆有应当的意思，这里是同义复合词。

3.馔（zhuàn）玉：美好的食物。形容食物如玉一样精美。馔，吃喝。玉，像玉一般美好。

4.沽（gū）：通"酤"，买或卖，语境理解，这里指买。

诗化赏析

千古一醉，万古垂名

与其说这是一首劝酒歌，毋宁说是一首劝醒歌！

酒是粮食的精华，是岁月的沉淀。李白活得太透彻，太清醒，他看到滴酒胜明镜，映照出生命真相！

黄河之水来，势不可挡；黄河之水去，势不可回。一涨一消，便是生命的咏叹调!

一面时间的镜子,把多少人的青丝,照成了白发!每一天降临到我们身体里的,有崭新的日子,还有一场场白雪!

单向流动的生命,何其短暂!一身才华,满腔豪情,却是无处施展,叹!叹!叹!

人生难得知己一二,相聚是缘,何不醉欢!那钟鸣馔食的豪华生活,终是一场虚景,我们长驻醉乡吧,何必清醒?

自古以来的圣贤,都是一壶寂寞的酒。喝吧喝吧,只有在酒中,我们的灵魂才相认;喝吧喝吧,只有在酒中,名字才重生!

别说什么没有钱,五花马千金裘,都可拿去换美酒。

喝吧喝吧,陈王会从我们身体里醒来,万古愁会被我们消解!

喝吧喝吧,与一起我们碰杯的,还有古今圣贤!

 新 诗 对 饮

千古一醉　万古名垂
——读李白《将进酒》

奔流到海的黄河水
回不去　也流不动
一滴水埋葬在一群水中
让天地再一次轮回

那时间的镜子
把青丝照成了白雪
白雪比镜子清澈
照出一代又一代人生

太白啊　活得太清醒
必须醉　必须来一次豪饮

让月光淌满酒香
身体里那棵树
自会有它的道场

岑夫子　丹丘生
喝　喝　喝
杯莫停　只有在酒中
灵魂才能相认

钟鸣馔食的豪华生活
终是一场虚景
长驻醉乡　何必清醒

那圣人与贤者　自古是两种酒
也是两种寂寞
欢乐痛饮吧　让名字重生
让曹植在更多身体里苏醒

说什么钱不够
五花马　千金裘
都可拿去换美酒

必须醉必须豪饮
太白啊
他要替万千人抒情

　　这首对饮诗从旁观者的视角来切入，一方面想象还原场景，一方面解说诗意本质，即用诗的语言，对原诗进行解说、对话。一二节诗想象还原，第三节在此基础上进行诗意解说，"太白啊/活得太清醒/必须醉/必须来一次豪饮"。这样边还原边诗意评说，到最后一节"必须醉/必须豪饮/太白啊/他要替万千人抒情"便将整首诗的理解推向高潮，表达得也酣畅淋漓。

技法提炼 ——一词立骨法

是指在各个诗节中，或者不分节，主体采用辐射式思维，围绕着一个主词铺开描述，既在形式上有机关联了诗节，又在内涵上拓展了诗意，增加表达的哲理性。比如"那时间的镜子/把青丝照成了白雪/白雪比镜子清澈/照出一代又一代人生"，围绕"白雪"来展开；后面《登快阁》的新诗化写中，前三节，以"放下"这个词，作为每一节诗的主词，从人、树、时间等维度表达放下的情形，增强了诗意的哲理性。

这种方法主要运用在突出某物特点或某种感受，使表达更聚焦，更突出，更有语言感染力。既可以运用在篇章整体结构安排上，也可以运用在具体段落中。

技法运用

请在以下词语中任选一个，采用"一词立骨"的方法练习文段。

静、闹、红、冷、思念

示范参考

"过——来——"前方低沉缓慢的声音仿佛一张网，把我从蜀国的六月拖进冬日，那稍扬的尾音冻得我几乎窒息，冷。"抬头！"他一记眼神扫来，我瞬间冰冻，身子僵直，心头布满寒霜，冷。"说！"我闻声一颤，腿脚发软，寒流在身体里寸寸蔓延，冷！

古今诗联姻十九

江城子·乙卯正月二十日夜记梦
苏轼

十年生死两茫茫，不思量，自难忘。千里孤坟，无处话凄凉。纵使相逢应不识，尘满面，鬓如霜。

夜来幽梦忽还乡，小轩窗，正梳妆。相顾无言，惟有泪千行。料得年年肠断处，明月夜，短松冈。

解词释句

1.思量：采用近义词解，思念，想念。
2.小轩窗：指小室的窗前，轩：门窗。
3.顾：近义词解，看。
4.短松：短，近义词解，矮。"短松"，即矮松。

诗化赏析

骨头里的痛，梦最懂

梦是生命的一面镜子，这是一面诚实的镜子，可以照出更真实、更全面的自己。乙卯正月二十日晚上的那个梦，便让苏子看到了更真实的自己，看到自己骨头里那些清晰的疼痛。

我们见惯了乐观的苏子，豁达的苏子，豪迈的苏子，我们熟悉的是"一蓑烟雨任平生"的苏子。只有在这十年忌辰，在这心灵最柔软的缺口，我们才有幸看到苏子汹涌出的复杂情愫。

因反对王安石新法而颇受压制的悲愤心境；到密州逢凶年繁于政务的堵塞

内心；生活困苦到食杞菊以维持的潦倒……平时，苏子默默消化着命运里这一根根刺骨，不说，也不屑说。

十年时光，生死两茫，没有经常想起，却永远不会忘记。面对心灵至近至亲的人，面对深懂自己的人，往事蓦然来心间，久蓄的情感汹涌而出。他思，他念，他叹，他无奈，他哽噎，他千行泪！爱妻蕙质兰心，却华年早逝；情深意重，却生死分离；自己年方四十，却鬓发如霜……梦回昨天，梳妆眼前；隔世相望，相顾无言！几番思念，几番肠断，唯有明月昭昭见！

何其悲伤！何其沉痛！何其无奈！这是寂寞的苏子，这是无助的苏子，这是侠骨柔情的苏子！此时，真性情的苏子向我们走来，烟火的苏子向我们走来！

感谢这个梦，这面诚实的镜子，它让我们看到记忆里豁达朗朗的苏子，看到这行走在人世间满心创痛又至情至性的苏子！

新 诗 对 饮

骨头里的痛，梦最懂
——读苏轼《江城子·乙卯正月二十日夜记梦》

你一走　我就少了一根骨头
命运的漏洞里　灌满十年风雨
残破的身子已经不够用
我只能轻轻地　节约着想你

千里之外　你用年轻的肉身
供养坟头草木青青
从密州到眉山　风吹不停
翻译不了我半句悲情

卿卿啊　十年霜雪鬓发白
世事沧桑容颜改

我多想　化身为尘
与你平安相认

多少年来　我骨头里的隐痛
只有梦最懂
昨天夜里我又回到家乡
你永远在那小轩窗前慢慢梳妆

穿越时空　我们默默对望
一场雨从梦外下到梦里
打湿了两世记忆

卿卿啊
我多想让那短松冈上的月
永远不要圆不要亮
不要你年年为我断肠

　　这首对饮诗以苏轼的视觉为切入点来创作，采用白描，想象还原他的心理。
"你一走/我就少了一根骨头/命运的漏洞里/灌满十年风雨/残破的身子已经不
够用/我只能轻轻地/节约着想你"，以此对话词人内心，直抵词人情感深处。
主体部分紧扣词中意象来铺陈叙事，融入浓郁情感，用第一人称增加感染力。

 古今诗联姻二十 ·········

燕歌行

高适

汉家烟尘在东北，汉将辞家破残贼。
男儿本自重横行，天子非常赐颜色。
摐金伐鼓下榆关，旌旆逶迤碣石间。

校尉羽书飞瀚海，单于猎火照狼山。

山川萧条极边土，胡骑凭陵杂风雨。

战士军前半死生，美人帐下犹歌舞！

大漠穷秋塞草腓，孤城落日斗兵稀。

身当恩遇常轻敌，力尽关山未解围。

铁衣远戍辛勤久，玉箸应啼别离后。

少妇城南欲断肠，征人蓟北空回首。

边庭飘飖那可度，绝域苍茫无所有！

杀气三时作阵云，寒声一夜传刁斗。

相看白刃血纷纷，死节从来岂顾勋？

君不见沙场征战苦，至今犹忆李将军！

1.猎火：组词解，打猎时点燃的火光。

2.凭陵：组词解，"凭"，"凭借、仗势"，"陵"，"欺凌"。"凭陵"，就是仗势欺凌。

3.死节："死"，为动用法，"为国捐躯"；"节"，组词解，气节。"死节"，就是为国捐躯的气节。

未战而厚赏，折断战鹰的翅膀

《燕歌行》不仅是高适的"第一大篇"（近人赵熙评语），而且是整个唐代边塞诗中的杰作，那么，这首诗的主题是什么呢？古诗文网明确说"此诗主要是揭露主将骄逸轻敌，不恤士卒，致使战事失利"。

这种观点固然有其依托，毕竟有诗句"战士军前半死生，美人帐下犹歌舞"为证，一面在拼死苦战，一面在恣意享乐，在鲜明对比中我们看到主将们在美人帐下追求享乐的丑态。

但这真相显然是结果，只有追问，才能挖出真正的原因。我们应该，也必须追问：这些主将为什么能够这样大胆狂妄，骄横轻敌，恣意享乐？血战惨战就在眼前，谁给了他们胆，可以不管不顾，不察战况，不恤战士？

其实，诗人也做了回答，"身当恩遇常轻敌，力尽关山未解围"，就是说"主将身受朝廷的恩宠厚遇常常轻敌，战士筋疲力尽仍难解关山之围"。从来应是因功受赏，而这些主将，出征前，就颇受恩宠了，这是谁之过，不言而喻！

同时，因文溯回，可以理解开头两句诗：汉家烟尘在东北，汉将辞家破残贼。不能忽略"残贼"一词！是谁，把来势凶猛的胡人骑兵叫做"残贼"呢？既然此句是"汉将辞家"，我们可以想象还原当时朝廷情景，这应是将领们对统治者夸海口，也是统治者对边疆不察，上下一气狂妄自大，认为可以轻而易举地扫残寇，扬国威。

而"男儿本自重横行，天子非常赐颜色"这两句诗，也值得我们思考。这里的"男儿"是指什么人？古诗文网把这两句翻译为"战士们本来在战场上就所向无敌，皇帝又特别给予他们丰厚的赏赐"，即把"男儿"翻译成为"战士们"。结合下文看，这显然说不通。"身当恩遇常轻敌"，受恩的是主将们，那么这里天子赐颜色给的自然是将领，而非战士！且"横行"一词，蕴含着螃蟹一般霸道无恐，绝非褒义词"所向无敌"之义。

这些信息都汇向一个事实：主将恃勇轻敌，统治者盲目赏赐，纵容其狂妄自大、荒淫失职，造成战争失败。

未战而厚赏，折断战鹰的翅膀，这才是历史的真相！这才是这篇边塞诗真正的价值所在！揭示了边战之痛，不仅在胡骑多么凶悍，更在内部由上而下的盲目狂妄，肆意享乐！

痛心的是，这些错误，让战士们买单！"相看白刃血纷纷，死节从来岂顾勋？"这是何等勇敢，何等质朴，又何等可悲！历史告诉我们：自古以来，好人在为坏人买单！

很多事实，被层层迷雾遮掩，我们很难看到，或很难看清。生活中往往要用血，或被用血，用悲剧，甚至惨剧，来擦亮，来警醒，才能引起人足够重视和反思，才能让世人看清事实真相。

艺术里头，诗人，便是要拥有悲悯的情怀，和疼痛的能力，用作品提前抵达真相，为世人呈现真相。我们解读，又需要另一种抵达作品的能力。

 新 诗 对 饮

未战而厚赏，折断战鹰的翅膀
——读高适《燕歌行》

一千多年了
被烽火燃烧的东北
依然热气滚滚
焦味弥漫了历史的天空

将军出征　战场纵横
是要用一群火去剿灭另一群火
是要用沸腾的血去把野性浇灭

未战而厚赏
这是折断战鹰的翅膀
任那金鼓雷鸣　仪仗浩荡
碣石山上　多少旌旗
也只是一种虚拟

狼居胥山燃起熊熊猎火
在浩瀚的沙漠
想用一片羽毛驮运希望
注定是一场悲剧

当萧条蔓延辽阔的山河
胡风箭雨　本难防躲
战士们化肉身为盾牌
把白天战成黑夜　帐下美人
又把黑夜舞成白天

寒秋终于落在沙漠　落在草木
草木落下一地枯萎
与草木同时枯萎萧条的
还有一茬一茬的士兵

对于已经腐蚀的灵魂
恩宠加身　只能催生骄横
可怜那战士献出热血与忠诚
也突破不了关山之困

身上的铁甲已经生锈
村前的河流已涨几度春秋
城南断肠人　蓟北空回首

只是　那年年回家的路
都被硝烟烫伤
在光秃秃的边疆
只剩下一片荒凉的月光

战刀　从来要用鲜血喂养
捐躯自古只为祖国边疆
君不见　比雪更亮的沙场
至今思念有勇有谋的大将

　　这首对饮诗从旁观者的视角来切入，紧扣原诗主要意象，逐句想象还原情景，同时，嵌入诗意的解说与对话。"将军出征　战场纵横"这是先还原情景，后用"是要用一群火去剿灭另一群火/是要用沸腾的血去把野性浇灭"来诗意的评；"未战而厚赏/这是折断战鹰的翅膀"这是先诗意的评，后用"任那金鼓雷鸣/仪仗浩荡/碣石山上/多少旌旗/也只是一种虚拟"来想象还原。整首诗新诗这样灵动推进，既有诗性，又有思性。

古今诗联姻二十一

李凭箜篌引
李贺

吴丝蜀桐张高秋，空山凝云颓不流。

江娥啼竹素女愁，李凭中国弹箜篌。

昆山玉碎凤凰叫，芙蓉泣露香兰笑。

十二门前融冷光，二十三丝动紫皇。

女娲炼石补天处，石破天惊逗秋雨。

梦入神山教神妪，老鱼跳波瘦蛟舞。

吴质不眠倚桂树，露脚斜飞湿寒兔。

解词释句

1.昆山玉碎凤凰叫：用"昆仑玉碎"的声音，形容乐音清脆；用凤凰的叫声，形容乐音和缓。都是用声音写声音。

2.芙蓉泣露、香兰笑：用"芙蓉泣露"的声音，来形容乐声低回；用"香兰笑"的声音，来形容乐声轻快。合起来理解为"时而低回，时而轻快"。而"泣与笑"是花的表情，声音是拟人想象出来的，是用形来写声音。

3.石破天惊逗秋雨：补天的五色石（被乐音）震破，引来了一场秋雨。逗，引。

诗化赏析

走进箜篌乐音的前世今生

与"诗圣"杜甫、"诗仙"李白、"诗佛"王维相齐名的"诗鬼"李贺，以其鬼才之能，捕捉音乐在纸上，带我们认识箜篌乐音的前世今生。

我相信，音乐是灵性的，李贺又是通灵音乐的。他知道，需要吴地之丝、蜀地之桐这样灵性之物才能塑造箜篌之音的肉身，需要秋高气爽的天气，才配得上最好的乐音。于此，我们认识到箜篌乐音的前世，是集天下之精华，修炼而成。

这音乐一旦临世，便需要一座山来盛装，需要整个寰宇来盛装，空中的云彩也为此驻足凝眸。湘娥感动得泪洒斑竹，素女聆听得满怀哀愁；时而使荷花泫露而泣，时而使香兰开口含笑。

何止是动人心，这是动万物之心！何止是人间难得几回闻，天上神姝也为此而惊！在人间，长安城十二门前，消融了寒秋的冷光；于天上，二十三弦的清响，惊动了九霄之上的紫皇。乐声冲上女娲炼石补天的地方，更是惊破了五色石，引来秋雨啾啾。梦幻中进入神山教神妪弹奏，乐声使老鱼跃波倾听，瘦蛟翻江跳舞。被惩责在月宫里的吴刚也彻夜不眠，倚着桂树，寒露斜飞，打湿了凝神静听的玉兔。

这便是箜篌乐音的今生，用人间的声音，只有昆山的玉碎，凤凰的悠鸣可以比拟；用人间的表情，只有荷花泫露而泣，香兰开口含笑可以描摹！这音乐的力量，在天上更是引发了一场天震，惊动了紫皇天帝，惊破了补天五色石；引来了神妪学弹奏，失眠了吴刚忆前世。

可以说，没有谁将音乐描绘得如此淋漓尽致，没有谁对箜篌乐音认识得如此洞彻。不仅是以声描摹声音，不仅是以表情描摹声音，而是打通天上人间，改动了神力！让天帝、神妪动心；让女娲、吴刚失眠。想象之丰富，夸张之神奇。

就是堪称经典的白居易的《琵琶行》，对音乐的描绘，急雨也罢，私语也罢，落玉盘的大珠小珠也罢，花底滑的莺语也罢，幽咽的泉流也罢，银瓶乍破水浆迸之声也罢，铁骑突出刀枪鸣的气势也罢，视域都只是在人间走动。

我相信，鬼才李贺，是通了天地灵气，他已抵达三维、四维空间，才能如此自由，想象如此神奇，为我们描绘出这场音乐的盛宴！

那么，制造这场盛宴的李凭，又当拥有怎样一种登峰造极、让人叹为观止的才华，空下的辽阔空间，任我们读者去想象了。

新诗 **阅** 读与写作
XINSHI YUEDU YU XIEZUO

 新 诗 对 饮

一些心事把桂树压弯
——读李贺《李凭箜篌引》

轻捻吴丝为心弦，慢修蜀桐成筋骨
在深秋更深处，一片流浪的云
听到熟悉的召唤，主动驻足

经过泪水洗礼的那些竹
早已重新获得命名
湘娥与素女隐藏千年的悲情
被一曲人间箜篌唤醒

我相信，李凭指尖深藏着一口井
那蓄满的乐声，是昆山玉碎
是凤凰悠鸣，溅满芙蓉与香兰的表情

那乐声，流淌过长安城十二门
给整个世界都降了温

惊动了九霄之上的不凡人
也惊破了补天石的金刚胆
一场秋雨落下来，是神赐的语言

你乘一匹梦，抵达天宫
人师仙徒奏响一段传奇
跃波倾听，闻曲而舞
哪里只是瘦蛟和老鱼

寒露不怜玉兔，滴滴斜飞泪目

216

这一天，吴刚有理由失眠

他的心事，把桂树压弯

　　这首对饮诗从新诗作者的视角来切入，采用第一人称，紧扣原诗主要意象，与文本进行对话的方式来逐句想象还原情景。一二节诗，采用情节式富有故事性的还原，第三到第五节诗，注入理解，用灵动的诗语来表达音乐的美妙，与原诗相映成趣。最后两节，想象天宫情景，侧面烘托李凭弹奏箜篌技艺的高超。

 古今诗联姻二十二

锦瑟

李商隐

锦瑟无端五十弦，一弦一柱思华年。

庄生晓梦迷蝴蝶，望帝春心托杜鹃。

沧海月明珠有泪，蓝田日暖玉生烟。

此情可待成追忆？只是当时已惘然。

 解词释句

　　1.锦瑟：采用词词关系解，指装饰华美的瑟。瑟：拨弦乐器，通常二十五弦。

　　2.无端："端"组词解，"端由"，取"由"意，即缘由，缘故。"无端"，即没有缘由，无缘无故，是怨怪之词。

　　3.只是：犹"止是""仅是"，有"就是""正是"之意。

 诗化赏析

在文字里隐居

是，也不是，花非花，雾非雾，把生命修炼到清晰的模糊，是一种至高的境界！李商隐的诗，让我真正懂得，一切敞开，都是诗意的遮蔽。

那么多无题诗，那么多悬念，他把真相潜伏成一场悬案，只将痛苦精心地酿制成琼浆流淌成诗行。这份遮蔽，是唯美的，美得让人心醉，更让人心疼，诗人是在文字里隐居。

这首《锦瑟》截取开头二字为题，也相当于一首无题诗。有人说是悼亡诗，有人说是咏物诗，也有人说是抒情诗，可谓仁者见仁智者见智。

终无定论，何须定论？

一身才华，少年得志的李商隐，却夹在牛李两党的争执中终不得重用，笔者切入点便是从诗行中去体味这种人生况味。

他立于孤独的绝顶，一切道说，只言风景，不说世情，亦梦亦幻。用"朦胧派""象征主义"这些标签往他身上贴，是徒劳的，他把孤独省略成一种旷世的苍凉，连象征也无能为力。

所有词语都是密码，他让诗歌伸长脖子，只为在夹缝里获得一份安全的呼吸。

多么善良，那些文字，用美的姿势拥抱那一颗孤独的心；

多么安全，这些诗歌，为有缘人建造一间又一间心灵的房屋。

我无法求证能不能成为李商隐隔世的知音，只是尽可能用他欢喜的语气自言自语，像他一样，一样安全的旅居诗行！

 新诗对饮

安全

——读李商隐的《锦瑟》

你把一首诗打开

又关上　没有脚注
连暗示也省去
一千多年　谜仍然是谜
所有主题叫无题
只有那只蝴蝶
一直贴着梦在飞

瑟音传来
飘落很多旧时光
空气里有金属的锈味
我在历史的尘埃中跌倒
失身夹缝　义山
我感受到你呼吸的艰难
你让诗歌伸长脖子
只是呼吸的另一种方式

你愿意住在诗歌里
砌起文字的高墙
修辞的高墙　忧伤很安全
隐晦是一种病　谁知道
那些华丽的语言
是伤口绚丽的花瓣

你把生命的疼痛
设置密码　索解的关键词
一个也不留下

那些淘挖隐秘的人
最终发现诗只是诗
文字　只是文字
是蝴蝶的指引
我住进你住过的诗歌

　　很安全

　　这首对饮诗从新诗作者的视角来切入，主要是对"无题"及诗节中隐藏的信息进行追问、猜想，以诗意的对话和代入体验的方式还原真相，增强了现场感和情景性。第一节诗"你把一首诗打开/又关上　没有脚注/连暗示也省去/一千多年　谜仍然是谜/所有主题叫无题"，诗意地点明无题的事实；第二节诗"我在历史的尘埃中跌倒/失身夹缝　义山/我感受到你呼吸的艰难/你让诗歌伸长脖子/只是呼吸的另一种方式"，进入李商隐的生命场，同体同情感受生命的际遇。最后三节诗意地回答原因，将李商隐个人命运与天下人命运联系起来，拓展了诗意。

古今诗联姻二十三

书愤

陆游

早岁那知世事艰，中原北望气如山。
楼船夜雪瓜洲渡，铁马秋风大散关。
塞上长城空自许，镜中衰鬓已先斑。
出师一表真名世，千载谁堪伯仲间！

解 词 释 句

　　1. 书愤：组词解，"书"，书写；"愤"，愤恨。书写自己的愤恨之情。

　　2. 衰鬓：年老而疏白的头发。斑：指黑发中夹杂了白发。

　　3. 堪：能够。伯仲：原指兄弟间的次第。这里比喻人物不相上下，难分优劣高低。

 诗化赏析

爱，是一种隐痛

一首书愤代代新，喷涌多少爱国情！上马击狂胡，下马草军书，这是陆游一生宏愿，谁曾料，唯得八个来月身临前线，可惜！可叹！

他愤自己年轻事不谙，愤人间世事太过艰；他愤帝国入侵大中原，愤帝王将相骨头软！雪依旧年年有，风依然四季吹，瓜洲渡、大散关，马背交锋、兵船作战，真可谓一片赤心为国倾，欲将此身筑长城！

憾只憾，万事成空，唯余镜中鬓发斑！陆游啊陆游，热血里澎湃着千万个孔明，却没有一个能够率三军复汉室北定中原！爱，是一种隐痛，叹！叹！叹！

 新诗对饮

你身体里绵延着一座长城
——读陆游《书愤》

早年那些岁月太薄
目光太嫩
看不穿世事艰辛

北方那块野性的金
被欲望的火点燃
北望江山　灼伤一片
你血脉里翻卷如山

多少年的雪
都掩盖不了瓜洲渡那些战船
大散关铁马声声

东南西北风　吹不散

你身体里绵延着一座长城
每一个字都是虎啸龙吟

梦想终成一种梦幻
时间的镜子
映照出鬓发斑斑

陆游啊陆游
你热血里澎湃着千万个孔明
也无法率三军北定中原
叹　叹　叹

　　这首对饮诗从新诗作者的视角来切入，紧扣原诗主要意象，采用第二人称，从追问原因的角度，来诗意回答，与原诗形成巧妙的对话。第一节诗"早年那些岁月太薄/目光太嫩/看不穿世事艰辛"，是诗意解释不知世事艰的原因；第二节诗"北方那块野性的金/被欲望的火点燃"，诗意解释北望气如山的原因。第四节诗"你身体里绵延着一座长城/每一个字都是虎啸龙吟"，在还原"楼船夜雪瓜洲渡，铁马秋风大散关"的基础上，对诗人胸怀进行升华理解。最后两节，点出陆游的无奈。

古今诗联姻二十四

氓
佚名

　　氓之蚩蚩，抱布贸丝。匪来贸丝，来即我谋。送子涉淇，至于顿丘。匪我愆期，子无良媒。将子无怒，秋以为期。
　　乘彼垝垣，以望复关。不见复关，泣涕涟涟。既见复关，载笑载言。尔卜尔筮，体无咎言。以尔车来，以我贿迁。

　　桑之未落，其叶沃若。于嗟鸠兮，无食桑葚！于嗟女兮，无与士耽！士之耽兮，犹可说也。女之耽兮，不可说也！

　　桑之落矣，其黄而陨。自我徂尔，三岁食贫。淇水汤汤，渐车帷裳。女也不爽，士贰其行。士也罔极，二三其德。

　　三岁为妇，靡室劳矣。夙兴夜寐，靡有朝矣。言既遂矣，至于暴矣。兄弟不知，咥其笑矣。静言思之，躬自悼矣。

　　及尔偕老，老使我怨。淇则有岸，隰则有泮。总角之宴，言笑晏晏，信誓旦旦，不思其反。反是不思，亦已焉哉！

新 诗 对 饮

千古一谜
——读《氓》

一阵风　从西周出发
沿着一条河吹来
吹了两千多年　从没停息
一条河　沿着时间的方向流淌
流淌了两千多年　从没停息
立在淇水岸边的故事　一动不动
只有故事的衣角　被水打湿
又被风拧干

故事里的主人公　氓
被一代又一代无情的男子
复制了又复制　那无名女子
被一代又一代痴情的女子
上演了又上演　一滴泪追赶着
另一滴泪　追赶了几千年
还是没有滴穿那悲剧的磐石

是泪没有水重　还是泪

没有水执着　这千古一谜

书写成人类永恒的主题

其实　水从水管里流出

泪从眼睛里流出　风知道

河流也知道　是泪的温度

柔化了它的硬度　可是

它们什么都

不说

　　这首对饮诗主要是对《氓》这个故事进行诗意地评价和理解，认识故事背后的本质。第一节诗，用风"吹了两千多年/从没停息"与河"沿着时间的方向流淌/流淌了两千多年/从没停息""立在淇水岸边的故事/一动不动"，诗性地表达了时间是永恒的，爱情是永恒的。第二节诗从男女主人公两个角度具体揭示，悲剧爱情一直存在，改变的只是主角。第三节诗，是追问悲剧原因，"风知道/河流也知道/是泪的温度柔化了它的硬度"，悲剧的根源就是，爱情不属于纯理性，可以去规避，爱情的本质是情感，痛心在这里，可爱也在这里！因为有爱，我们可能会陷入痛苦，因为有爱，我们也才见到希望！这就揭示了《氓》这首诗至今具有的普世意义，诗性又思性，颇有深度。

创 作 手 记

用诗经，治疗我们的婚姻

　　世上多少痴情女，已经遭遇负心汉？

　　世上多少痴情女，还在遭遇负心汉？

　　"于嗟女兮，无与士耽！士之耽兮，犹可说也。女之耽兮，不可说也"，两千多年前，一个女人就用切身的遭遇声声泪劝，"唉呀年轻姑娘们，别对男人太痴情。男人要是迷恋你，要说放弃也容易。女子若是恋男子，要想解脱不好离"。

　　作为我国现实主义文学源头的《诗经》，是颇有心灵温度的，像一味药，可以提前预防婚姻的悲剧。《氓》便是其突出代表，它用鲜活的故事喂养女人身体那根独立的骨头。

只是，对于别人的经历，我们总是习惯当故事看。既然是故事，就在骨子里进行了虚拟，拉开了距离。因此我在第一节诗中说"一条河/沿着时间的方向流淌/流淌了两千多年/从没停息""立在淇水岸边的故事/一动不动"。这条河，便是爱情河，永远鲜活地流淌；这个故事，便是悲剧的爱情故事，一动不动，被大家感叹了又感叹。

可是，多少痴情女人能听得进？多少伤心女人能放得下？

痴情复制着痴情，无情复制着无情，悲剧重复着悲剧！

第二节诗就表达这种慨叹，"一滴泪追赶着/另一滴泪/追赶了几千年/还是没有滴穿那悲剧的磐石"！

都说水滴可以石穿，偏偏悲剧的磐石却能卒千年！我们必须反思。

《氓》中的女子与氓是难得的自由恋爱。"氓之蚩蚩，抱布贸丝。匪来贸丝，来即我谋。送子涉淇，至于顿丘"，也就是说，他们是在交往中逐渐产生感情的，婚姻是有基础的。

"乘彼垝垣，以望复关。不见复关，泣涕涟涟。既见复关，载笑载言"，为他痴癫为他狂！都说恋爱中的男子智商倍增，恋爱中的女子智商为零，但这个女子仍保持了理智与尊严的底线，她说"匪我愆期，子无良媒"，虽然恋爱自由，却依然要明媒正娶！

婚姻里的她是怎样的呢？"自我徂尔，三岁食贫"，遭遇贫穷，能共苦，可谓坚定矣；"三岁为妇，靡室劳矣；夙兴夜寐，靡有朝矣"，早晚操劳，没日没夜，可谓贤惠矣；"言既遂矣，至于暴矣"，遭遇家庭暴力，可谓痛苦矣；"兄弟不知，咥其笑矣"，亲人不理解，可谓孤独矣！

"静言思之，躬自悼矣"，就是在这样走投无路、暗无天日的绝望之下，她开始反思，"女也不爽，士贰其行。士也罔极，二三其德"根本问题出在对方，对方不改变就必须改变自己！于是有了"淇则有岸，隰则有泮。总角之宴，言笑晏晏。信誓旦旦，不思其反。反是不思，亦已焉哉！"

毅然决然，一举了断！

多少女人，可以在她身上呼吸到力量，看到自由的曙光？！

水滴石穿，然而，现实中往往是泪完成不了水的执着。是不是我们自身的牵绊太重？顾念太多？

我们习惯看别人的故事，流自己的泪。是不是也可以，从别人的故事中，走一条属于自己的路?!

我是相信的, 好的文字, 是一味良药, 总可以治疗生命中的某部分疾病。从《诗经》中的《氓》篇, 我闻到了中药的清香, 爱安好, 婚姻便是晴天!

 古今诗联姻二十五

蜀相

杜甫

丞相祠堂何处寻, 锦官城外柏森森。

映阶碧草自春色, 隔叶黄鹂空好音。

三顾频烦天下计, 两朝开济老臣心。

出师未捷身先死, 长使英雄泪满襟。

 **解 词 释 句**

1.柏 (bǎi) 森森:组词解, 柏树茂盛繁密的样子。

2.空好 (hǎo) 音:空:白白的。只黄鹂空有婉转优美的声音, 因为无人欣赏。

3.频烦, 即"频繁", 多次。

4.两朝开济:两朝, 指刘备、刘禅父子两朝。开:开创。济:扶助。

 **诗化赏析**

一场旷世的精神寻亲

公元759年十二月, 杜甫终于结束颠沛流离的生活, 到成都定居在浣花溪畔。身子得以安顿, 精神还路上漂泊。

诸葛武侯祠, 早已是子美渴望已久、很想瞻仰的地方。虽然地理不熟、环境生疏，他依然在公元760年的春天，急切地前去探访。

首联一"寻"字，泄露其心之切，其愿之烈；一望"森森"之柏，肃穆之景，心便踏实下来。是的，必须这样一片辽阔的静，才配得上那颗老臣心！

颔联一"自"一"空"，诗人给春色之草隔叶之音，都镀上一层厚重的悲调，闪着青铜的光泽，让那份忧国忧民的情怀更加浓郁。

颈联中"三顾"对"两朝"，便交付出一生。任命于危难之中，受命于危难之时，创基业、辅幼主，尽忠蜀汉，不遗余力！诗人吟英雄悲歌，怀天下大痛！

出师未捷身先死，长使英雄泪满襟，多少英雄都到诸葛亮的遗恨中来抒情?!

感叹诸葛亮的雄才大略，赞颂他忠心报国，惋惜他出师未捷身先死，终是吟成一首千古绝唱。

可以说，这是一场旷世的精神寻亲，这是两位隔世知音天地对饮！

新 诗 对 饮

一场旷世的精神寻亲
——读杜甫《蜀相》

一座祠堂　被历代英雄
仰望成精神的故乡

锦官城外那些柏树
必须茂盛
才配得上岁月的使命

荣枯了　几度春秋的草
再次燃烧起绿色火苗
照亮满台阶堆砌的遗恨

隔着叶子歌唱的黄鹂

徒有一副好歌喉
永远唱不出英雄的旋律

风吹过茅屋
也吹醒每一根稻草的记忆
一颗心的热度
影响了两个朝代的气候

你一声咳血
祁山　斜谷　五丈原
至今还在隐痛

英雄长歌英雄
孔明啊　一想到你
蜀国的天空就亮几分

　　这首对饮诗是逐句地对原诗句注入主观意愿与情感来演绎，增强了诗歌的感染力。第一节用"一座祠堂　被历代英雄仰望成精神的故乡"来对祠堂进行总体上的精神定位。第二节用"锦官城外那些柏树　必须茂盛　才配得上岁月的使命"来主观动态化原诗第二句的静态描绘"锦官城外柏森森"。第三、四节诗演绎第二联，注入了对碧草与黄鹂歌唱的内涵理解。第五、六节诗，是从现代的视觉，跨越时空，表达蜀相诸葛亮一心为蜀、鞠躬尽瘁的精神。最后一节升华其意义影响。

•••••• **古今诗联姻二十六** ••••••••••••••••

拟行路难（其四）

鲍照

泻水置平地，各自东西南北流。

> 人生亦有命，安能行叹复坐愁？
> 酌酒以自宽，举杯断绝歌路难。
> 心非木石岂无感，吞声踯躅不敢言！

1.泻水：换同义词理解，"倾"换为"倒"，即往平地上倒水。
2.断绝：是同意复合词，"绝"与"断"的意思是一样的，即停止。
3.吞声：组词理解，吞下声音，即声将发又止。

修炼成草木

　　正如沈得潜说此诗"妙在不曾说破，读之自然生愁。"鲍照无疑是设置情节的高手，一弛一张，起伏跌宕。他起笔陡峭，不求水中美景，但见思想尖峰，一语见地，点明水道与人道相通，一张一弛，收放自如。接着他说"人生亦有命，安能行叹复坐愁？"似乎天下太平，月朗风清，然诗人一杯又一杯浊酒，烧断一首又一首咏歌，此为一弛一张，疑惑顿生。既然人心非木石，有知有感，诗人反复纠结的答案似乎呼之欲出，又一句"吞声踯躅不敢言"，再次一弛一张，了绝人望！

　　至此，诗已尽，言不再。诗人欲说还休，终已休；欲行又止，行果止！我们感受到一种汹涌的疼痛，一种堵塞的憋屈，却最终不知道诗人想表达什么，因为诗人确然是"不曾说破"。个中精妙，又是个中深奥；个中深奥，又是个中无奈。

　　那么通道在哪里？在于这首诗是托物寓意，诗人运用的是以"水"喻人的比兴手法，那流向"东西南北"不同方位的"水"，比喻社会生活中高低贵贱不同处境的人。"水"的流向，是地势造成的；人的处境，是门第决定的。出生寒门的鲍照，便被隔离在一道无形的门槛之外，虽有建功立业之志，却无通行之门，他以曲笔来表达了内心这份悲愤抑郁之情。

真可谓不着一字，尽显其愁！万物是镜像，映照人间的真相。从倾泻而来的那些水的走向，鲍照看到散落在人世里一些人的命运走向。士族门阀横行，出身寒微的他，看到偶然背后的必然，更看到横亘在寒士面前的那一道道无形门槛。

这份清醒的疼痛火焰，呼啸在人间，如何能自宽，如何能知而不言？用酒浇灌，修炼成草木石头，是唯一的答案！这样，把人为强视为天命，一字不言，真相昭然，他汹涌的愤慨，把南朝的天空拍打得淤青，也把一首短诗拍打得跌宕起伏！

 新 诗 对 饮

修炼成草木
——读鲍照《拟行路难（其四）》

其实　人间的平地
早已被踩得坑坑洼洼

每一滴雨水
都是新手上路
前方是不同的低处
就像每一个人
都落入了预设的人生

那些灼烧的酒
燃尽一首又一首歌
也没能烘干潮湿的命运

我修炼多年
终于修炼成草木
假装发不出任何声音

　　这首对饮诗从深入翻新理解原诗来切入，紧扣诗中意象，用诗性的创新方法来逐句解说演绎。第一节用"其实　人间的平地/早已被踩得坑坑洼洼"来翻新演绎"泻水置平地"，表明平地不平；第二节用"就像每一个人/都落入了预设的人生"来翻新演绎"各自东西南北流"，表明表面上看未来是不确定地到处奔走，其实早已被圈设、命定；第三节用"那些灼烧的酒/燃尽一首又一首歌/也没能烘干潮湿的命运"翻新演绎"酌酒以自宽"，表明酌酒自宽，其实难以宽；第四节用"我修炼多年/终于修炼成草木/假装发不出任何声音"翻新"心非木石岂无感，吞声踯躅不敢言"，表明就算是修炼成了草木，也不愿说出真相。表面上句句对着原诗演绎，实则与原诗是更深入的应和，形成立体式的认识，更深刻了诗意诗境。

古今诗联姻二十七

客至

杜甫

舍南舍北皆春水，但见群鸥日日来。
花径不曾缘客扫，蓬门今始为君开。
盘飧市远无兼味，樽酒家贫只旧醅。
肯与邻翁相对饮，隔篱呼取尽余杯。

1. 舍：组词解，"舍"即"房舍"，深沉含义，指家。

2. 蓬门：采用词词关系解，用蓬草编成的门户，前后形成修饰关系，凸显房子的简陋。

3. 肯：肯不肯，愿不愿意的意思，这是向客人征询。

 诗 化 赏 析

从他的全世界路过

被称为"诗圣"的杜甫，上悯国难，下痛民穷，总是给我们一份肃然感。

从他"诗史"的作品中，我们熟悉他沉郁顿挫的诗风，忧国忧民的情怀，总是在精神的天空对他保持一种仰望的姿态。然而，今天向我们走来的这位草堂主人，却有了一种别样的形象。

他向客人呈现自居的水上风景，呈现群鸥相伴的日常情景，呈现一条小路的寥落，呈现一扇门的生涩，这些呈现的是他整个生命状态啊！

菜肴的羞涩，杯酒的清贫，都一一敞开，连同敞开的，其实还有他闲逸江村的寂寞心情，面对来客的由衷欢喜，招待不丰的歉意……

他敞开自己的全世界，让客人路过，这是何等的至情至性！

在这首诗里，我们认识到的杜甫是一个淳朴好客的性情中人，仿若那位邻居老翁！

然而，透过先生的欣喜，我们会感受到一份隐隐的沉重。正是美景易得，知音难遇，才让子美如此激动与欣喜啊！

拥有一个值得敞开自己全世界的人，这是子美不幸中的万幸，愿我们都学会且行且珍惜！

 新 诗 对 饮

从我的全世界路过
——读杜甫《客至》

这水养的草堂
游弋在太虚上
群鸥与它一起飞翔

供花草行走的这条小路

也供我在人间散步
总有一些落叶需要扫除

至于这一道草门
还很认生　我轻轻地打开
让它熟悉你的跫音

从我的全世界路过
请原谅一盘菜的羞涩
理解一杯酒的清贫

邻居老翁的热情
饮不尽
只要你愿意
我们就一醉不醒

　　这首对饮诗是从杜甫的视角来切入，紧扣诗中主要意象，来想象理解式地补充诗人的眼前心中景。第一节诗，是诗意地解说第一联中草堂的环境，"这水养的草堂/游弋在太虚上/群鸥与它一起飞翔"；第二节诗，用"供花草行走的这条小路/也供我在人间散步/总有一些落叶需要扫除"来解说花径的特点；第三节诗，说"至于这一道草门/还很认生/我轻轻地打开"，是对很少打开的蓬门人格化的想象；最后两节，是从诗人杜甫的心理来展开，展开他的清贫、他的羞涩、他的坦诚，这是对亲近之人到来的一种期待一份激动与一丝放松。

- - - - - - 古今诗联姻二十八 -

登快阁
黄庭坚

痴儿了却公家事，快阁东西倚晚晴。

> 落木千山天远大，澄江一道月分明。
>
> 朱弦已为佳人绝，青眼聊因美酒横。
>
> 万里归船弄长笛，此心吾与白鸥盟。

解词释句

1.东西：东边和西边，代指在快阁的东南西北，即四周。一如用"春""秋"两季，来表达一年四季。

2.倚：组词解，倚靠。

3.澄江：澄，组词解，澄澈，清澈。"澄江"，指赣江，其水清澈。

4.青眼：青，即黑色；青眼，指黑色的眼珠在眼眶中间；青眼看人，指正眼看人，即表示对人的喜爱或重视、尊重。白眼，指露出眼白，指斜着眼睛看人，表示轻蔑。

5.与白鸥盟：白鸥，意象内涵理解法，白鸥象征着归隐生活。与白鸥盟，与白鸥结成同盟、朋友，即向往归隐生活。

诗化赏析

每个灵魂都契约了一只白鸥

每个灵魂都契约了一只白鸥，纵是人生偷得半日清闲，也可以遨游山水间。在快阁楼，幸运地，我们看到黄庭坚身体里飞出的那只白鸥，在天地间自由遨游。

时任吉州泰和县令的黄庭坚，从繁琐的政务中脱身出来，登楼倚晚晴，凭栏而远眺。秋山万千，叶落枝现，好一派疏朗辽阔；皎月清江，天地澄澈，自是一种清朗乾坤。心中所有，眼里所见，这又何尝不是词人心境胸怀的投影？

难得的，是在友人远离懒弄弦，唯有杯酒可解忧的境遇下，拥有这样一份超然。那么，这份超然的秘诀在哪里呢？一声痴儿，玄机无穷！

痴者，呆也！而黄庭坚幼年便聪颖过人，读书数遍就能背诵。他舅舅李常到他家，取架上的书问，他没有不知道的，他舅舅认为他是千里之才。七岁能作牧童诗："骑牛远远过前村，吹笛风斜隔岸闻，多少长安名利客，机关用尽不如君"。八岁就作送别诗："万里云程着祖鞭，送君归去玉阶前，若问旧时黄庭坚，谪在人间今八年。"

成年后，词与苏轼齐名，世称"苏黄"；书法独树一格，与苏轼、米芾和蔡襄并称为"宋四家"。能书会诗善词，如此横溢才华的黄庭坚，却自称为呆子，认为自己并非大器，只会敷衍官事。这是一种自嘲调侃，也是一份低姿态的从容淡泊，更是一个有趣灵魂的超然！

在此，我们颇见东坡风！其实，每个灵魂都契约着一只白鸥，它随时飞腾出来，将我们从红尘中拯救！

 新 诗 对 饮

每个灵魂，都契约了一只白鸥
——读黄庭坚《登快阁》

放下红尘事　脱下身份
你终于学会做减法
快乐阁上快乐多

放下四季　放飞叶子
万千树木学会做减法
天地腾空天地阔

放下时间　放下黑白执念
白天学会做减法
月光是人间最美的调和

斯人已去　路已断
高山流水回不到朱弦
唯有浊酒映青眼

其实　　每个灵魂里

都契约着一只白鸥

纵是人生偷得半日闲

亦任他遨游山水间

　　这首对饮诗是从新诗作者的角度来切入创作的，紧扣诗中主要意象，逐句想象还原诗人的心情心境。第一节诗，"放下红尘事　脱下身份你终于学会做减法快乐阁上快乐多"，是用现代诗性的语言来演绎第一联，揭示"了却公家事"的本质，就是放下身份，从具体生活中走了出来。第二、三节诗用草木与白天放下时间，来哲思式地演绎第二联，表达学会放下，天地腾空天地阔，能明白月光是人间最美的调和。第四节演绎第三联，揭示诗人黄庭坚的生命际遇，最后一节，对是最后一联的演绎，"其实　每个灵魂里/都契约着一只白鸥/纵是人生偷得半日闲/亦任他遨游山水间"，从黄庭坚的归隐选择，拓展到天下人自我拯救路径，深化了诗歌主旨。

- - - - - 古今诗联姻二十九 - - - - - - - - - - - - - - -

临安春雨初霁
陆游

世味年来薄似纱，谁令骑马客京华。

小楼一夜听春雨，深巷明朝卖杏花。

矮纸斜行闲作草，晴窗细乳戏分茶。

素衣莫起风尘叹，犹及清明可到家。

解 词 释 句

1. 世味：组词理解，人世滋味，即社会人情。

2. 矮纸：短纸、小纸。

3.晴窗：明亮的窗户，前后是修饰关系。

春雨难洗是客心

临安的一场春雨，让"金戈铁马"声声远去，让"气吞残虏"渐渐平息。眼里有杏花春色，手下能闲作草书，胸中有袅袅香茶。这个时候的陆游，仿佛足够闲，足够静！

抖一抖素衣，拂去京华滚滚风尘，何必叹息会弄脏自己洁白衣衫？归去，清明时节就动身，从此镜湖依山阴。这个时候的陆游，仿佛足够淡，足够冷！

在这里，陆游不再豪唱"为国戍轮台"，不再悲愤"中原北望气如山"，有的是宁静闲散，有的是风轻云淡。然而，有多决绝，就有多失望！

"世味年来薄似纱"，在陆峭的首句中，我们看到62岁的陆游，长期宦海沉浮，壮志未酬，又兼个人生活的种种不幸，被南宋的风吹了又吹，终是清醒。然而，有多清醒，就有多痛苦！

春雨滴落通宵，便是诗人煎熬达旦，明写春光，实写心头的秋意；闲草书慢煮茶，便是诗人英雄无用武之地的无奈，表面写悠闲，实则忧心烈烈！在文字静流深处，我们听到热浪滔天！多少沸腾，只能罢！罢！罢！

每一滴春雨都认真地下
——读陆游《临安春雨初霁》

多少年来　那些人世滋味
被南宋的风刮了又刮
早已薄似纱

一双看不见的手

指引你策马到京华
他乡难为家

为滴穿夜色
你像小楼每一滴春雨
认真地下

明朝喊醒深巷的
依然是那
一朵朵流浪的杏花

放翁啊　你知道
在侏儒的天空下
很多事物都适宜匍匐

一笔一画　仿佛是你
把一个时代写斜
又慢慢扶正它

临窗煮茶
顺便放几瓣新鲜阳光

不再叹息
尘土会把洁白衣衫弄脏
清明就回到镜湖旁
敞开身体里每一寸山水
用故乡涤荡

为滴穿夜色
小楼每一滴春雨
认真地下

这首对饮诗是从新诗作者与诗人陆游的对话来切入，紧扣原诗诗意，用现代诗诗性的语言，逐句想象还原当时的景象与心理。整首新诗，几乎是一节对应一句诗来演绎，同时注入理解式的旁白，"放翁啊 你知道/在侏儒的天空下/很多事物都适宜匍匐" "为滴穿夜色/小楼每一滴春雨/认真地下"，增加了诗味诗意。

古今诗联姻三十

（《葬花吟》原文略）

泪染草木有情　眼看大千含悲
——读《葬花吟》

前世作为西方灵河岸上三生石畔的绛珠草，受恩于赤瑕宫神瑛侍者的甘露灌溉，要以泪还；今生作为寄居于大观园的孤女，娇身多病，敏感自尊，爱宝玉而不自惜，情深而不寿。林黛玉，无疑是一场宿命的悲剧。

王国维先生说"以我观物，故物皆著我之色彩"，林黛玉作为世外仙姝，人间奇女，携前世今生的宿命到人间走一遭，看草木有情，观大千含悲，无不着上她仙质清雅之色。心无纤尘，情有深味，思无俗念，神自飘逸，在她如镜般的诗词里，无不体现。可以说，林黛玉是一种理想与诗意的化身。

一曲葬花吟，一生哀世情。

这哀，是一种懂得，是一种彻悟，是一份亘古的叹息。

黛玉以悲悯有情的眼睛，敏锐地看到世间的薄凉，人们只喜花开好，乐她艳艳，爱她芬芳，哪管花谢体魂消。无人怜惜，甚至无人注意。唯有她，以怜花之心悲己，以悲己之心惜花，不忍落花被踩踏，锦囊扫归葬净土。

黛玉并非一味哀伤凄恻，她清醒地明白"柳丝榆荚自芳菲，不管桃飘与李飞"，柳丝青青，榆荚丰实，各自享受生命的芳菲，不会关心桃飘还是李飞。

物已如此，人更何堪。毕竟"桃李明年能再发"，毕竟双飞燕子自筑巢，今年欢飞复明年，人却一生是单程。

人无千日好，花无百日红，黛玉的个人之悲，何尝不是人生本质之悲？

所有时光，都是有形无形的刀霜。显性的人事相摧相残，自然可悲可叹；无形的岁月相摧，更是无奈无力！黛玉看得何等透彻，清醒者的痛苦在于，明明懂得，却无可奈何，这真是春寒又遭夜雨，悲上加悲，苦中更苦，愁里添愁！

这样，春来又春去，鸟语花香各相离，人又何从何往？纵然生有双双翅，随花飞到天尽头，尽头依然无归处。黛玉的悲，何尝不是生命本质的悲？明明知道，命运之石会不断滚落下来，可是，每个人还是必须不断往上推。人，生而处于这份悖论中，可哀可叹！

然而，不可期，依然期；不可望，依然望。在薄情的现实中活出深情，活出情味，直至泪尽情竭。这就是黛玉啊，身前一边葬花一边伤己，一边深情一边绝望；身后留下的则是花落人亡两不知的悲伤。

这首诗，运载的不仅是身世之叹，不仅是个人之悲。跳出还泪说，跳出小说情节的捆绑，把这首诗解放出来，还它一份独立，我们看到更辽阔的风景！

新 诗 对 饮

葬花吟

这些落花修成了哲人
明白坠落　或者飞舞
都是消亡的姿态

门窗、暗角、亭台
人间留不住
只有香如故

黛玉啊
你来自那草木家族

最懂人间生死苦

满怀愁绪何处诉
一把花锄
掩埋整个春暮

杨柳青青
榆树花朵早怀孕
梁间燕子　家筑成
唯有桃李自飘零

今年飘零
明年生
闺中新人代旧人

每一寸阳光
嘴里都含着刀霜
一切盛开　都是镜像

你洒上枝头的泪
终会轮回生长

像杜鹃一样
掩上重门　关闭声音
拒绝言说真相

春来又春往
鸟语花香两相忘
徒然独惆怅

一抔净土
一只锦囊

落花有幸
归厚土
多少离人
他乡骨

古今诗联姻三十一

（《逍遥游》原文略）

新 诗 对 饮

庄子
——读庄子《逍遥游》

从春天的午睡惊起
一只蝴蝶迎面飞来
看我的眼神
就像庄子的眼神
他持竿端坐濮水边
身体里游着一群自由的鱼

是蝶入梦还是梦入蝶
冷眼的庄子　一生都陷在
自己的哲学困境中
他用蛇的犀利
洞穿荒唐
身体里偏偏飞出
一群鸽子

草鞋走远

大鹏翱翔九万里

作为圣人　庄子一根一根

抽掉身上的肋骨

就像拆掉园子里的栅栏

鸟儿自由进出

月亮和很多人自由进出

我们的庄子

一只脚跨出身体

另一只脚　却永远

陷在身体里

我们经常走投无路

——读刘小芳《庄子》

李莽

人生和社会的根本问题，是方向问题。任何时代的人们，都面临人生的方向问题，任何阶段的人类社会，也面临前进的方向问题。这个问题是隐形的，只有在思考时，它才会显现。

从春天的午睡惊起

一只蝴蝶迎面飞来

看我的眼神

就像庄子的眼神

他持竿端坐濮水边

身体里游着一群自由的鱼

刘小芳《庄子》这首诗的第一段，从一个不确定的空间展开。这是一个平常的生活场景，"从春天的午睡惊起"，这样的场景，可以出现在从古至今每个人的生活里。从生理的角度看，午睡是人们睡眠周期的一个部分；从心理的角度看，午睡是人们短暂地离开现实的一种方式。在我们心灵深处，或多或少都有逃避现实的欲望，只因为现实太累人。这时，"一只蝴蝶迎面飞来"——

当我们的生活流经岁月时，遗留的碎片就像尘埃那样无处不在，且自然而然，让我们视而不见。但是，这些碎片一旦染上思绪的色彩，就会闪现意义的光芒，引起我们的注意，形成饱含内容的事件。我们凝视这只蝴蝶，一个事件就降临了。这事件虽小，却携带了意义："看我的眼神/就像庄子的眼神"，它不是一个擦肩而过的东西，也不再是在时间表面滑过的普通的生活碎片，这只蝴蝶是某种象征物，来自时间深处，与古代人们的感触融为一体，把我们的视线向纵深牵引。

"他持竿端坐濮水边/身体里游着一群自由的鱼"，庄子是一个遥远的人，是一个全息图像，隐藏在蝴蝶这样的碎片里，此刻出现在我们眼前，像一部老电影的画面，有点褪色，却足够清晰。我们不但看见了这个画面的表象，还看见了他身体里面的事物，是一些游动的鱼。此刻的鱼，就是庄子曾经有过的思绪，灵动，自在。这个静与动的简单组合，构成一个人沉思的象征——外表宁静，内心却涌动莫名的激情。沉思是生活景观常见的状态，却具有无限延展的力量，可以出现在每个时代、每个人身上。庄子的沉思状态是一个范例，当我们的思绪离开自身所处的环境，去思考一些形而上的事物的时候，就是这个模样。

是蝶入梦还是梦入蝶

冷眼的庄子　一生都陷在

自己的哲学困境中

他用蛇的犀利

洞穿荒唐

身体里偏偏飞出

一群鸽子

庄子的沉思状态，已经成为一个符号，这个符号由诗和哲学凝结而成，简洁，感性，具有迷惑人心的原始力量，长久地蛰伏在中国的文化里，提醒我们融入自身所处的环境，探寻其意义。"是蝶入梦还是梦入蝶/冷眼的庄子　一生都陷在/自己的哲学困境中"，人们借助一个意象触及一个哲学命题，或多或少，是因为庄子。两千年以来，他那道哲学命题一直在困扰国人，也侵扰了从春天的午睡里醒来的这个人的思绪（这个人可能我们任何人）。庄子用思辨的方式为我们铺就了一条道路，引导我们走进时间深处，站在这个问题面前。

问题与时间相遇，就会变成时刻。时刻是思想的起点（这个起点很低，庄子的思想起点，往往从一个小动物开始，达尔文的思想，也是从动物开始）。

时刻往往出现在我们迷路的时候。迷路的实质，就是方向和目的地不一致。庄子是一个寻找方向的古代人，但他寻找的方向不是纵向的，而是发散的。他寻找方向，并不是要到达一个目的，仅是借助身边的物象，如动物、植物，反思生命，离开自己世俗的处境，融入更广阔的世界。从某种意义上说，他是一个沉迷于迷路的人，一个寻找时刻的人。在他的意识里，人生的意义与目的无关，与时刻有关。

　　庄子面对的时刻具有启蒙的性质，我们会发现，世间万物都是组成时刻的材料，如动物、植物、江河、岩石等。只有被思想包围，时刻才会形成意象。意象是理性与感性凝结成的新物质，是我们把握一些未知事物的方式，也是艺术创造的方式之一，它可感可触，包含无限的意义，没有明确的答案，却有无限的结果："他用蛇的犀利/洞穿荒唐/身体里偏偏飞出/一群鸽子"，这样的意象貌似困境，其实是自由的化身，它打碎事物固有的结构，颠覆人们心目中的常识，暗示我们可以超越自己，让生活融入世界，我们因此可以走得更远。

　　　　草鞋走远

　　　　大鹏翱翔九万里

　　　　作为圣人　庄子一根一根

　　　　抽掉身上的肋骨

　　　　就像拆掉园子里的栅栏

　　　　鸟儿自由进出

　　　　月亮和很多人自由进出

　　在古人的意识里，天、地、人之间有一层转换关系，自古以来，人们对世界的认识，总要伴随幻象性，这些幻象充满象征的元素，是产生意象的材料。无论是思想还是行动，意象都是自由的前奏，可以用于任何事物的表达，也可以为行动增添诗意和合法性，还可以战胜逻辑。"草鞋走远/大鹏翱翔九万里"，在这里，逻辑消失了，虚假并未来临，真实依然存在，自由以一种难以置信的状态出现在人们面前："作为圣人　庄子一根一根/抽掉身上的肋骨/就像拆掉园子里的栅栏"，自由的代价是舍弃，包括舍弃一些不可能舍弃的东西，舍弃社会附加在自身的意义，才能像大鹏那样翱翔，进入新的空间。在这里，"鸟儿自由进出/月亮和很多人自由进出"，自由就是一个新的空间，在这个空间里，时间和空间的概念被扩展，视野更广阔，选择更多样，新的迷茫也随之而来。

　　　　我们的庄子

一只脚跨出身体

另一只脚　却永远

陷在身体里

自由的获得，是因为超越了逻辑。但逻辑最终是不可超越的，所以，我们每获得一次自由，又面临新的困境。"我们的庄子/一只脚跨出身体/另一只脚却永远/陷在身体里"，因果关系一旦对立，因果的图式就会发生改变，自身的界限得到扩张，会容纳更多的想象、更多的思绪、更多的未知元素。我们会在茫然的同时产生陌生的激情，此刻，更多的信息涌进视野，我们要做的事情，就从外到内，审视自己的环境、分辨自己的激情、超越自己曾经被视觉控制的人生。也许，我们会因此而懂得，方向不用选择，它本身就是这样存在着，我们所有的努力，不会带来预期的结果。迷路，不再是一个令人焦虑的词。

也许，庄子是人类历史上最著名的迷路者。他之所以迷路，是因为他领悟到的世界无限大，他看见的事物太多。他携带着他的"自然变化的宇宙观，善生保真的人生观，放任无为的政治观"（胡适语），迷失在无垠的时间和空间里。但他留下的足迹，已经变成路标，让后来者看见，并受到启示，成为我们思考的理由，并得出无限多的结论。庄子让我们懂得，我们每个人的灵魂里，有一片超越理性的领域。在这片领域里，我们每个人都应该作出自己的判断和选择。这是我们走投无路的时刻，也是能够找到真正自我的时刻。

（李萨，著名作家，入围美国滨江国际电影节编剧、二十年记者生涯的故事手艺人。他潜心十四年动容之作《屋顶下的天空》，是2017年的热销作品，他用一部尘封在青砖墙里的徕卡相机，穿越小城的百年时空，展现了琐碎与隐忍，背叛与死亡，战争与爱情。）

二、 微型诗

微型诗是新诗里一股细泉，"微"即"小"，是指形式上短小（一般是1~3行），字数简洁（每行一般在10个字以内），语言紧凑精简，思维跳跃、意境辽阔、意味隽永的诗作。穆仁认为"微型诗是行数最少、表现最精、诗意最浓，以片言只语夺人心魄的最高艺术"。

其发展演变主要体现在以下几个阶段。

一是古歌谣时期，上古歌谣《弹歌》里的"断竹，续竹；飞土，逐肉"，战国时荆轲《易水歌》：里的"风萧萧兮易水寒，壮士一去兮不复还"，汉代刘邦《大风歌》"大风起兮云飞扬，威加海内兮归故乡，安得猛士兮守四方"等，都是微型诗，只是数量较少。

二是唐宋绝句小令，讲究格律，是以绝句小令身份出现。

三是19世纪20年代，出现小诗流潮，如冰心《繁星》里的"创造新陆地的/不是那滚滚的波浪/却是它低下细小的泥沙"，艾青《无题》里的"写诗的人从海鸥身上找灵感/海鸥却忙于从浪花里找鱼"，郭沫若《白云》里的"白云呀！ 你是不是解渴的凌冰/我怎得把你吞下喉去/解解我火一样的焦心？……"。这些小诗，给诗坛吹来了一股清风。冰心、宗白华、朱自清、郭沫若及汪静之等诸多诗人都创作过许多精美的小诗。

四是20世纪80年代，顾城的《一代人》"黑夜给了我黑色的眼睛，我却用它来寻找光明"，北岛的《生活》只一个字"网"，便是当时小诗的翘楚之作。黄淮《雷》里的"每句空话都炫耀自己的权威"，麦芒《雾》里的"你能永远遮住一切吗"，这一行诗的出现，在诗歌界引起了强烈的反响。1988年，重庆作家出版社出版了蒋人初专著《微型诗集》，这是中国第一本以微型诗命名的诗集。同时，"微型诗"这一概念正式走上文学舞台。

微型诗一直持续发展，尤其是2011年微信诞生，为微型诗插上翅膀，飞进了寻常百姓家。借助微信平台的多媒体技术，给随拍风景配上微型诗，融入视频、音乐等元素，实现图文合一、音画两全的视听审美。这样，微型诗短小精炼、图文并茂、瞬间阅读、即时互动、紧贴生活与大众审美情趣。

微型诗，是诗歌王国里的微雕艺术，其写作一如"螺蛳壳里做道场"，要写出精彩自然有难度。也正因其短小，恰是可以作为养育诗心、孵化诗情、修炼诗语的一种常态。

可即事抒情，可观物生悟，可随境而思……写作内容自由而丰富，但诗语背后走动的思维，依然有迹可循，有法可用，有方向可定。以写物诗来说，往往是以物写人写社会，关键在于找到二者之间的相似或相通点，而这一般有五种思维方向，以下用唐淑婷的微型诗来逐一赏析。

一是从物的特点进行思考，即找准物的突出特点，由实而虚，由表面而本质挖掘其内涵。

浪

拍岸
叫
绝

拍岸，是浪的特点，是实写。由"拍岸"谐音联想到"拍案"及其成语"拍案叫绝"，这就是由浪的特点（实）引发的相关联想（虚），虚实相融，天然之作。且形式排列如岸，每一个文字里仿佛都跌宕出浪花来。

泉

流放
之
曲

泉，自然会流动，抓住泉"流"而有"声"的特点，采用虚实相融的思维，由"流"到"流放"，把"声"当作"曲"，让每一个词向下流淌成一个个音符，凸显那些流放之士超然旷达的胸襟，妙！

鞋

知
足

向下排列，仿佛一步一步向前走，鞋自然是"知足"，即懂得脚的，这是表面实指意义。同时暗指用鞋丈量人生，步行是一种怡然的生命状态，满足而惬意，用双关实现虚实相融，精妙！

二是从物的作用进行思考，即思考此物的某方面作用，由实而虚，由表面而本质挖掘其内涵。

熨斗

好汉一出脚
专踏
不平事

从"一出手"到"一出脚"，采用仿词手法，这是思维一跳，创新；从熨平衣物到踏不平事，这是思维再跳，惊艳！再跳的思维支架是由实到虚。总体上是从作用的角度，紧扣相似思维来创作的。

刀

一旦被抓住把柄
杀人放血
由不得自己

把柄，本身就既有实义，也有抽象意义，被抓住把柄，自然地把二者合一。刀是利器，从作用角度思考，是切割，将切割对象都人格化，就完成了刀的社会意义。

三是对物进行对象转换书写，打破常态感知角度，从另一对象的角度来书

写，即前面说的"对写法"。

鼓

牛死了
皮还在喊——痛！！

诗人没有写鼓，而是由鼓想到制作鼓的牛皮，从感知的对象上来打破常规思维，获得思维的惊喜。鼓声响起，是人的欢乐，以牛皮喊痛，来启发我们对牛的命运思考。人的欢乐是建立在牛的痛苦、牛失去生命上的，立意深刻。只有心怀悲悯情怀，才能拥有这深沉的诗性。

芭蕉雨

雨速　时缓时急
芭蕉纷纷张大耳朵，惟恐
遗漏上边下达的点滴

将雨落在芭蕉身上的自然物态，理解成芭蕉全身主动迎接，将点滴的雨水抽象为上边的传达，这是转换感知对象，获得不一样的审美体验。

四是从物与物的关系进行思考，即诗中呈现两个事物之间的关系，从表面关系挖掘更深的本质内涵。

脚手架

乡村抽出一根根
肋骨
把城市撑高

将"手脚架"喻为"乡村的一根根肋骨"，巧妙地把乡村与城市关联起来。"手脚架"是农民在城市修建房屋时一个重要的工具，写"手脚架"即是写农民工，是他们的辛苦、奉献，将城市建设得更高大。深刻地揭示了乡村对城市的哺育，乡村为城市作出了巨大贡献。

配角

捧起鲜花的
是花瓶的　肚量

花插在花瓶里，自然是需要花瓶有空间才行，从这二者的关系中，我们往往看到的是花这一主角。诗人却看到配角花瓶，更看到其可贵的品质：肚量。充满了哲趣。

五是从原因或结果角度追问、思考，挖掘物与人或社会某种现象相通的内涵。

枫叶

为何
走红之后
人们才争着赏识

诗人以枫叶要等"变红"后，才得到大家喜爱、观赏的生活现象，来暗示人要"走红"成功后才备受追捧的社会现象，可谓深刻。

橡皮泥

总被人捏
是因为
软

柔软的橡皮泥被人捏成各种形态，这是一种日常现象，诗人采用原因追问，以此隐射生活中某些人因软弱，被另一些拿捏的现象。

篮球

一落网

人人叫好

因篮球进网，是投球成功，自然人人叫好。诗人巧妙地将"投进网"改成"落网"，暗示坏人得惩，人人当然也叫好。既有诗趣，又有哲味。

刘小芳微型诗十二首

1.庄稼
所有稻穗都已收割
妈妈　我是您那一棵
主动回家的庄稼

2.路
青苔收养了这条被脚步遗弃的路
顺便也收养了我潦草的童年

3.船
一条船紧紧抓住水面
让一条河停下来 让黄昏停下来
虔诚等待父亲那声隔世的号子缓慢降临

4.距离
你住在故事里
我住在故事的隔壁

5.钓鱼
一条鱼
终于咬住了寂寞

6.落水了
走　到水中去垂钓
以自身为饵

钓起落水的黄昏

7.在电梯上行走

上升

或下降

都是生命的加速度

8.饮茶

一包竹叶青最好

故事越泡越青嫩

一喝　便柳暗花明

9.倒车

后退半尺　滴

抵达一场梧桐雨

停靠在清照最窄的诗句里

10.成长

村庄前那条小路弯曲盘折在我脚里

稚嫩摇晃的步子

被母亲用一双布鞋　装稳

11.记忆

多年前那把刀认出了我

沿着记忆准确地再一次伤害我

敷上多少层月光　都止不住痛

12.为你写诗

我想为你在石头上写诗

可白天被太阳晒晕的词语

还没有醒来

三、 ······ 截句

"截句",是一种极致的微型诗,一般没有题目,以两行诗为主(也有一行或三行,不会超出四行)。元代傅若金用"截句"称"绝句",后世部分学者也认为"截句"之"截",意在对律诗句子的截取而形成新诗,即绝句。这便是截句的一种来源,即从已有作品中截取最精彩、最闪亮的诗句成诗。

新世纪诗学中这个概念由蒋一谈提出,经臧棣、霍俊明、杨庆祥、李壮等诗人和评论家持续打磨、发酵,形成当今诗学的一个显词,为新诗写作提供了新的生长点。截句的创作,强调诗意的瞬间生发,采用取象、暗示、融情及夸张、变形等手法造境,上下句之间陡转、断裂、荡开,形成语言的张力、弹性及漩涡,或哲思、或情味、或玄妙、或空灵、或惊艳、或荒诞,想象大胆,表意奇骏,方寸之中大有乾坤,给我们带来别样的审美情趣。

刘小芳截句二十则

1
沾一滴夕阳
书写人间温暖

2
心有咫尺清水
便可映照人间美景

3
这些飞翔的兰花
翅膀里有一片天空

4
把孤独
坐进一把椅子

5
坚持行走　总有一条路
会认领我们的脚步

6
供花草行走的这条小路
也供我在人间散步

7

修炼成一朵蒲公英
一边流浪　一边绽放

8

一只蚂蚁伸出一条腿来
将夕阳轻轻绊倒

9

在水边写诗
写一行　放生一行

10

整个冬天　我在读诗
每一个词语都是滚烫的炭火

11

离别这首诗辣味太重
我被呛了很长岁月

12

三月　一株玉兰听我读诗
孵出了一群白鸽

13

习惯边走边读诗
路上遇到了坑
就选一句把它填平

14

捡起最后一片红叶
取出它掌中所有火焰

15

寻找一首足够长的诗
装下长天、黄河与大漠

16

所有悲伤
都是一种洗礼

17

把日子留在路边，然后
牵一缕晚风散步
陪一首嫩诗遛弯

18

长在骨头上的那朵云
汹涌着故乡的雨水

19

很多事物都会生锈
想到这里
我立即擦拭着记忆

20

我敞开名字
收集世间的真、善、美
只想成为你姓氏的后缀

四、 · **新诗采撷**

以诗眼观大千，万物皆有诗意；以诗心悟寰宇，万事皆有诗情。每到一些节日、时令，总是容易引发我们旷古的幽思；天地中一草一木，一花一石，总是启迪我们的哲思；一些人、一些情，总是酿造成生命的情味至景；一些事、一些境遇，总是触发我们的生命感叹。静心观察、思考、感悟，对话天地万物，灵感自会降临，诗句主动抵达，我们便负责言说。以下是刘小芳各种类型的诗作代表。

（一）节日时令诗五首

 其一

等月瘦成一条船

今夜　很多词语被松绑
被月光照得闪闪发亮

它们终于可以回到诗中
回到故乡的村庄

妈妈　我一直仰望
让泪水与思念保持同一个方向

很多人在赞美今夜的月圆
我坐在农历的岸边
专心地收集满地的月华

我要在人间铺一条河
等月瘦成一条船
乘着月亮回到您身边

现在是春天

时间的秩序嵌在身体里
沿着经验的路线
三月的某一天　燕子将黄昏
准确地衔回屋檐
村头的阳光
孵化出第一群鸟声
调皮地啄着窗棂
我听到春天落地的声音
多么美妙　好比一滴清露
在爬山虎粉红的舌尖婉转
好比浪漫的蝌蚪
将溪流分行成未来的歌唱
后院的茶花　不慌不忙
一层一层将美丽开放
就像我的诗　不慌不忙
朝着你的方向
深情流淌

每一滴谷雨都有耐心

谷雨无雨　灿烂的阳光
似乎要修改一个节气

我漫步在农历这处高地
与草木同时仰望天空

相信昨晚雷声确然来过
相信头顶的云　早已怀孕

是要听到布谷鸟
把每一粒种子叫醒
等每一株移苗扎好根
那雨才肯落下来

是要等所有谷们做好准备
等我的诗句分行站稳
那雨才肯落下来

这样一想
果然听到一阵淅沥
从林中传来
在字间歌唱

其四

春分，万物和解

站在春分
便站在和平地带

这一天　多么安全
白天与黑夜和解
花朵与果实和解

日月互敬
爱情与婚姻和解

这一天　一条路
让城市与乡村和解

在大洲广场
年迈的母亲
正与童年和解

我乘坐文字
与诗　与远方和解

其五

清明节：借用一场雨水

今天　雨水果然按时抵达
我虔诚地在一滴水中跪下

这么多善良的云赶往这个节日
替死去的亲人传话

总有一朵是从故乡出发
总有一滴雨水
回荡着我熟悉的那一声娃

父亲啊　六年了
声音还是那么嘶哑
我要借用这一场雨水
为你清洗肺部的沉渣

那些你敲打一生的石头
果然开出命运的花

父亲　人间的尘埃已落定
我要你唤我一声乳名
千山万水都能回应

（二）写物诗五首

 其一

　　一些桃枝学会羞愧

　　傍晚路过一片桃林
　　这片结满桃子的桃林
　　像个江湖

　　每一枚桃子都认真奋斗
　　认真成长　　它们的重量
　　就是花朵梦想的重量

　　所有枝条集体弯腰
　　我听到它们向花朵致歉
　　如何轻信风的谣言
　　如何怀疑邻里花朵轻薄

　　就是这些枝条
　　跟着桃花一起风光
　　一起穿越四月的雨水
　　终于学会羞愧

　　想到这里
　　我身体里更多枝条
　　不断下垂

 其二

　　这棵树，原谅了整个世界

　　楼下这棵树　　高大挺拔
　　当然也曾枝叶繁华

它认真地站成一道风景
满足世人的眼睛

它比这座城市早生
却是这个小区的移民
为取得脚下土地的信任
心怀善良 努力生长
为邻居把风雨遮挡

可是 我不敢提及更多时光
这一年来
我始终心怀愧疚
每天下楼都绕道而行
生怕还能听到那些
撕心裂肺的声音

是的 我亲眼看到那群人
对它挥着斧头
整整一圈 是活剥的私刑
却一直不敢出来指正

多少次 我在梦中逃亡
从夜里惊醒 好像自己是凶手
被整个世界通缉
每天我对着那圈伤口
替人类忏悔

那些悬在伤口的血与泪
舍不得往下滴落
它们不约而同地抱成团
用痛苦的火焰烤成茧
成为树的一部分

三月　我惊喜地发现
一些新的枝叶抵达了春天
看着新抽的叶芽　我欢呼雀跃
好像自己被减了刑

生长的五月来了
可降临的并不是福音
我又一次看到那群人
爬上高架梯子挥动着斧头
朝向所有新枝　那一刻
我所有的词语都晕死过去

今天　带着一身人间的疾病
我深情地靠近这棵树
终于可以和它称兄道弟
和它一起仰望蓝天
原谅自己
到这世间来走一遭
也原谅　整个世界
　　(2017.5.11)

 其三

　　一些压弯的枝条，被月光扶正

被月光凝视过的这夜
在我身体里铺开辽阔的宁静
风也舍不得吹　万物凝神

我长久地仰望　用三万顷虔诚
细心擦亮每一瓣月光
多么美好　上玄月盛开成一朵莲

在年轻又古老的夜空里旋转

旋转　几片云被度化成经幡
我的目光有多深情
莲花就绽放得有多近

芬芳抵达时　那些月光终于出手
逼出我身体里的阴暗部分
我见到　最纯洁的灵魂

见到守护月亮那棵树
掉光了春天的叶子
每一根枝条
依然保持着庄子的手势
献给人间吉祥与温暖

这一刻　熟悉的陌生的泪水
一起涌进我的眼里
天下被压弯的事物
都被一束月光扶正

其四

关于雨的可靠叙述

这是夏日的深夜
在清泰路　或另一条路
我与一排街灯
同时走进一场雨的叙述

千万雨们柔声细语
仿佛唱经一样
要把肋骨上的夏日雷霆
修炼成　春的和风细雨

这当然是假象　那密密匝匝

每一粒都是一颗子弹
我主动迎上这场枪林弹雨
就像自投罗网

我要用一种加速度
洞穿箍在灵魂上的盔甲
在这时间旁逸出的世界里
让我感受到血　感受到滚烫

我要用久违的沸腾
豢养骨子里的自由、信念
孤独　或者野性

它们都会长大　让我相信
自己不是单枪匹马

这才是一种可靠的叙述
多年以后　我终于看到
那么多出走的自己
归来　都身披袈裟

其五

一只飞翔的华佗

我确信　你从东汉飞来
是华佗的再生
翅膀里携带着悲悯
和那部佚失的青囊经

无需查血、化验
无需照X光、打CT
也无需挂专家号排队苦等

人间哪里有病
哪一片青菜在呻吟
你便翩然而至
用修炼多年的眼睛
专注地诊断 判定

就是它
你嘴到虫擒
技术利落干净
从不会留后遗症

我确信
你是一只飞翔的华佗
翅膀里携带着青囊经
和人间佚失的悲悯

（三）人物诗五首

今夜，我和所有水稻一起失眠

5月21日21时48分
云南大理州漾濞县发生地震，6.4级

5月22日02时04分
在青海果洛州玛多县发生地震，7.4级

5月22日13点07分
水稻之父袁公在湖南长沙逝世
在每一个炎黄子孙的心中发生地震，10级

要在这个雨夜的幽谷
要到这每一根神经被咸涩泡软

我才明白　昨晚滚滚雷声的暗示
和那道道闪电的隐喻

天地有感　山河摇撼！

2016年，用海水种稻成功
2018年，在盐碱地上种稻成功
2019年，在塔克拉玛干沙漠边缘种稻成功

袁公　您用一粒小小的稻种
在海水中、沙漠里
在盐碱地上书写生命的奇迹
您就是那株最高的稻啊
13亿人民都在您的穗下乘凉

61年前的5月22日
在智利发生历史上最强地震，9.5级
轮回到今天亿万人心震的最强波
我愿意相信　这是最隐秘的昭示

窗外雨水长　世界万籁静
今夜，我和所有饥饿的记忆一起失眠
和所有水稻一起失眠

想念一个人

这是凌晨 天地这么静
只有我想你的声音
在乡村　我不舍得睡去
像草一样靠近
我要帮你收集宁静

夜这么浓稠　这么深
所有的白天全部溺毙
我只打捞起几声鸟鸣

一条路趁黑前行
我尾随其后　怎么喊
你都不答应

其三

与失散多年的自己相认

蜀国的这个下午
我慢慢走向雨的深处

要把一条路走得足够荒凉
要把天地走得足够空旷
才能存放太多不规则的想象
才能避开一些锋利与划伤

作为尘世天空飘落的另一滴
我要不断获得向下的力量

必须收集这场雨水
必须提炼更多的忧伤
才能把骨头里的孤独豢养

这样　我终于能够
与失散多年的自己相认

其四

哥哥啊，这是五月

哥哥啊，现在是五月

有一些熟悉的坚硬
暗暗顶破这黎明
我每一寸土地
对季节都作出了反应

那么轻　　那么嫩
那些结在风条上的鸟鸣
我敞开身体最柔软的部分
才不会担心
那些天籁之声被摔碎

这么粗糙　　这么硬
这些人间的无情
我要用一把筛子精心过滤
只允许最细柔的声音
抵达你的乡村

哥哥啊，这是五月
一枝柳条伸出了我的黄昏
一起出行的还有一对绿蜻蜓
他们认真地吟唱
毫不担心被喧嚣碾伤

傍晚　　一阵犬吠四起
好像要让夜色知难而退
人间这样美好
我也想用力留住五月
用力来喜欢你

其五

现在是春天，姐姐

现在是春天，姐姐

我从一朵雪花里醒来
手掌还没有发芽
不能打开，你有没有看到
一只蚊子在我脑袋里
飞来飞去

一动不动，坐在凌晨的岸边
我在等待第一场春水经过
姐姐，我不能隐瞒
仓库最高的那块木板
还长在树上

后院的茶花开了吧
要不要叫醒妈妈，姐姐
你要记得提醒，村口张望的
那束麦穗，就是我

屋前那棵古老的广玉兰
擎着巨伞遮掩了四季
姐姐，我看到一根枝条
沉默地脱下叶子
径直地向春天出发

它经过阳光
在这秘密的夜晚
成功地孵出一群鸽子
洁白的羽翼跃跃欲飞
像我们童年的一个意外

傍晚我路过的那片桃林
那片结满桃子的桃林
是一个江湖，姐姐

每一枚桃子都在认真奋斗
认真成长，它们的重量
就是花朵梦想的重量

现在是春天，姐姐
我是一只麻雀
我忍不住歌唱

（四）生命感悟诗五首

 其一

一场雨反复地下

下雨了 下了整天的雨
门都没有出

电话那头　母亲声音有些轻
说了一遍又说一遍　一场雨
在她的叙述中反复地下

我认真地听
假装那场雨刚刚发生
配合着母亲辗转、感叹
顺便把头顶的蓝天白云
移植到电话里
捎给母亲一份朗晴

10分钟的聊天
我们反复交换着天气
仿佛是初见的惊喜

挂了电话
我蹲在地上　很久起不来

那场反复下的雨
还在我眼里继续下

 其二

每个人都会落下腿病

秋风准时降临在树上
在小个子母亲的身体里

很多事物与落叶结伴而行
一起飘零 在母亲的头发中
我听到簌簌凋落的声音

回家是条上坡路
走几步母亲就停一阵
等待力气回到腿脚
等待过去时光回到记忆

那些哗啦啦的流水
激荡而又万千柔情
不像现在的时光
每一寸都这么坚硬
像一挂石阶
把岁月变得陡峭

人流从身边经过
在母亲年迈的脚步里
拥挤着很多脚步

回家都是上坡路
每个人都会落下腿病
想到这里
我身体里蓄满一群

饱含雨水的云

其三

夜色浓

她一动不动地躺着，正是子夜时分，身陷黑暗中心。
中心是漩涡，是洪流，卷走了很多事物。
只有失眠高高地站在岸上，一脸嘲笑。
多少只羊，也不够数。数羊的人，多如羊毛。

每个人都在漫游，有的是鲨有的是虾；
每个人都身处险境，日日历经劫难；
每个日子都有地震，有人无知有人惊觉。
她为日日惊恐的人悲戚、祈祷，
也为从不知悲伤的人悲哀、祝福。

那个时常躲在车里给她打电话的父亲，
拽紧了身边的空气，只是强劲的拳头，
如何与一场虚无的苦难搏斗？
她知道，遭遇生活的围剿，
他一定哭过痛过愤怒过，
但没有放弃，她在数羊的时候，
他也一定在数羊。

那个深夜给她发信息的孩子，
终于发来最后一条：
我想好好努力，希望能重新回到你们身边。
这个信息她仿佛等了一辈子，
就像跟随发信息的孩子，
历经重重险难，又回到人间。

她为那个每天过得心惊胆战的母亲，
为那个被自己折腾得死去活来的孩子，

心力交瘁，这个曾经站着能睡着的女人，
终于悲喜紊乱，睡眠失调。

失眠是狡猾的泥鳅，从这头按进午夜，
几分钟又从那头钻了出来。
绵羊用尽，她羞于言说，
夜夜徒手与一群泥鳅战斗。

必须说一些遥远的话，
假装经历了斯亿万年，已经成为化石。
必须回到第三人称，回到别处，
假装抵达了安全的故乡。

其四

母亲领养了一株流浪草

滨江路二段
逗留着一株流浪草
小个子母亲　　拖着腿病
领着走了很久
才遇到土壤　　遇到春天

想到这个事件
是这个腊月的晚上十点
我被一些路灯
领回春天

其五

魂兮，归来

在这凌晨，听春天雨滴的声音，
会自然展开心头一片一片芭蕉叶，
有温润滚动着满眼的绿。

扑面的清新，脚步的轻盈，
此刻天地有多宁静，内心就有多欢喜。
二十来天积满身心的杂尘，终得以清洗。

丝丝春雨，袅绕着记忆，
可粘合，可还原，可映照，多么美好！

在灵魂深处的凝望，
目光最是执着，血液最是沸腾，
时空在这里，失去诠释的身份。

过去的没有过去，等待的依然等待，
守护的自然守护，一切美好，都在！
我们相见，就是一树一树花开。

这些雨滴，什么都没有说，
风已听懂千言万语。

从今天起，魂兮，归来！

（五）考古诗二首

 其一

沉睡的古河

沉睡在黄水镇长沟村的这条河
也沉睡在四千多年的时光下
明清、唐宋、秦汉、春秋、商周、宝墩
沿着探坑　一步一千年
我走过一个又一个时代
终于走到古河身边

吹在我身上的风
也吹在裸露的鹅卵石上
我仿佛看到四千多年前的水
从石缝里惊醒翻滚

这群卵石深埋着头
至今恐惧着水的力量
只有那不尽的细沙
替古河表达着智慧

是的　要淌尽最后一滴水
奉献出最后一片湿润
不再以水命名　一条河
才能在时光中闭关修炼

要遇到一个叫李国（考古工作者）的人
剖开大地　开启时光之门
才能顺利出关　以文化河的姿势
流淌在史册上
流淌在炎黄子孙的血脉里
获得新生与永生

 其二

一场精神修复

尖形的方形的棱形的无形的这些碎片
历经烈火煅烧生活抛弃
在地层深处隐姓埋名的这些碎片
从史前到历史
历经明清、唐宋、秦汉、春秋
商周、宝墩纷纷出走的这些碎片

在时间里流浪了几千年
被考古人邀请到一起

面对陈旧又崭新的阳光
作为信使　他们缄默不语
仿佛在等待我们后辈开口

每一块碎片都有生命有呼吸
我们要用心观察、分辨
为他们寻找到亲人
是绳纹、弦纹、菱形纹、网格纹
还是戳印纹、兰花饰……
是泥质、夹沙、石质　还是瓷质
都残留着先祖们的手温和智慧

那每一寸被烈火淬炼出的硬度
支撑着华夏文明几千年来的天空
每一件器物的修复
杯、盘、碟、盏、罐、壶、碗……
都是修复先祖们热气腾腾的生活

这是一场浩大的精神手术
要足够虔诚　一些碎片
才主动呼喊另一些碎片
一种寻找　才有千山万水的回应

实在找不完整　考古人说
就拆了自己的筋骨
和着最纯净最鲜活的血液
趁热粘上

（六）自画像二首

脸上这座城

这一颗痣
是一座停止生长的旧城
寻遍我脸上的山山水水
终于决定在嘴角落户

地段肥沃　风水也不错
主人还是个怀旧的人
没有被拆迁的危险

这样　安心地研夜为墨
书写内心唯一的比喻
做一朵永不凋零的夜色
与所有白天和平相处

投生为一朵雪

每一天　按时疲惫
也按时清醒

中间是一条按时延伸的路
很长很长　从春走到秋
我走成了一只昏鸦

飞进那棵枯藤缠绕的老树
偶尔叫出几句日渐消瘦的愁
很多人　都在应答

秋雨殷勤　腿病会按时降临
我把孤独越走越清醒
像小个子母亲　忍住呻吟

冬风一来　我就走成一树梅
投生为诗中的一片雪

这样　我用白铺叙余生
你仍是我枝头的旁逸斜出
是那首按时绽放的
绝句　永不凋零

后记 ·········· 心怀明月在　诗意皎洁生

（一）

这是2022年元宵节的凌晨，一轮淡黄的明月为内心布满暖意，天地间弥漫着吉祥。月亮是一直在的，但并非夜夜可见，偶一见到，便心生欢喜。诗意亦如此，我们骨子里总是有的，但并非经常可察，偶一触动，便欣获惊喜。

我想，心怀明月常在，诗意皎洁便常生。这本书是四川省哲学社会科学重点课题（编号：SC22A013）、四川省普教科研重点课题（编号：SCJG21A016）"深度学习视域的语文思维培育研究"阶段研究成果，同时深得政协第十二届成都市双流区委员会文体新闻组界别组的大力支持。这本书着力于修炼语言的阶梯，理清语言背后的思维方法，去抵达诗意的天空，见到心中的明月。再次将书稿审阅一遍，这一场持久的诗路探索便要打上句号了。

距1999年发表第一首诗，与新诗结缘二十三年；距2013年第一本诗集《长成一根莐草》出版，新诗研究已九年。读诗、赏诗、析诗、写诗，已成为生命伴随状态，这是精神的舞蹈、灵魂的飞翔、情感的交响，我迷恋这方心灵风景，我也庆幸心底总有一片月辉。

我把心底这片皎洁，以诗、以诗评、以课例等模样种植在公众号"语林别院"里，这一种就六年多。精神亲人往往在路上相识、相知、相助。全国各地一线老师、各阶段的学生与家长，以及文学爱好者的喜欢与守护，如十年姐姐、李建荣、项俊英等给予我激情与力量。2018年河南平顶山学院母小利老师，通过公众号平台与我联系，邀请到学院给国培老师做培训，让我有机会把诗意教育的种子播撒到黄河流域；与河南平顶山学院的何院长、杜彬彬老师和母老师等交流的温馨场景，至今历历眼前。成都龙泉教科院周兆伦副院长和跃进学校杨元建校长等，都是通过平台认识，邀请我去做讲座或约稿刊出关于诗学的课案。家乡甜城内江日报负责人黎冠辰老师也是通过平台对我的诗及诗学有所了解，在家乡甜城媒体上大量刊载推广。陈怡妹妹、陈玉玲妹妹等在编辑时用心设计，图文并茂。这些点点滴滴，让我倍加感动。

在一次语文交流活动中，《语文教学通讯》高中刊主编王建锋先生偶然得知我将高中教材里的每一篇文章都改写成了新诗，而河南特级教师王玉强老师也在做这事，便开辟栏目让我们南北同文竞写。不仅有新诗，还有诗观及写作赏析，联合刊出。2017年、2018年在《语文教学通讯 高中刊》上陆续推出的作品，在诗性追求上又提高了我的思性。2017年因参加全国作文创意大赛，我以"从一座'桥'说开去"展示的"意象写作法"荣获特等奖，《新作文》遴选我为2018年7、8月合刊上的封面人物。承蒙《新作文》杂志社主编张水鱼女士厚爱，2019年《新作文》为我开辟了一年的诗意写作专栏。光明日报负责人刘秀萍老师将我多篇诗意的德育案例推荐发表在《教育家》，资深编辑曾鸣老师看中我课本诗里化写历史人物部分，便将那一组诗选用发表在中国大型诗刊《草堂》创刊号上，以50元一行的稿酬获得至高的尊重与荣耀。2015年，我幸运地受姚仕洲老师邀请，参加在北京举行的中国教师教育视频网举办的"第六届中国德育与班主任大会"，在继魏书生老师讲座后分享"营造诗意班级 奠基幸福人生"，将诗意的教育理念播向全国，真是倍感荣幸。

得到语文和诗歌两个领域的认可与力量的加持，我是多么幸运，又多么幸福。

(二)

独乐乐，不如众乐乐，诗歌不应是一个人的独舞，诗意应是精神的碰撞、心灵的呼应，是大家心头的白月光。

遗憾的是，我们拥有诗意，却偏偏不易读懂新诗，不易写出诗语。无论新诗界内如何热闹，对于大多数人而言：热闹是他们的，我什么也没有。

作为自由诗之称的新诗，阅读也好，写作也好，其实并不自由。诗歌是语言的艺术，语言的门槛太高，注定曲高和寡。新诗小众化，甚至边缘化，是看得见的事实。无论是中学生还是大学生，读诗写诗者寥寥。作为诗歌的国度，学校本应是新诗最大的阵地，却一直被缺位，这是新诗的悲哀，也是教育的遗憾。

作为诗者兼师者，我应该为诗歌、为学生做点什么？当新课标在18个学习任务群里，以"新诗写作与鉴赏"专题倒逼学校师生走向新诗，我能做点什么？

或许自己二十多年的诗意行走，将身后的脚印梳理出来，提供一条线索，引更多人行走，便会走成一条路？恰好承担四川省社科规划重点项目、四川省教育厅普教科研重点项目"深度学习视域的语文思维培育研究"的研究工作，就这样开始了整理工作。但要形成一个明晰的体系，并非易事。主要是在一线教学和长期的阅读与写作中，发现的问题多，都想突破。

　　比如作文语言的问题，我想突破。学生作文的口水话、空话套话与粗浅性，是最令老师和家长头痛的。诗歌语言是"最高的语言，最纯粹的语言"，通过对诗歌语言方法技巧的提炼，来进行文段训练，或许是突破日常作文的捷径。在第三辑的作品篇之后，我在化写的新诗中提炼了"数量词具化法""挣断逻辑法""情景复活法"等十八种方法，并提供了相应的训练及示范文段。这些从实践中淬炼出来方法，一看就懂，一懂就会，有极强的操作性。可以说用诗歌语言技法，去拯救陈腐的语言，能让表达焕发出鲜活的力量。

　　比如新诗如何传承发扬古诗词里的精华，我也想试着突破。我们学习大量的古诗词，仿佛只停留在读读背背，只为中考、高考那几分默写题。今诗古诗，很多都是相同相通的，古诗是瑰宝，如何化用滋养我们？本书三个部分，都渗透了这个理念。即语言表达陌生化方法、诗歌的结构及新诗创作，都能古今诗相通，可以找到一脉相承的纽带。尤其在第三部分中，我将高中语文统编教材中必修与选修教材里几乎所有的古诗词，都进行诗化赏析与新诗创作。正如作家朱成玉所说："联通古诗与新诗，架构起一座思维的桥"。这样来力求实现传承与发扬并举，阅读与写作兼容。

　　最后在恩师李华平教授的多次指导下，形成本书手法篇、结构篇、作品篇三部分。梳理方法与寻找案例，远远不是经验可胜任的，这是海量的阅读与提炼过程。几乎每一个方法或观点，都查阅了相关很多资料，一个点连接一个点，串成线、形成面。比如关于新诗音乐性的实现问题，查看了四十多篇专业文章及各位诗评者的观点。结合闻一多、朱光潜、吕进、陈超等人带给我的启发，再理解、梳理成较为清晰的五个方面。因阅读过程漫长，阅读内容丰富，遗憾不能一一列举相关的文章或作者，在此我一并致谢，并深深感恩。

　　本书对每一种观点或方法不惜篇幅提供丰富的案例，是不仅想要证明其可行性，更要为读者营造诗意的心灵场。在大量鲜活案例的阅读中，形成碰撞、激荡、对话，诗意便油然而生。为选取这些诗作案例，我阅读了所有荣获鲁奖的诗人的作品，引用了张新泉、韩作荣、西川、郁葱、娜夜、黄亚洲、雷平阳、大解、李元胜、汤养宗、杜涯、胡弦、陈先发等诗人的作品；对初高中教材里出现过的所有新诗作品进行了研读，引用了沈尹默、舒婷、徐志摩、戴望舒、艾青、闻一多、郑愁予、席慕蓉等诗人的作品；一直浸润在叶世斌、刘年、陆忆敏等诗人的作品中，引用了他们的作品；引用了鲁迅、李金发、冯至、穆旦、卞之琳、北岛、芒克、海子、林徽因、多多、杨炼、郭小川、张枣、昌耀、曹东、翟永明、王统照、杨克、张远伦、马启代、余光中、流沙河、余秀华、张二棍、王单单、大卫、欧阳江河、李不嫁、李少君、伊莎、王小妮、李南、章德益、废名、李见心、尹才干（排名不分先后）等诗人的作品；也引用了身边朋友朱成玉、向以鲜、金铃子、风尘布衣、铁骨、鹰之等诗人的作品；还引用了部分外国诗人里尔克、保罗·策兰、阿莱杭德拉·皮萨尔尼克、麦凯格、维斯瓦娃·辛波丝卡、艾基、伊丽莎白·詹宁斯等诗人的作品；微型诗主要引用的是唐淑婷的作品，还有一些诗人，不一一列举。由于引用比较广，无法一一征得作者的同意，欢迎作者与我（邮箱：597051312@qq.com）联系。在此衷心致谢。

（三）

我的微信名字是"思考的草"，在追求思考增加生命韧性的独立意识的同时，我深感阳光雨露对我的哺育与滋养，能够诗路笃行不止，是因有太多人加持着我力量。正如今天开学校会上，因是元宵节，龙清明校长中途特意停下来，留给我们时间向自己老师、恩人发问候、祝福的信息。这一停，是心灵的提升，爱的蔓延。此刻，我亦停下来，衷心感谢诗路上的良师益友。

对德高望重的刘永康教授，我由衷敬仰并深深感动、感激。作为全国著名语文教育学家、四川师范大学文学院刘老师，何其繁忙？但当年出版第一本诗集《长成一根苇草》，刘老亲自写四千多字的序，赋予我能量。在序言《师心与诗心》里他写到"如果把它作为校本课程的教材来使用，正好能弥补当今教材在入选当代诗歌方面的不足"，这给予我莫大的鼓励。在近几年的诗学研究中，刘老从没有停止对我的关注关心与激励。他说"您是我国少有的语文教师中的诗人，有灵性，有悟性，有率性。尤其可贵的是您尝试用新诗来解读古诗，加上注释翻译的提示，化深为浅，化难为易，这不失为一种开创性的教学方法。您寻找到了一条提高学生审美素养的有效途径"。刘老的鞭策让我一颗诗心永不敢忘师任。

我的恩师李华平教授对我影响至深，是他让我相信"即使生活把你拖进泥汀里，也能顺着文字从泥汀里爬出来"，让我感受到文字的力量；是他让我明白"一个人一辈子应该为着一件事而来"，让我能静守诗学天空。李老师不仅在专业上指导我们从做事走向研究，从感性走向理性；在生活中也点滴关怀，教导我们"做事就是做人，做人也在做事"，要温暖处世，格局做人。正如钟亮老师在《亦师亦友亦英雄——华平教授印象记》中所说的"使怯者勇，懦者立，懒者勤，彷徨者知方向，萎靡者知前进，等待者见行动，实践者知反思"，李老师有英雄情怀、有能量，是制造一代语文气候的人。幸运的，我便在这方气候中做幸福的语文人。

无论是第一本诗集，还是这一本书，从序列到排版，李老师精心为我打磨。今天收到恩师发来的为此书写的序，我真是感动又激动。在这元宵佳节里，这篇序镀上月辉诗意，有了更深的意义。这是一种高度的寄望，一种精神的指引，我虽不至，但蓬勃着内心激情心向往之。

深富情怀的双流中学龙清明校长对我影响其大，"眼光不要只看教室，立足不要只是三尺讲台"他语重心长地对我说，作为成都市学科带头人，你应该对更多学生负责，对更多人进行引领。他教导我要有大视野、大格局，鞭策我做一个"大写的人"，并不遗余力地支持与成就我。这给予了我莫大的信心与力量。

语文界前辈们的关爱鞭策着我，广西师范大学陈玉秋教授特为本书题书名，王光龙老师赠言鼓励我"用诗心去教语文"，钱梦龙老师的赠字，倪文锦老师"诗如其人"的签名，裴海安老师"诗意语文"的签名，赵谦翔老师的赠书，肖培东老师的诗意荐语……汇聚成我生命的能量磁场。蒲儒刿老师，带领我做课题，编写《中华优秀传统文化》教材，为我提供大量有关新诗的资料和信息。陈剑泉老师，作为同事兼师叔，是我人生的引路人。作为正高级的他，不仅个人在科研上取得一项又一项斐然成绩，更是点燃带动全校、全地区的科研热。幸运的，我们合著的《概括与反概括》荣获成都市第十四次哲学社会科学优秀成果奖，这在中学是难得的荣誉。还有程一凡老师、钟亮老师、罗小维老师、黄明勇老师等名师的引领。

还有引我进文坛的魏光武老师；经常交流引导，碰撞提升我认识，逐词逐句，精心细心为我审阅此书稿的李莽君；对我影响至深，身栖作家、诗人、书法家、文艺评论家四域的精神亲人易逐非；不断加持我力量的母校——内江师院李达书记、钟建明老师、肖体仁老师等。

这些都是我生命中的良师与贵人，是为我制造了生命气候的人。我一生感恩、致敬，一辈子不敢忘、不能忘、不会忘。

我要感谢我脚下这片土地——"四川省双流中学"，这所建校80年的老校以丰厚的底蕴滋养着我。学校的人文管理、高端平台、优质条件，助力我成长蜕变。感谢双流区将我纳入"文化名人"谱系，让我的精神之根有了皈依，居住在中国最具幸福感城市，我幸福着其中的幸福。

感谢我们双流中学语文组的彭春晖、杨辉、曾令勇等所有同仁。在这团结友爱、相互助力、携手共进的大家庭里，我倍感温暖和幸福。

我要感谢的，还有我的母亲，我的先生与女儿，我的哥哥姐姐们，感谢他们对我无限的理解与支持。一个人的精力与时间有限，我对他们欠下不尽的陪伴与责任。感谢我带的高2020级一班和十班所有同学为此书倾情校稿。

写下一些，遗漏会更多，不在文字里亦在心里，我永远心怀明月，心怀感恩。

将日子浸润在诗意中，获得保鲜，这是我作为诗者的幸运；打开思维的黑匣子，让诗意飞向心灵，这是我作为师者的责任。

我把这本书献给全国一线中学语文老师、献给全国中学生，献给诗歌热爱者、献给有缘的您！

我一直笃信，诗与远方，不在远方，而在每一个人的心灵里。在元宵佳节这美好日子里，我衷心祝愿大家：心怀明月常在，诗意皎洁常生！

2022年2月15日

于语林别院